那一场绝望恋爱

崔民　著

线装书局

图书在版编目（C I P）数据

那一场绝望恋爱 / 崔民著. -- 北京 : 线装书局,
2013.7
（中国悬疑小说系列 / 李迪主编）
ISBN 978-7-5120-1020-8

Ⅰ. ①那… Ⅱ. ①崔… Ⅲ. ①中篇小说－小说集－中
国－当代 Ⅳ. ①I247.5

中国版本图书馆CIP数据核字(2013)第147857号

那一场绝望恋爱

作　　者：崔　民
责任编辑：高晓彬
装帧设计：张家增
出版发行：线装书局
地址：北京市西城区鼓楼西大街41号(100009)
电话：010－64045283　64041012
网址：www.xzhbc.com
经　　销：新华书店
印　　制：北京华正印刷有限公司
开　　本：880mm×1230mm　1/32
印　　张：9.75
字　　数：195千字
版　　次：2013年7月第1版第1次印刷
印　　数：0001－4000册

定　　价：25.00元

在没有路的地方找到路（代序）

李　迪

在这个早春的下午，曾凡华对我说，你为我们编一套“中国悬念小说经典丛书”吧！说话的时候，他的脸如窗外阳光一样灿烂。

我跟凡华相识于上世纪70年代末，那时他是《解放军报》文艺部主任，力主编发了我的中篇小说《这里是恐怖的森林》，开创了军报小说连载之先河。遗憾的是，之后，军报再也没有连载小说。我的那个作品就是一部悬念小说。30多年过去了，身为作家、诗人的凡华，在线装书局任总编辑仍壮心不已，带领全社同仁，奋力开拓名字颇为古老的出版社的崭新局面。

说话间，他向我展示了书局新出版的线装本“当代大家散文丛书”，主编是我的好友王必胜兄。宣纸柔软，油墨清香，让我爱不释手。随意翻看其中贾平凹的《定西笔记》，淳朴浓郁的西北风情扑面而来，像成群的麻雀飞起，如一大片麻布飘过，又像山里的簇簇野棉花云朵般绽放。丛书中还有陈忠实的《漕渠三月三》、铁凝的《农民舞会》等，姚黄魏紫，各呈其妙。

谈及出版悬念小说，凡华说他的悬念情结一如既往，希望这套丛书能通过曲折的故事讲述，关注社会问题，颂扬人性之美和正义可贵。说着，便把书局各要塞同仁一一请来，现场办公。编辑、美术、出版、印制、发行，兴致勃勃，各抒己见。有高人提议，要选就选最经典的作品，丛书名能不能叫“最悬念”？OK！

选题一致通过。散会。

悬念小说往往跟案件纠结。悬疑丛生，扑朔迷离。案情大白之日即悬念破解之时。

那天，几个热心此道的朋友聚在昆仑饭店座谈这个话题，地点是海岩提供的。因为他不但是“便衣警察”，还是这个饭店的老总。其间，主持人发问卷检测各位智商，“请用一句话说出什么是悬念小说？”我想了想，写下一句特土的话——

在没有路的地方找到路。

我朴素地认为，不论是施贤臣施大爷得梦访案，还是福尔摩斯趴在地上人肉搜索，不论是开创了“乡间别墅派”的阿加莎指使笔下的波洛在东方快车上摇晃光头，还是松本清张以精准的点线破译出天才音乐家杀人背后的悲情世界，其所布阵的悬念及事件中有血有肉的人物，表现的都是在没有路的地方找到路——

警探在没有路的地方找到路，罪犯亦然。同样，读者跟随扑朔迷离的悬念，也在没有路的地方找到路，从而得到阅读快感，拍案叫绝。

山重水复疑无路，柳暗花明又一村。

这就是悬念小说。

这就是悬念小说的魅力。

当你被一部精彩的悬念小说吸引，你也许会随着故事情节和人物命运不知不觉跌宕其中，使自己成为里面的一个角色，为寻找出路左冲右突，掩卷良久而不能自拔。

其实，现实生活又何尝不如此？几乎每个人都曾经或正在面临无路可走的境地，都曾经或正在演绎自己的真实版“悬念小说”。要么，你是警探；要么，你是罪犯；要么，你是案件目击者；要么，你是坐在法院旁听席的旁听者。总之，你无法躲避，你无法选择，你在没有路的地方找到路，或惊心动魄，或化险为夷。当经历这一切后，你也许就爱上了悬念小说，甚至动笔写悬念小说。从阅读或写作中，寻找感应，弥补缺憾，重温过往，考问良知。

我在自己的真实版“悬念小说”中就扮演过“罪犯”。刻骨铭心，终生难忘！不妨在这里悬念两分钟，打破为丛书写序的一般规律，尝个新鲜。

1971 年，我在云南勐腊建设兵团 1 师 6 团 9 营当知青，写了一篇小说《后代》，发表在昆明军区出版的部队文艺丛书《磨刀歌》里，责任编辑是作家张昆华。小说有幸被云南人民出版社相中，约我前往昆明修改。在那个年代，请工农兵作者进城修改作品是很时髦的行为艺术。我在昆期间，云南蒙自驻军 42 师宣传干事杨芳优找到我，说师首长看了小说很喜欢，问我想不想当兵。我说做梦都想。杨干事说征兵季节他会来勐腊接我入伍。真是天上掉馅儿饼还肉多葱少！我心花怒放，很快完成了改稿。这时，我接到兵团1师宣传科的通知，让我前去报到。在临回兵团前，省文艺界请我参加创作座谈会。会上，诸位大仙装神弄鬼大谈“三突出”创作原则。我在发言中却说，《后代》中的主角始终没出场，同样达到发表水平。语出，会场静如死。我说完拍拍屁股打道回府。北京大爷就这样儿！

从昆明回勐腊必经景洪，兵团1师师部在此。我前来宣传科报到，邱科长说，你不要回勐腊了，就留在师宣传队搞创作，调动手续我们很快办，办好后派车送你回去取行李。哎哟喂，好事连连，天上又掉下一张香河肉饼，我赶紧张大嘴接着。没等吃到嘴，一天傍晚，邱科长找到我，阴着脸问，你在省里改的小说怎么样？我说改好啦很快就会出版。他眼里好像藏了个小人儿，是吗？你再问问？我就跑到邮局给出版社挂长途，对方给我个喜帖子，啊，啊，已经下厂印了。我兴冲冲返回禀告。不料，邱科长摇摇头，假话！他四下看看无人，压低声音说，这件事我本来不该跟你讲，你的小说根本没下厂。出版社不但撤了稿，还给我们来了函，说你在会上攻击江青的“三突出”，是现行反革命行为。来函已经转团里去了，听说营里都准备好了批斗会。师里不能留你了，明天就要派人送你回去。你……你不能回去，下面的批斗会弄不好能把人打死！

啊?！邱科长的话如当头一棒。我蒙了。我想不到。

我浑身发抖。所有美梦瞬间粉碎，黑云压城城欲摧。

不能回去，师里又不能留，我往哪儿走？

我无路可走！

天暗下来，已看不清邱科长的脸，只见他眼里闪着光，你不是说部队想要你吗？我点点头。那你快去问问，能不能现在就去？真是救命稻草！我又跑回邮局挂长途。女营业员死羊眼盯着我。难道她知道我是“反革命”？我的心怦怦乱跳。听到电话里传来杨干事的声音，我急中生智，叫着表哥表哥！把杨干事叫傻了。斜眼看看女营业员不再钟情，我这才说，杨干事，我现在就想去部队！杨干事更傻了，啊？不是说好征兵时……你出什么事了吗？我捂住嘴说，你救救我！杨干事好像一下子全明白了，你电话多少号？你别走开，等我回话。我告诉了电话号，离开柜台，躲进阴暗角落，像马一样竖直耳朵。天黑透了，外面刮着风。邮局里早已没了顾客，只有我一个人，像鬼！我等电话，我等回音，我等生死。我在希望与失望的轮回中煎熬。不知过了几年，女营业员说你走吧，我们要下班了。就在这时，电话铃突然炸响，把我俩都吓掉了魂儿。杨干事在电话里急迫地说，你来吧，马上来！跟谁也别说！我问，到哪儿？他说，思茅。我说，好！

事后，我才知道杨干事接到我的电话，就去找了政治部主任王定一，紧跟着他俩又敲响师政委办公室的门。张跃水政委当即表示，不管有什么事，让他先来部队再说！于是，杨干事紧急通知我赶到思茅，那儿离景洪最近，是

42 师 125 团驻地。

逃跑！马上！

在没有路的地方找到路！

紧要关头，不能犹豫，也不容犹豫！

什么都不想！什么都不顾！

杨干事让跟谁也别说，可我不能不跟邱科长说。他不会害我。但是，为防万一，我还是昧着良心隐瞒了关键词，邱科长，部队让我马上到蒙自去。话一出口，觉得自己真的成了反革命，不敢再正眼看对方。邱科长沉闷一会儿，突然问，你有通行证吗？我立刻愣了。那时边境管理很严，沿途军警设卡盘查，外出必须有通行证。我所持的通行证往返一次有效，回勐腊可以，去思茅不行。邱科长说，通行证师里开不了，你只能回团里开。但你一回团里就别想走了。我给你一个电话，你到勐腊去找这个人，求他帮助。记住，一切要秘密进行！今天晚上你也不能回宣传队了，夜长梦多。我给你点儿钱，到街上找个鸡毛店住下，明天一早坐头班车回勐腊。通行证一到手，调头就上思茅，千万不能耽误。明天师里发现你不在了，肯定会派人找！

我记不清当时是怎么感谢邱科长的，也记不清当时是如何离开他的。但是，我却永远记得他！当我写到这里时，他就出现在我面前：脸黑黑的，眼睛小小的。对比身高，他的头和脸都显得有点儿大。因为，他真的太矮了，像传说中的武大郎。他是现役军人，听说是被冤枉了才下放到建设兵团。他让我秘密联系的人，是跟他同时被下放到

6团的现役军人杨士相。杨在团部任军务参谋，职责就是签发通行证。

那一夜，无处落脚的我，连鸡毛店也不敢住，在长途车站的墙脚下缩成一小团儿。月冷，风寒，虫鸣。每句人声都让我心惊，每个黑影都让我肉跳。何为罪犯？此为也。第二天一早，我上了头班车。为了不让人发现，我不但在脸上抹了泥，还假装睡觉用衣服蒙住头。躲在衣服里，大睁着眼，大支着耳。我不明白自己怎么突然修炼成反侦察老手？……

危机四伏，险象环生。我秘密潜回勐腊后，情况又如何呢？

就此打住，留下悬念。

下面，我介绍入选本丛书的作家崔民。她的入选作品就是你手上拿到的《那一场绝望恋爱》。

百度一下崔民，影视作品一长串，长篇小说只四部，再打听一下，手上剧本的约稿已经排到一年以后，哦，看来是名副其实的职业编剧了。

其实，在写剧本之前，崔民就是写小说的，她的理想，是拥有一本畅销书，就一本。

嗯，是她，不是他。

跟许多人一样，崔民这俩字，容易让人以为是男的，而且年过五十。

崔民是女的，第三人称当然是她，现正纠结在青春的尾声里，却无计可施一路奔四。

关于写字这行当，有热爱没天赋，不行；有天赋没热爱，也不行。

崔民恰巧两样都有。

在学校里拿到最多的奖状就是作文比赛的。小学时候给当地市报投稿，发表，报社将稿费单寄到了教导处，以为是一位小学教师的手笔。读高中时，因为偏科严重，理所当然地上了文科，而且是试点，就是一上高中就分科那种。满以为考中文系是板上钉钉了，却在高考关头被家长命令转理科。原因是，文科分数线太高，而且毕业后不好找工作。崔民的大学时代是极其灰暗的，选择了当时冷门的计算机系，原因就一个，报的人少，比较好考。八月底，就在崔民以为无望的时候，因为招生名额没达标，那所大学在新疆初充录取两个名额，第二个，就是崔民。当时觉得侥幸，不然就得复读，再考。可真的进到大学校园，因为没有高中时候的理工科基础，年年挂科年年补试，那种压力，没经历过的人无法想象。整个大学时代崔民一直在退学与坚持中纠结不已。终于熬到毕业，扔了所有的书本和杂物，就带着一兜零食上了火车。她是第一个离开学校的，至今，没参加过任何大学同学会。

满心以为工作了就自由了，可以做自己想做的事了，现实让崔民再一次失望。那间国营大厂沉闷拖沓的氛围令人窒息。辞职。指标在当时何其重要，被不知道天高地厚的崔民就这样轻易扔了，不仅如此，还把自己的档案都提了出来，也不知道该往哪里放，就放自己书桌抽屉里，终于，在一次收拾杂物时，彻底扔掉。

崔民真正开始写小说是在外企工作几年之后了，原本喜欢营造些风花雪月的文字，在社会上摔打了这几年，开始转向现实。和别人再次不同的是，人家写小说的路径由短篇、中篇、长篇一路走下去，崔民起手就是长篇，那是2000年，一直到2004年，她写了七部长篇。

2005年是个分水岭，整整四年在家里写小说，却没有一本能够顺利出版，由不得人不灰心。一个偶然的机会，她一脚踏入影视圈，2005年，一头一尾，她的两部数字电影开拍。在那时，她还没有意识到，自己的人生开始转折，这也是为什么到现在，她始终对引领自己进入影视圈的前辈心怀感恩。

从2005年至今，八年时间，崔民拍摄完成的影视作品有15部，出版长篇小说4部，按她的话说，八年时间，抗战都胜利了，我还杀不出自己的一条血路吗？

剽悍了点，不奇怪，三十几年西北凛冽的风雪对人的影响深入骨髓。

可能因为最初，最难、最投入的时光都在写小说，虽然现在对外介绍是职业编剧，但崔民骨子里对小说的感情却从未消减。写剧本之后，一度她觉得自己不会写小说了，以前写小说的时候，她最擅长的就是心理描写，而这恰是影视剧本的大忌。几年过去，她已经能够熟练运用台词和动作来诠释人物甚至内心，但忽然发现，自己对心理活动的揣摩却不知道该怎么以小说这种形式表现了。这时候再提笔，全是短句子。最初，崔民惶惑了，难道，真的再不会写小说了？她开始尝试修正。小说和剧本之间，共通之处就在于表达情感，只不过方式不同。在完成一部小说后，崔民才松一口气，她还是可以写小说的，而且较之以前，文字洗练，也算是取长补短了。

2009年，崔民拿到了影视作品第一个重要奖项，华表奖编剧新人奖，这一年，她的小说《药殇》由春风文艺出版社推出。这一年，她很知足，不管是剧本还是小说，都对她这些年的勤奋和努力给予了肯定。

现在，同学、朋友都知道崔民从事的职业，许多人好奇之余十分羡慕，其实，有什么好羡慕的，别人在吃饭、K歌、会朋友之际，编剧却在悲催地爬格子，凌晨，其他人早已经梦周公去了，编剧还在苦逼地敲键盘。所以，每听到有人说，“哎呀，你这工作多好啊，自由，还能游山玩水——真的自由吗？”从签合同到剧本定稿，个中辛苦只有编剧自己知道，最怕就是修改，改到第四遍，基本上就没什么感觉了，改到十遍以上，你打开电脑直接可以去墙角呕吐了。

其实回首来路，崔民内心的感情是很复杂的。

在中国影视圈里，编剧是弱势，这是全天下都知道的现实。崔民最早的剧本稿酬，低到无法想象，是现在的二十分之一，不是说现在有多高，而是当初太低，贵在崔民的心态好，钱不重要，重要的是第一个剧本顺利开机，并且在“央六”播出，这给了她前所未有的信心和勇气，让她能够在写字这条路上走下去。

编剧被人问得最多的应该就是：哎呀，你是编剧呀，那你见过XXX吗？

应该说这种机会不少，尤其跟组的时候，但是，在崔民看来，明星，或者演员，是和大家一样的人，不过从事的职业不同。人只看到明星头上的光环，没看到明星背后的辛酸。这个行当，远比其他职业的竞争要惨烈得多，一夜成名者有，更多的，随着时间泯然众人矣。

眼下，写剧本是崔民的主要工作内容，和刚出道时不同，她开始意识到话语权的重要性，为争取掌握更多机会，唯有写出更好的剧本，没有捷径可走，只有自己更加努力。

成长过程中，其他人走的弯路，崔民也未能幸免。

电影一开机，崔民从网上看到消息后同样吃惊，这是我的剧本啊，除了片名有所改动，甚至主角的姓名都没变。知情人让崔民找说法，崔民选择了放弃。她说，有这时间和精力，我可以再写一个剧本。吃一堑长一智，那以后，崔民开始重视合同，也开始甄别合作方的品质，并且成功地为自己维了一次权。

当意识到青春岁月倏忽远去，面对的是冷酷的现实，花花草草不过无病呻吟的矫情，牛奶面包荣誉和作品才是当前要务，这就是成长。

而成长，都是一样的艰难。崔民这样总结。

偶尔的，崔民开始怀念当初写小说的日子。

每天只写六小时，多少就是它了，生活规律作息正常，可编剧不一样，尤其是边拍边写的那种，不要说晨昏颠倒了，几天几夜不睡也是有的。长此以往，各种职业病接踵而来一点也不奇怪。但是，纸媒业的萧条是众所周知的，单靠写书赚码洋，你不是郭敬明，不是安妮宝贝，不是南派三叔……你无法养活自己。也有人不屑，这样小成本的数字电影大多是写些好人好事，有意思吗？这是编剧最难回答的问题。很难向人解释影视方面的各种行规标准，只能用一句话来形容，戴着枷锁跳舞，还要跳得美，真的是很难。问这话的人自己试试，就应该能体会到了吧。而且在边写边舞当中，崔民觉得，重要的是自己的守衡。写好人好事，不全是歌功颂德，那些好人好事，剥去外界赋予的华丽包装，是真实打动人心的。社会发展到现在，人们拔牙、吃素、整容、戒烟，可是，心底里有些情感是亘古不变的，比如善良，比如真诚，比如爱。所有人都在感慨当下社会道德沦陷人性缺失，那么，编剧不正是在做最后的坚守吗？

和其他女性作者喜欢写自己的生活不同，崔民的视角和笔触显得更加中性也更加宽广。她无疑是擅长写女性的，但她笔下，无论影视剧本还是小说，对男性的塑造和刻画也相当精准。问她，她的回答是，只要能感动我、打动我、触动我，我不会考虑性别和社会属性。

崔民想做个歌颂者，在自己的文字里，表达对生活对爱情对世界对人的所有情感。

目 录

那一场绝望恋爱

黄漠第一眼看到北北时，他就知道，这个女孩子命定要出现在他的生活里。当然，那时候他还不知道，就是这个女孩子，贯穿了他整个的生命。

那间叫作狼烟的酒吧黄漠之前从没去过，那酒吧和它的名字一样嚣张，这是黄漠不喜欢的，现在他已经记不起是为什么选择在那一天去了狼烟，或许冥冥中真是有着某种不可预知的安排？

黄漠那一天去了狼烟，他们开着四部车子，每部车上都坐满着人。已经是凌晨时分了，但狼烟显见得还很热闹。他们的车刚一停，就有人飞快地跑进去报信了，小刀下来给黄漠开了车门，黄漠站在狼烟门口，他拿着一支烟，没有点燃，只把玩一会儿又放进口袋。他看看身后，这一干人全都西服革履，他满意地点点头。他最不喜欢男人邋遢，当然，也不喜欢女人邋遢。

黄漠走在中间，小刀前面的人已经推开那扇铁艺装饰的沉重的大门，酒吧特有的迷醉和醺香的味道立刻涌出来，一个油亮的大背头正远远地向这边张望，他的身前身后也满是人，两下里在只隔一米远的地方停住。黄漠笑了，他轻轻地慢慢地重又拿出那支烟。小刀面无表情地向对面点点头，我是小刀。大背头脸上的震惊无法形容，他目瞪口呆看着面前这张刻着刀伤的面孔，一俟反应过来他忙不迭地伸双手出去，脸上惶恐至极，您……您来怎么不事前打招呼，有失远迎有失远迎。

酒吧里的客人纷纷离去，感觉不出也看得出会有事发生，两班人马就围坐在乐池旁边的一张大台上，小刀和大背头之间有一种保持距离但不致冷漠的礼貌。服务生开了几盏顶灯，整个酒吧立刻显得灯火通明。双方的表情看来也有着开诚布公的爽利。

黄漠不动声色地把酒吧扫了一遍，场地、规模和设备都昭示着主人有着不同凡响之处，黄漠暗暗点头，不错。他看一眼小刀对面身体已经前倾的大背头，他再看看腕表，二十分钟，搞定。

果然，小刀站起来和大背头握手，双方脸上都露出笑容，不同的是，小刀的笑容是轻松而大背头的笑容多少有些心事重重。两边人马都跟着站起来互相致意。黄漠脸上挂着无谓的笑容，每当这时候他心里就会涌上一种索然无味的感觉，他已经开始移动步子，他当然没忘记要走在小刀的后面。

黄漠有一种奇怪的感觉，从一进酒吧这种感觉就开始存在，就像，就像有人在远远的地方用枪指着他，他只觉得眉间阵阵发紧，他迅速地四下里睃一圈。在吧台一角的暗影里，有个人坐着高脚转椅正伏在吧台上，像是回应般，他的目光落下时那人转过身来，是个女孩子！她一双亮亮的眼睛很平静地看着黄漠，眼睛里有一点点与年龄不符的漠然，她有着一张心形的脸蛋，下巴很尖，这使她看来有一种孩子气，看到黄漠看她，她嘴角立刻弯弯地翘起来，整个人也微微地仰过去，有一种努力做出的镇定和睨视。

小刀随着他的目光看过去，大背头紧走几步附在小刀耳边，黄漠看到小刀颇感意外地脚下略一停顿。一干人在门外话别，几辆车缓缓地依次滑动，隔着车玻璃，黄漠看到那女孩子从酒吧走出来，一只大大的包斜挎在她身上，她站在那里一动不动好一会儿，然后挥手叫了出租车。黄漠把目光收回来。

公安局长的女儿，叫北北。大背头附在小刀耳边小小的声音。

又是下雨，北北有些无聊地看着灰蒙蒙的天，她在这家快餐店已经坐了太久，她招手叫服务员来，结账。

雨不大，但空气很凉，北北走在街边上，她不喜欢这样的天气，她会觉得心情也随之变差，或者，回家看看？她只是这样想想。街边一溜广告牌，小儿补钙，北北很认真地看了一会儿，现在的孩子真幸福，她由衷地感叹，哪像我，小时候缺钙长大了缺爱。这样一想她就不愿意再回家去，她的脚步慢下来，可是，去哪儿呢？

一辆车紧贴着路沿石风一样地开过去，车轮溅起的积水劈头盖脸地扑向北北，北北只来得及捂住脸，周身上下一片模糊，气恼和窘迫让她说不出话来，她只能愤怒地盯着远去的车影，她想她记住了那个牌号。

那车竟在她的视线里笔直地倒回来，车窗摇下来，一个人探头出来赔着不是，脸上满满的笑意，北北愣了片刻，然后毫不客气地上了车，她听明白了，那个人说要赔她的衣服。

北北楼上楼下地窜，全不顾周围人用异样的眼神看她，她气鼓鼓地，既然你说要赔，那我就让你出出血。外套、牛仔裤和鞋，北北都挑最贵的品牌，从试衣间出来，北北把一个大袋子塞到那人怀里，这些归你了。那是她换下来的衣服。北北头也不回地走了。

北北在星语心愿网吧已经待了一整天，她取下耳麦活动一下脖子，来收钱。她说。店主小眼镜是个刚刚毕业的大学生，计算机专业的，他在屏幕前掉过脸来，已经付过了。北北瞪大眼睛，你没事吧，我哪有付过钱？小眼镜再看她一眼，很确定地，就是付过了，有人替你付了。北北追问，谁那么大头？小眼镜朝门外努努嘴，他。

北北看到那辆已经不陌生的奥迪，车窗是摇下来的，一个人正靠在座椅上吸烟。北北一步步走过去，她警觉地眯起眼睛，她感觉自己这时候看来像只豹子。那人熄了手中的烟，冲北北粲然一笑，雪白的牙齿像是一亮，他很自然地拉开车门。

北北看着依次后退的街灯，她坐在他旁边，怀里抱着只大提袋，他是来还她衣服的，都已经干洗过了。北北有些不知道说什么好。他们一起吃了晚餐，但是整晚，他和她就说了一句话。

你还再吃点什么吗？

不了，谢谢。

不到万不得已黄漠是不愿出门应酬的，但这次不同，尚兄大喜的日子。据说娶了万鑫大都会那个笑靥如花的妈咪雪梨。黄漠只见过一次，在万鑫从进门到上车走统共待不到十分钟，只打个照面而已。尚兄虽已收山但大家对他的敬畏依然不减分毫，黄漠初时闯世界没少得到尚兄的照护，不是尚兄看重他，他也不会有今天。黄漠到的不算晚，停车场上已停着几辆锃亮的大奔。踟蹰一下，他还是让小刀带人先进去了。他闲闲散散地一个人进去，在不显眼的角落里选一张桌坐了。尚兄看来有些发福，臂弯里挎着的女人庄重贤良得让人肃然起敬，他仔细辨认了好一会儿，才认定这真的就是那个雪梨。尚兄远远地看到他，只用目光和他打了招呼。黄漠看到小刀一行坐在贵宾席上。黄漠点着一支烟，立刻就有穿着高开叉旗袍的小姐拿来小巧晶亮的烟缸。黄漠让小刀交给尚兄的礼包是厚重的，这一刻他很想知道会不会有人比他的礼还要厚。他封了一万美钞。

喜宴没散黄漠先走了，他给尚兄事前就打过招呼，他远远地看小刀那一桌正是酒酣茶浓的时候，只使个眼色，径自出了酒店大堂。难得有这样的闲散，天气很好他今天心情也不坏，他驾着车有点不知道该往哪儿去好。接下来的遭遇绝对出乎他的意料。他亲自上演了一出英雄救美，另一个主要角色是，北北。

一开始看到那帮小家伙围成的圈子时黄漠并没多想，至多是帮半大孩子们又在瞎闹了，他这样想。现在这些孩子，全跟录像影碟什么的学坏了，动不动就喜欢打个群架，好好的头发也染得像黄毛怪。他隔着车窗瞟一眼。掉头过来的一瞬他迅疾地再转头过去仔仔细细地看了又看。他没看错，被围在中间的就是北北，他看错的是，那帮围着北北的竟然都是些女孩子。黄漠脸上表情有些怪怪，他想，这些女孩子的头发看来比自己长不了多少，计算单位得用毫米。

黄漠准备开车门的工夫，那边已经打起来了。看来是动真格的，因为黄漠看到一点点缩小的包围圈里有人正从腰间往出拔刀。北北一动不动地站着，但她的眼睛却极敏锐地四下里搜索。女人的打斗通常都是从尖叫着开始的，场面一下子就乱了，好像每个人都在尖叫，不知道是打着了人兴奋还是被打着了痛苦。黄漠赶紧下车，他正好看到北北抡圆了手中的大背包，横扫过去，面前的包围立刻出现一个缺口，北北就要往出冲，斜刺里一道亮光，北北突然地就站住，黄漠知道他不能不有所动作了。一声汽车尖锐的鸣笛，所有人不由自主地回头去看，黑色闪电样一部车疾冲过来，女孩子们惊叫着四下里逃窜，车门开处一只手把北北拉上车。

北北伤着了手臂。她用手捂着，但指缝间有血缓缓地渗出来，北北脸上神色痛苦，但她一声不响地咬紧牙关。在急诊室里，医生也很有些不解地看着这个女孩子，她一眼不眨地盯着游走在自己手臂上的银针，像是实习大夫样地专注和认真。她的手腕处有烟头灼烧的痕迹，还有可疑的锐器伤痕，白亮亮的。医生再看一眼面前这个女孩子，黑白分明的，带些婴儿蓝的眼睛却是纤尘不染。医生暗自摇摇头。以他多年行医阅人无数的经验，竟然看不出女孩子的来路。黄漠脸上看来不动声色，但他心里却吃惊不小，突然地，他从女孩子脸上眼睛里看到一种认同感。他觉得亲切。

黄漠问坐在旁边一声不响的北北，去哪儿？从医院出来北北就这样一动不动一句话也不说，他们已经沿环城路兜了一圈了。北北这才回头过来看一眼他，好半天，她问，能借我点钱吗？黄漠愣一下，随之立刻点点头。北北又掉头看着窗外，那咱们回城吧。

黄漠问北北为什么会发生这样的事情，北北回答说不知道，她好好地走在路上突然就被这帮女飞仔围上了，她们说看她不顺眼。

在一家旅馆门前，北北说，停。黄漠问，不回家来这里做什么？北北听见这话忽然一笑，但那笑旋即消失，她很平静地回答，来这儿住宿。说着她已经打开车门下车了。黄漠愣一下也跟着下车。

开票的是一个三十几岁的半老徐娘，嘴唇和指甲涂得鲜红，看表情应该是这家店的老板娘。她很热情地招呼北北和黄漠，两位住店啊。北北说， 位。她从包里掏出一叠钱来，就是刚才黄漠给她的那些，数了数，抽出几张，剩下的全都推到老板娘面前，一星期。

黄漠一把攥住北北的胳膊，他忘记北北的伤，北北痛得倒吸口冷气，他急忙松手，但他的语气依然不解而焦灼，他看了那老板娘一眼，她正伸长着耳朵。黄漠压低了声音，北北你这是干什么？怎么想起来住这种地方？别忘记你还有伤，三天后还要去医院拆线，不在家休息跑这里来谁能照顾你?!他就像美国电影里一个正在教训不听话的小女儿的父亲样关爱而又克制。

北北慢慢掉过脸来看着他，她说，我没地方可以去。黄漠愣了。但他看得出，她说的是实话。黄漠一把抓起北北那只没受伤的胳膊就向外走，北北不甘心地回头，钱，我的钱。她用受伤的那只胳膊上尚且灵活的小手把柜台上的钱抓过来紧紧地捏在手里。

车停在路边，黄漠问北北，为什么不回家？北北倔强地紧闭着嘴一言不发。黄漠看着远远的天边，太阳正红红地倦倦地往下落，他说，北北，你现在有伤需要别人照顾，那种旅馆条件太差而且不安全，他转头过来，好吧，我不问你为什么不回家，但是，我也不许你住在那种地方，他停了一下，要么去酒店开间房，要么，我带你回家，你选择吧。北北有些意外地转头过来，他们对视着，好久，北北开口，我住酒店。黄漠一言不发地将车发动。

北北在前台接待处接过房卡在上面签字，黄漠把钱递过去把收据交给北北，看她放好在包里。两个人向电梯方向走去。北北看一眼黄漠，从进酒店到现在，他一句话都没说过，就像个听话的跟班一样，好像他来就是为给她付钱。北北要的是无烟层的一个标准间，只有四星和以上级酒店才设置有无烟层。黄漠在房间四下里看看，挺满意，他看看很舒服地蜷在大圆沙发里的北北，我留一个电话给你，如果有事或者觉得不舒服，他从桌上的夹子里抽出一页纸来写下一串数字然后交给北北，记住，有什么不对，立刻打电话给我。以他的经验，像北北手臂上这样的锐器伤，半夜里一定会发烧或高热。

北北送黄漠到门口，黄漠又回头过来嘱咐，房间里有送餐电话，饿了自己打电话叫餐。北北冷不丁就问，为什么对我这么好？黄漠愣一下，他很快就笑了，因为你是一只受了伤的小猫。北北的眼圈迅速红一下，她低下头。黄漠抓住门把手，再见。他关上房门。

北北在房间四下里走来走去，浴室、壁橱甚至电视柜下面的小冰柜她都打开来仔仔细细看过，有一排玩具样的迷你瓶装洋酒她玩了好半天。她真的打电话叫送餐，而后，她拿出那页纸看了好半天。很难记的一个手机号码，她拿起听筒。只响了一声，那边就传来他的声音，喂？北北悄悄笑了，她假装无所谓地，没事啦，我只是试试看你的电话有没有开机。其实她本意是想试试这个号码是否真的存在，她以为，他一定是留一个根本不存在的电话号码给她。本来嘛，世上哪里会有那么好的大头？可这一会儿，她不知该如何表情。

送餐一并上来的还有一块保鲜膜，北北特意要的。她很小心地将裹了白纱布的手臂紧紧地缠上一圈又一圈保鲜膜，然后换上酒店的浴袍去了浴室。躺在酒店特有的宽大洁净的床上，北北索性将浴袍也褪去，已经很久没有这样完全放松完全清爽地好好地睡一觉了，很快，北北的眼皮就开始粘在一起。

北北没去在意臂上的纱布，纱布的两边都湿了一截。

黄漠被意料中的手机振铃叫醒，但是，没有人说话，甚至一点声气都没有。来不及多想，黄漠抓起车钥匙冲出门去。

北北觉得渴，特别渴，她睁开眼睛，正看到有人走出她的房间，那人穿一件松松散散的白衬衣，同样质地的黑裤子，一定都是绸的，因为走动间就像风吹样衣袂飘飘。听到动静那人回过头来，碰到北北的眼睛那人就一脸笑意，北北问，你来了？她这才听到自己声音嘶哑底气不足，那人就笑，雪白的牙齿好看地露出来。北北这才发现她已不在酒店客房，落地窗前垂挂着一袭雪白的纱，阳光就无限温柔地抚摩在她的脸上身上。北北忽然记起，自己睡在酒店客房的床上时好像是没穿衣服的，她大骇着急急看自己身上，穿着浴袍。这让她很是长出一口气。她转动着眼睛，这是哪儿？我家。他说。

北北半坐起来喝他为她熬的粥。他刚才告诉她，那天夜里（这已经是第三天），他被她打来的电话惊醒，她在电话里只说了我病了三个字电话就断了，他赶到酒店，两个女服务员正手忙脚乱地打电话给值班经理和120急救中心，他说是她的朋友，他还说他的车在下面，于是他们一行人就把她送去了医院，可巧那医生跟他很熟，进行必要的措施后，朋友说，没有床位与其这样在过道长椅上躺着不如回家，朋友承诺上门应诊。所以，他看着北北，你就到这儿来了。

北北点点头，但心里却半信半疑。她不怀疑他送她到医院，可她依稀记得，那天夜里，当她感觉自己头痛欲裂而且周身上下灼烧般痛时，她只够力气去卫生间把洗了的内衣套上，那几乎用尽她全部的力气，内衣还没完全干，还有些潮，她顾不得许多，她挣扎到电话旁，她只来得及按下重拨键……

但是，她宁愿相信他的谎话，她宁可相信，那谎言背后自有着一份怜惜和深情。她不由得看他，他也在专注地看她，她垂下眼帘，目光正好落在他胸前，松松散散的白衬衣只扣着两个纽，敞开极大的领口袒露着他健美的胸和胸前的伤疤。

这时候门铃的蜂鸣声响起，他站起来，她才看到他是光着脚的，光着脚走在浅棕色木地板上感觉一定很舒服吧，她这样想。

来的是医生，看来是和他相熟的，但举手投足和简单的对话间全没有医生之于病人那种掌握生杀大权得以居高临下的优越感，医生是热情而细致的，这中间带有一点点不难被察觉的讨好。

医生很欣慰地说，今天的吊瓶打完会好许多，再有三天肌注应该完全康复了。他挑一下眉，确定？医生赶紧回答，确定。他笑了，弯下腰来很认真地看看她的手臂，今天可以拆线吗？得到肯定的回答后他很自然地在床边坐下，他轻揽着她的肩，会有一点痛，不过不要紧，痛得厉害你就抓紧我。她摇摇头，我不怕。缝针她都能一眼不眨，拆线她还会怕吗？医生拿着托盘过来，他已经带上医用塑胶手套，他的手里拿着亮闪闪的小剪刀，她像前些天看医生缝针那样盯着小剪刀。手臂里的线被一点点地抽出，她能听到哧哧的响声，有点痒，倒不很痛，有一处缝线打结的地方，线抽去后就渗出一粒血珠，她抖一下，她只是下意识地抖了一下，就这时候，他的手轻轻罩住她的眼睛，他把她拥在了怀里，在她耳边很小声地说，别怕。

好像有一个世纪那么长的时间，北北在他怀里闭上了眼睛，他的身上有一种气息，温暖的洁净的，他罩在她眼睛上的手像是轻抚着她的脸颊。从来没有过的温情像是重锤样击打着北北，这时候，她听到了他的心跳，有力的沉稳的，一下一下。

从那一刻起，北北忽然觉得自己想要小女孩脾气，想叫人宠着疼着，她再不想像以前，满脸不在乎，没心没肺跟谁都彻底不相干的样子。

医生走了。房间里重又安静下来，北北试着下床，她觉得有些腿软。她一步步走到窗前，她才知道，光脚走在木地板上的感觉真的很好。不知道什么时候他站在她身后，她回过头来，他说，你可不能光着脚跑来跑去的，当心着凉。她说，你自己还不是光着脚。他就笑，他伸出手来在她头上胡乱摸一下，我是大人嘛，你不一样，你还是小孩呢。说这话时他的声音里充满着爱怜。她有些发愣。这是第二次从他嘴里听到这样的话，上一次，他说她是只小病猫。忽然地就觉得眼底发酸，北北低下头又抬起头，我还不知道你叫什么呢？她的神色很认真。他想了一下，黄漠。

一直到北北手臂上的伤完全好了，黄漠一直陪着她。这一天吃过晚饭——黄漠的厨艺真是没人可比，北北突然就问，你不用上班的吗？黄漠笑了，我在休假。北北不相信地看他，那你是做什么的？能住这样漂亮的大房子工资一定很高，还有休假？黄漠坐到她身边来，做进出口贸易。

转天有几个人上来，黄漠说，大人有事要谈，就很自然地把北北一个人留在客厅，他们去了书房。许久，那几个人告辞，黄漠坐到北北身边来，两个人一起看电视。北北问，那些人是谁？你同事吗？黄漠沉吟着像是考虑怎么说，北北快快地抢先，别告诉我说那是你上司。黄漠微笑地看北北，你怎么知道的？北北不以为然地撇嘴，你是他们的上司还差不多。黄漠仍然在笑，怎么讲？北北一边乱按着遥控器一边毫不在意地说，从头到尾他们看都不看我一眼。黄漠这一回是觉得有些好笑，不看你？北北掉过脸来，是不敢看我，他们连看都不敢看我一眼。北北终于找到一个喜欢的电视节目，她饶有兴趣地盯着电视屏幕。黄漠脸上还挂着笑意，若有所思。

北北和黄漠在一起很多天，黄漠不问北北为什么不回家去，北北也从来不提。北北从一睁开眼睛直到闭上眼睛，电视就那么忠心耿耿地哭着笑着唱着。北北从没把哪个节目或是剧目认真地看完，十分钟都没有她就开始换台，按北北的话说，她最喜欢看广告，当然是那种制作精良别出心裁的广告。黄漠的电视配有一个接收器，可以收看几个加密频道的节目，包括香港卫视中文台。

这一天卫视娱乐频道播出全港广告创意评比实况，节目近五个小时，北北就乖乖地在电视跟前坐了五个小时。黄漠间或陪北北跟着电视里的评委品评一番，但心底里他对广告却不怎么感兴趣，有时候甚至挺烦广告。电视节目正看到兴头上，突然地就插进一个甚至几个广告，让人心里那么不痛快。可是北北喜欢，他也就顺着。北北指着屏幕大呼，天，这个广告一定得第一！黄漠抬头看，整个画面上一片姹紫嫣红，一望无际的蓝色海面上漂浮着各样各色的鲜花，一艘豪华游艇进入画面，一个年轻女子探头向下看，满脸满眼的惊喜，她迅速登上船尾，曼妙的身体裹在一条长不及膝的红色紧身裙里，金发迎风飞舞。她纵身一跃，笔直地落入海中。那件紧紧贴住她身体的红裙被定格被凸显，紧跟着变形成为X字样，画外音，人头马一开，好事自然来。果真是为人头马XO做的广告。黄漠笑着摇摇头，北北一脸的崇拜，还沉浸在画面里。

黄漠回到书房。他要接几个电话，偶尔的，他也要打一两个电话。

北北不看广告的时候就会跑来烦黄漠，她经常会出一些诸如“三个小和尚一顿吃米饭半碗，两个大和尚每顿吃米饭三碗，一个老和尚每顿吃米饭两碗，小和尚一天吃四顿，大和尚一天吃三顿，老和尚一天吃两顿，十天他们总共吃多少”等等题来为难黄漠。黄漠答不上，脸上难免会有些窘，北北就很得意。

这一天北北很晚才起来，吃了早点她破例没看电视，她站在落地窗前看天，天很蓝，阳光很亮。黄漠去换了衣服，他像是随随便便地冲着北北说，今天咱们出去。北北闻听倏地回过头来，她的脸上先是兴奋，之后突然就变得有些黯淡，但她终于还是笑了。她飞快地换好鞋，把那只大大的卡通包重又斜斜地背在身上。

车子轻快地向前疾驰，北北趴在车窗上看外面的天，天上的云，路边花花绿绿的行人和草坪，看一个卖气球的，不知怎么的一失手，一大堆气球争先恐后地向天空逃去，北北咯咯地笑出声来。黄漠看一眼北北，他戴着太阳镜，所以北北看不清他的表情，但听他的声音知到他在笑，他说，北北，既然这么高兴出来玩为什么不告诉我？北北脸上的笑容一下子消失得无影无踪，她把身体摆正，她说，我怕。黄漠很奇怪，怕，怕什么？北北不出声了，好半天，她说，我怕出来就再也回不去，我已经害怕那样漂着了。黄漠心里一怔，他太阳镜后面的眼睛很认真地看了一会儿北北。

北北问，咱们这是去哪儿？

黄漠说，去看一个人。他的声音淡淡的。

车终于停下来，停在一片杂乱无章的平房前面仅有的一块空地上。黄漠下车，他打开后备箱，北北吃惊地瞪大眼睛，看黄漠从里面一样一样地往出拿东西，她到后备箱那儿使劲朝里张望。锁了车门黄漠带着北北深一脚浅一脚地从一条巷子往里走。

这是一片看来几乎一模一样的砖砌平房，都一样的粗陋，一样的七长八短，但细看，每家每户绝不相同，都有着明显只属于自己的特色。北北紧紧地跟在黄漠身后，她的记忆里小时候住过的四层楼已经称得上是历史，眼下这样的房子是她想也想不出的。她有些好奇更多是不解地看着那些漆过的院门，多是木头的，也有杂物拼的，纸板啦三合板啦，北北很怀疑那能门，在她看，不要多，只一大脚就能解决了。最高级的一家用整张白铁皮把门包了，上面还钉着圆圆的钢钉倒也威风。

黄漠在最里面一户人家门前站住，看不出那门原来是什么材料，因为门板上厚厚腻腻一层污垢都泛起了亮光，门上一把大铁锁，黄漠熟练的在门框上摸一把钥匙，下来开了门。

适应了好一会儿北北才算喘过气来。即使在白天，这间屋里依然要开灯，因为窗户已经被乱七八糟堆积起的杂物给淹没了，说是乱七八糟实在是不恰当，北北已经看出，最边上一堆是鞋，再旁边是扎成一捆捆的破布，再往过是饮料瓶，再往过是摞好的旧书报……北北没出声，从屋里那股经年累月攒成的怪味里她已经知道，这就是个破烂回收站。黄漠已经脱了外套放在墙角仅有的，也是唯一看来还算干净的行军床上，那些带来的礼物也放在床上，在昏暗而污浊的房间里那些东西看来有一种不真实的美色和美味。黄漠捋了捋袖子，动手整理另一间屋里几个半人高的尿素袋子，他看来娴熟而且麻利，很快那些东西就分成两处，左边那堆看来多些的，显然最终是要挪到这间屋里来的。北北也蹲下来，黄漠及时抓住她伸向一只饮料瓶的手，去坐着吧，这不是你能干的活。他轻轻地笑，态度却是不容置疑。

门外传来脚步声，迟疑地在门口停住，黄漠直起腰来，门开了，阳光把一个人的影子拉得很长，北北看到的是一个矮小的有些孱弱的老太婆，她穿着一件斜襟的看不出本来颜色的大褂，脚下竟是一双比小脚大但比大脚绝对小的，怪脚，她还缠着绑腿！北北不知道该说什么的时候，她听到黄漠叫了一声奶奶，他说，奶奶你回来了？

老妇人呵呵地笑了，她已经没有多少牙，所以布满皱纹的脸上嘴部就像是一只漩涡，她说，天赐，你来啦？好，好。她进门来放下背后一只看来硕大的背篓，那里面有钩子有火钳，她看到北北，这是谁家的小囡囡？黄漠好像一下子不知道怎么回答才好，北北走几步，奶奶好。老太太枯干的眼睛里突然有了一抹光彩，唉。她应着，声音里充满着慈祥。

吃了晚饭天就有些黑了，黄漠已经为老奶奶整理好所有东西，他看着一点点抿着桃肉的老人，奶奶，我还是留些钱给你吧。老奶奶很坚决地摇头，不要，天赐，我一个人儿，能用得着那么些钱吗？你自己留着用吧，还有，你忙就别老来看我，再来也别买这些东西了，我能吃多少呀，都浪费了。她慈爱的目光罩着黄漠,但是,她的眼神却好像看得很远很远。

北北跟在黄漠身后向老奶奶告别,走出几步远了,回头看,老奶奶还靠在门框上一动不动地看着他们,黄漠冲她摆摆手,她突然就喊出声,天赐,好好儿的呀！声音掩饰不住的苍凉和揪心。

北北清楚地看到,黄漠的脚步顿了一下,然后他头也不回地向前走了。北北回过头去向老奶奶挥挥手,那个苍老的身形成了她心上一块挥之不去的阴影。

这一晚再回到黄漠的住处,北北竟有一种恍若隔世的感觉。黄漠从浴室里出来,只穿一条阔大的白绸长裤,身上还有水珠在滚动,他的眼睛红红的,一定是进了水,北北这样想。他径自走到窗前,就像上午时候的北北一样,他看着外面的天,幽蓝的深邃的天。

北北悄悄挨近他,她的脚碰到他的,她的小小的冰凉的脚碰到他粗硬的宽厚有力的脚上,他立刻回转身来,我都说了不许你再光脚的。他说着轻轻一抱就把她托在手中,一直走到她睡觉的那间小屋,他把她放好在床上,拿毯子盖了,特别把她的脚遮得严严实实。她一眼不眨地看着他,她问,老奶奶为什么叫你天赐？小名吗？他停住,半天,他在床边坐下来,天赐是老奶奶一个人叫的,他像是自言自语,因为我是老天赐给奶奶的。我是个孤儿。

北北震惊了。

黄漠是在刚生下来肚子上还挂着脐带时就被人扔到了垃圾堆里,那时入夏,天倒不很冷,奶奶那时候还不算老,她拾荒时要戴口罩,要留意躲避熟人,她还戴手套,她那时的手远不是现在这样粗糙皲裂。老奶奶第一眼看到那个孩子时以为是个死孩子，他小小的身体几乎被苍蝇盖满。就在她转身的一刹那，那个小身体动了一下，一声尖利的啼哭，受惊的苍蝇轰的一声四散逃开。

这个婴儿被老奶奶带回去，她叫他天赐，意喻他是老天赐予的。

天赐给老奶奶带来了快乐也带来了麻烦。老奶奶那时候被人相中，都已经定了日子了，因为这个从天而降的孩子而告吹。老奶奶从此没有了这念头，她一心一意地带着天赐活着，只是比以前更苦更累，她不再戴口罩和手套，她顾不上。天赐在各种各样的脸色和眼光里长大了，并没有因境遇的尴尬而泯灭纯真的童心，他比一般孩子都淘。他终于因为淘闯下大祸。

因为玩火，他引燃了堆积如山的破烂，火势蔓延开来，不大的工夫所有人家都陷入火海。那时候这些拾荒大军的居住地还都只是些窝棚，好的也不过土坯房上架几道梁，那把火，让这些没人在家的住户无一幸免，他几乎就是烧掉了一座城。大人小孩男人女人都疯了一样地找他，说找到他要打死他，说他是祸害是灾星，奶奶死也不肯说出他在哪儿，人们往她身上扔土坷垃，往她脸上吐口水，他就躲在奶奶死死坐着的那只筐里，周围全是没燃尽的湿水的破布。他先还听着人们的骂声害怕，后来，他睡着了。

他醒时正在奶奶背上的筐里，奶奶说，他们不能再待下去了。奶奶脸上青肿着，但很踏实的样子，你没事就好了，天赐。

奶奶讨饭拾荒拉扯着他，他们走遍了大半个中国，他终于长大成人，可是奶奶却老了。奶奶不肯丢掉跟了她一辈子的背篓和火钳，她说，孩子，你要开始你自己的生活，跟一个讨饭婆子一起人家会看不起你的。奶奶真的不再和他在一起，甚至他给她的钱她都不肯要，她说她能养活自己，她说她每次都说，好好儿的呀。

房间里重又安静下来。

你是第一次给别人讲这个故事对吗？北北问。

黄漠点点头。

你也是第一次带人去看奶奶对吗？

黄漠再点点头。他不知道，他心底里也不知道为什么会告诉北北这些，为什么会带北北，带这个并不了解，甚至说不上认识的女孩子去看奶奶。

黄漠只觉得手里一动，是北北，北北把自己的一只小手放在他的手心里，那是表明一种信任和理解，这一刻，黄漠为北北毫无保留的坦诚和率真而感动。

你知道我是谁吗？北北问，很认真地盯着黄漠的眼睛。

黄漠没有说知道也没有说不知道，他没有回答。他只在心里觉得，面对面近在咫尺的两个人在一个门里同吃同住了好些天，突然出现这样的问题有些奇怪也有些好笑，但是，这却是事实。

我爸爸是现在的公安局长。北北说。真的。她又补充一句。

黄漠依然不作声。但他脸上的表情叫作信任。

北北问，知道我为什么叫北北吗？并不需要回答，她自顾往下说，我妈妈是北京知青，因为认识并且爱上了我爸爸，就跟他一起来了大西北，所以，名字里面第一个北是妈妈的北京，第二个北是爸爸的大西北，我就叫北北。

北北靠在床头上，她像是叹口气，其实妈妈一直都是喜欢北京的，只是因为爸爸她才来到大西北，不过妈妈终于还是回了北京。

黄漠问，你妈妈为什么不带你一起呢？他能看出，北北爱她的妈妈，相信她的妈妈也是一样爱她的。

北北轻笑，不能。因为妈妈死了，她是在死了以后才又回到北京的，是我送回去她的骨灰。我把她的骨灰撒在香山，那些叶子红得正好，妈妈说，那是她曾经最喜欢的地方。

北北就这样轻声细语地娓娓道来，像是说一件全不相干的事情，没有悲痛欲绝没有痛哭失声，只在脸上现出一种与年龄不符的沉静。

你知道我妈妈怎么死的吗？北北再问，同样不需要回答，她轻轻地然而是肯定地，我妈妈是担心死的，是为我爸爸担心到极点，就像一个人再也承受不了压在身上的重担，轰隆一下倒下去，让那些东西给压死了。我妈妈死的时候才三十五岁。

黄漠终于听到北北吸了一下鼻子。

妈妈死后我和爸爸相依为命，那是记忆中一段幸福的日子。一直到那天，我才知道，妈妈的担心，妈妈那样的担心是有道理的。

黄漠听着，很认真地听并且努力体味着北北的情绪。

北北把被子蹬去一边，她伸出两只手臂，再动了动两只脚腕，看见了吗？她的眼睛单纯得能看到她心里去。

黄漠再一次仔细看了看北北的手腕和脚腕，和上面的伤痕。

黄漠不是第一次看到这些伤痕，这些触目惊心到让人心悸的伤痕，那天，他赶到酒店去的那天，倒在地板上的只穿着内衣的北北在不知不觉中已经把所有的伤疤都亮给他看了。她的手腕、脚腕上都有着奇怪的几乎一模一样的环状创口，还有圆圆的一望而知是烟蒂灼烧过的烫痕，那样年轻稚气的身体却又是那般满目疮痍，黄漠心里泛上的不是猜忌而是一种怜惜。

北北一字一句，是手铐。带齿的手铐。

之前黄漠想到过这个答案，但他立刻否决了，可现在，一经北北的证实，黄漠的心忽地沉下去。

北北重又把被子一点点盖好，被子直拉到下巴，她不看黄漠，她盯着对面的墙壁，可眼神却已经涣散开来。

对于一个在警察大院长大，从四岁就跟特警队员混在一起的女孩子来说，会几下拳脚功夫是最自然不过的，特别是北北妈妈去世后，工作忙碌的爸爸干脆就像是把她交给了院里的特警队。她跟着高自己几乎一倍的她可以叫叔叔的特警队员们学习擒拿格斗、自由搏击、实弹练习……在学校里，再调皮的男生也不敢惹她，北北很骄傲。

直到那一天。

我才知道，我的骄傲是那么不堪一击，他们挟持我就像老鹰抓小鸡样的轻松，好像稍一用力，我的骨头就会碎掉。他们用手铐铐住我的手和脚，说我爸爸就是这样对他们的，这叫以其人之道还治其人之身，我喊不出来，他们堵住了我的嘴。后来，他们取掉了堵我嘴的毛巾。

房间里死一样的寂静。

他们，他们把我的手和脚固定在一张铁床上，我挣扎，手铐上的齿就紧紧地咬进肉里，他们说，你喊吧，喊你爸爸来救你。他们撕掉我的衣服，他们把烟头在我的身上捻灭，他们一个接一个地上到床上来。到处都是血。妈妈对爸爸的担心应验到了她女儿身上。

北北的声音和她的手一样冰凉。

黄漠慢慢、慢慢把北北揽到怀里，北北，不要说了。

北北在他怀里无声无息地笑了。这样交换可以吗？

黄漠愣住。

北北轻轻地坚决地，你告诉了我从来没有告诉过别人的事情，我也一样。

黄漠为北北盖好被子轻轻离开了北北的房间。

躺在床上黄漠却了无睡意。北北的事情他是知道的，但从北北嘴里说出来却有着非同一般的震撼效果。黄漠清楚地记得，当时尚兄召集所有人开会，尚兄说，不管什么时候，招惹警察那就是找死！前后看看，从有中华人民共和国到现在，那些个打死杀死警察的有哪一个跑得掉？何况轮奸刑警队长的女儿，那就死得更快！所以，尚兄很明白地告诉大家，谁要是敢给作这个案子的人一点帮助……他的眼光阴冷地扫过一张张面孔。没有人敢。除却尚兄的警告，再就是，江湖上对这类人其实也是不齿的，杀人越货甚至坑蒙拐骗也比这种人还强些。

这之后不久，严打就拉开了序幕，规模之大打，击力度之强是前所未有的，北北那起案子没有在社会上公开，但黑道上传得却很快。四个人相继落网且从重从快被执行了枪决。可是黄漠却听尚兄无意中提过，其中有一个是替罪羊，那个可怜的喽啰，替下了老大的弟弟。

黄漠点着一支烟。

他想起小刀说的话。前不久，小刀上来找他商量事情，小刀说，离这个丫头还是远点好。他没作声，只看了小刀一眼。小刀赶紧解释，这也是尚兄的意思。他说，我有分寸。

在今天之前，在刚才之前，他还能够自欺欺人地认为北北不过是一个孩子，一个无家可归的孩子，一个令人怜爱的无家可归的孩子。可是，北北已经亲口告诉他，她就是现任公安局长的女儿。他不能再回避，再无视这个现实。他一点点摁熄了长长的一截烟蒂，也许，真是该让她走了。第一次，他做了决定内心却那样沉重。

一声尖利的叫声。北北的房间。

黄漠本能地一跃而起，他冲向对面的小屋。

小屋并没有其他人，窗是关紧着的，窗帘也纹丝不动地垂挂着。

黄漠去看床上的北北。叫声正是北北发出的，就是现在她也依然尖叫着，声音里满是恐惧和凄厉，黄漠再细看就知道北北是在做噩梦，在她满是汗水和泪水的脸上，她的眼睛紧紧地闭着。这时候北北踢掉了身上的被子，黄漠一眼看见，北北的一只脚正绞在固定床单的宽宽的松紧里，由于挣扎和踢蹬，北北的那只脚已经青白发灰。黄漠抓住北北那只还在乱动的脚，他想要把她的脚抽出来，有什么东西掉落在地板上，很沉闷的一声响。黄漠顾不上这些，他手中北北的这只脚因为勒得太紧已经冰凉，北北还在尖叫还在徒劳地挣动。黄漠情急中竟怎么也做不到，他冲到厨房拎起一把锯齿刀，宽宽的松紧带被齐齐地割断，黄漠扔了手中的刀，一把抱紧了北北，他摇晃着她，醒醒，北北，你做噩梦了。北北终于睁开眼睛，她的双手举在胸前本能地推拒着黄漠，黄漠慢慢地松开手，他指给她看床脚的松紧带，割断松紧带的刀，他握住她带有淡淡淤痕的脚腕揉搓着，北北，只是个梦，你不该给我讲你的故事，你永远都不该再回忆那些人、那些事，你永远都不要再回忆那些人、那些事。

北北怔怔地看着黄漠，脸上泪痕未干，眼睛里重又蓄上汪汪的亮光，她拼命地抿住嘴角，她不想哭出来，可是，她做不到。

北北扑到黄漠的怀里，她紧紧地抱着黄漠，把脸上的泪涂在黄漠胸前，北北泣不成声，我忘不了，我好多次梦到他们，我哭我喊，可是没人理我，我好怕……黄漠一点点地也抱住北北，隔着薄薄的棉布睡衣，他能感觉到北北的身体在颤抖，他抱紧她，北北，不怕，有我呢。黄漠在这一刻好像回到了从前，他烧了那把火的从前，多少次在梦里，他被熊熊大火包围着，他想要冲出去，可是一圈看不清面目的人，他们朝他扔石头砖块，火越烧越近，终于舔着他的头发、皮肤，他也是这样惊醒，一脸泪一身汗，他醒来总能看到老奶奶慈爱的脸，孩子，她用枯干起皱的手摩挲着他的头，孩子不怕，有奶奶在呢，不怕。这么多年了，黄漠没有掉过一滴泪，可眼下，分明的，有一股热辣辣的东西哽在喉头。

黄漠把北北抱在胸前，抱她去了自己的房间，把她放好在自己那张宽大舒适的硬梨木床上。从小养成的习惯，他怎么也睡不惯那软绵绵暄腾腾的席梦思，睡硬木床他才觉着踏实。他冲一杯热奶递给北北，看着她一点点喝完，他柔声说道，睡吧。他在奶里撒了一点点安眠药的粉剂。北北真的闭上眼睛睡着了。他站起来，走回到北北的房间，在床和床柜之间的缝隙里他伸手摸一样东西出来，灯光下幽光一闪。是枪。一把真正的枪。他径自去了书房，拉开书桌右手的抽屉，把枪放在一个顺手的位置上。

黄漠站在床边看了北北好一会儿，他调暗床头灯，轻轻在北北身边躺下来。睡梦中北北把脸埋在他的胸前，细微的呼吸轻轻拂过他的肌肤。时而北北的身体惊悸地抽动，黄漠急忙轻抚着她的背心，直到她重又安静下来。掌心所及的身体是年轻的稚嫩的，是脆弱的单薄的，看着她还带些孩子气的脸孔，黄漠的心里涌动着怜惜。除非北北自己愿意，否则谁也别想让她从他身边走开。

北北醒来时天已经大亮，这一觉睡得很好，北北的脸上呈现出容光焕发的小模样来。黄漠不在。客厅没有，厨房没有，书房门是紧闭的，敲了敲，没有人应，显然也不在书房。北北走到先前自己睡觉的那间小屋门前站住了，厚厚的床垫上铺好着新的一张床单，可原先用于固定在四角的宽松紧全都没有了。北北站在那儿有些发愣，就在这时传来开门的声音，黄漠一脚踏进门来。他手里拎着一只袋子，给北北的睡衣、内衣、洗脸搽脸的膏霜乳液，甚至还有一只公仔，导购小姐说的，女孩子都喜欢。

北北接过来，说声谢啦。两个人心下里都明白，他们都向对方表明了一种态度。

这一晚看电视到深夜了，北北仰着小脸眼巴巴地看着他问，我在哪儿睡？黄漠说，你想在哪儿睡都行。北北向小房间走去，在门口她站住，要是我晚上再做噩梦怎么办？黄漠一步步走上前去，他拉她到自己怀里，那就跟我睡。

那一夜他们做爱，自然而然地。黄漠尽可能地小心，他不断问北北，不会弄痛你吗？因为紧张也因为对此残存有恐惧，北北的身体微微有些颤抖，但她还是向黄漠摇头。

黄漠把北北紧紧地抱在怀里，北北的脸贴住他汗湿的胸膛。他抚着北北细致的光洁的背，心里涌动着从没有过的激情和冲动。他不是没有过女人，不多，但绝不少，妖冶的、性感的惊艳的、美丽的……可没有一个能让他产生有今天这样的情感，她们之于他只是需要，就像人饿了要吃饭渴了要喝水，一夜过后他甚至记不起她们的脸是什么样。可现在拥在怀里的北北却让他在冲动过后感受到一种切肤之痛，她就像是他身体的一部分，她是他身上的一根肋骨。

一直到小刀来，黄漠和北北过了一段神仙眷属般的日子。

那一天，门上的蜂鸣器罕见地响了起来，黄漠和北北正在茶几上玩塔罗牌，黄漠去开了门。小刀那张刻有刀伤的冷峻的脸出现在门口。只一个人。小刀看了一眼北北，没表示出意外，甚至他还冲北北笑笑算是打了个招呼。他和黄漠走进书房而且关上了门。

小刀只待了很短的时间。他告辞走后黄漠重又坐到北北身边。我要出差，就几天，你能照顾好自己吗？北北不出声，看着黄漠，半天，她站起来噔噔噔走到卧室，衣服也没脱就拿被子整个地把自己蒙了个严严实实。黄漠跟进卧室，他在床边坐下来，北北，听话，我就去几天，我带好多好多礼物回来给你，好吗？没有回应。黄漠硬把被子从北北身上揭掉，一张被泪水浸湿的小脸儿映现出来。黄漠只觉心里一热。北北跪坐在床上眼巴巴地看着黄漠，能带我一起去吗？黄漠伸出手去爱怜地擦拭北北脸上的泪，他坚决地摇头，不行。北北抱住他的脖子，泪水一股股地往下淌。那你不会不回来了吧？傻孩子，黄漠抵住北北的额头，怎么会呢？

半夜，黄漠醒了，一双小手小心地羞涩地轻抚他的胸膛，紧跟着，一张湿润润的唇印在他的颊上，一点点移到他的唇。黄漠张开臂膀，触手所及温润光滑，是北北，她已经除去了所有衣物，黄漠感受到她滚烫的脸颊和微微颤抖的呼吸，他翻身把她紧紧抱在怀里。

第五天，黄漠已经登上返航的班机。以往他办完事后总要在外逗留几天，可这一次他却没有一点心思。他只想快点回去。北北打电话给他，只小小声音说，我想你了。他归心似箭。

这之后很长一段时间，黄漠早出晚归。休假结束了。他这样告诉北北。不过即使再忙再晚，他都是要回家的。这一天难得空闲下来，北北突然说，带我去你公司看看吧。她像是在撒娇，但眼睛里看来分明是认真的。黄漠几乎没有任何迟疑，他说，好。

黄漠的公司在中银大厦33层，能在这里占据整整一层楼面的公司都是有着非同一般实力的。黄漠的办公室在楼层最里面，紧挨着非常出口。北北不解，在她看，迎门左右手那两间办公室的位置才好呢。黄漠只一笑，我喜欢清静。的确，这间办公室不但清静简直就是寂静。北北东看看西摸摸，看得出她很高兴，她问，那个脸上有疤的人呢？他的办公室在哪儿？黄漠轻描淡写的，他在另一家子公司。北北再问，这整整一层楼真的都是你的吗？黄漠很认真地回答说，国家的。两个人都笑了。

北北好像更喜欢黄漠这样朝九晚五的工作作息。这一天，黄漠回到家，北北竟然在厨房里忙活，煎得太老的蛋，炒得太生的豆角，还有清亮亮没有一点内容的汤，北北鼻尖上亮晶晶的，她很有几分紧张地看黄漠伸出筷子。黄漠放下筷子，北北的失望明明白白写在脸上，她怏怏地走来想要收拾，黄漠握住她的手，轻轻一带，她就在他怀里，黄漠说，我从来没吃过这么好味道的菜。北北瞪大了眼睛，真的假的，不是骗我哄我开心吧？黄漠缓缓摇头，是真的，怎么是哄你开心呢，因为这里面添加了一样很重要的调味，是爱。

黄漠和北北都觉得，恋爱真是太美好了。

更多的时候，黄漠去公司，北北就一个人在街上四处逛，这时候她手里已经有了那把亮晶晶沉甸甸的房门钥匙。不知道她逛什么，不见她买东西也不见她做什么事。有一天，小刀的手下说，看见北北在大银行门前高高的台阶上坐了整整一下午，她看来来往往的车，还有来来往往的人。但黄漠回去时她无一例外地在家，不是窝在沙发里看电视，就是在厨房里瞎忙。

这一天北北又在街上瞎逛，临到下午，她发现自己忘记带钥匙出门，这时候，她正好走到中银大厦附近，她就想上去找黄漠。电梯门开了，她和小刀打了个照面。看到她小刀忽然显出很急的样子，小刀告诉她，黄漠不在，小刀又告诉她，黄漠忘记带走一份重要东西，这将影响到他即将进行的谈判，小刀还说，他很想给黄漠送去，可是不巧，他公司里打电话过来让他速回……不等他说完，北北就从他手中将一只档案袋拿过来，里面装着厚重的东西，很有些分量。

北北问清了地址，把档案袋放进自己斜挎的大大的背包里转身就走。这一会儿，她很有些瞧不起小刀，她不明白，那么冷峻的不苟言笑的一个人怎么突然间变得婆婆妈妈的，她在想，她应该提醒黄漠，这种性格反差极大的人是不可靠的。

北北过了马路。正是下班高峰期，中银大厦所处的又是繁华的商业圈内，来来往往的出租车全都没有亮空车灯，好不容易看有辆车远远停住，客人在往下走，等她跑到近前早被别人抢了先。这时候一辆空空的巴士开进公交车站。北北眼睛飞快地转了转，要去的那个信合大厦正好在这路公交车沿线站上，而且出租车禁行的高峰线路对公交车没有任何妨碍，少转一个大圈子呢，她一抬腿就上了车。

信合大厦是一座商住两用高层建筑，从大堂的指示牌上可以看到，这座楼里有不少公司和外省驻地办事机构。北北乘电梯来到十九楼，这层楼很安静，看来住户还没有全部入住的样子。北北停下来，1922，没错，就是这一间，北北抬起手来敲门。咚咚咚。

门应声开了，一个熟悉的声音，进来吧，北北看到的正是黄漠的背影，他一边听电话一边向客厅沙发方向走去，他还向身后做了个请随手关门的手势。北北有些讶异，小刀说的是谈判呀，可眼前这样子分明不是。她把小刀交给她的档案袋拿在手上，她悄悄跟在黄漠背后，她想给他一个意外。

意外发生了。

过厅左边的一扇门开了，走出来一个人，一个女人，一个只裹条浴巾头发还向下滴水的女人。她眯起眼睛来看着北北，你是谁？

黄漠这才回过头来，三个人像是三角形的三个顶点，面面相觑。

北北把手里的东西放在客厅长几上，这时候她已经看清，黄漠的西装外套和领带很懒散地扔在另一面的沙发上，甚至他衬衣上的纽也散开着两粒，他脚上穿的，是一双拖鞋。

北北向房门外走，她听到背后两人的对话。

她是谁？那个女人的声音。

公司送快递的小妹。是黄漠的声音。

公司送快递的小妹。空无一人的电梯里，北北涕泪滂沱。

北北游走在城市的大街小巷，她不知道自己该去哪儿能去哪儿，当她累极了再也走不动时，她才发现，自己正站在黄漠的楼下。她仰起脸来，仰到脖颈儿发酸也看不见窗看不见窗里是不是有亮光，她忽然有些赌气，又不是自己做错事，为什么自己要躲？她几乎是雄赳赳气昂昂地踏上电梯，电梯空荡荡的，她的勇气也一点点消弭，好久，她才伸出细细的手指心事重重地按下楼层指示键。

门是紧闭着的。北北迟疑着敲门。一下两下。门纹丝不动。北北沉不住气，她开始急促地用力地敲门，门里依然鸦雀无声。北北颓然滑落到地上，她心里没有了怨恨和愤怒，有的只是恐惧，唯恐就此失去的恐惧。

夜凉似水。北北抱紧双膝坐在门前的地板垫上，她拿定主意，如果黄漠还在外面，那他一定会回来，如果他是躲在屋里不出声，那他总要出来，自己就待在这儿，总能堵得上他，到时候，再问他，可是，北北睁着大眼睛一动不动，问什么呢？那个女人的样子又出现在眼前，只裹着浴巾的几乎就是全裸着的身体，她还能问什么呢？一颗泪冷冷地缓缓地滑过脸颊落下来，这一刻，她心如刀绞。

北北醒来时在一个人的怀抱里，她心里一惊就想要往外挣，但紧跟着她就顺从地伏在那人的肩上，那熟悉的体温和气息，是黄漠。

放北北在沙发上，黄漠站起身来向卫生间走，北北叫住他，黄漠站住但并不回头。北北一步步走过去，面对面，他们站着谁都没有先开口。黄漠那件浅色的外套上有血迹，不是一星半点，而是触目可见。黄漠摸摸北北的头，别担心，我没受伤，是另一个人的血，我狠狠教训了他，好让他从今以后懂得如何做人。

这一晚，黄漠第一次向北北问起了她的父亲。他问北北，你为什么不回家？北北看着天花板，很认真地看着天花板，她说，出了那件事后，我们都没法面对对方，我爸爸更多无法面对我死去的妈妈，她在天上看着他，她谴责他没有照顾好她的女儿。黄漠沉默了好一会儿，你这样在外面流浪他不担心吗？北北垂下眼帘，会有人把我的行踪告诉爸爸的，因为，每次我的卡上没钱的时候，总有人往进存钱，除了爸爸，我想不出还会有谁。

早晨黄漠去公司，他把钥匙拿一条牛皮绳串了很认真地挂在北北脖子上，别再把钥匙丢在家里了，看你到时候又进不了门。临出门的一刹那，黄漠转头过来，北北，以后不管什么人，小刀也好其他人也好，就算他们打着我的旗号让你送什么东西，你都不许接。黄漠强调，不管什么东西，你都不许接。

就在这一天下午，北北看见了小刀。先开始她没认出小刀，她是觉得那个微微笑着的胖子有些眼熟才多看了两眼，她认出，胖子就是来黄漠住处给她拆线的那个医生。因着这她才下意识地看一下医生的身边。那个人头上缠满绷带，一只手吊着夹板，走起路来稍显吃力，若不是那略有些右斜的肩上披的那件衣服——衣服上缀着极尽奢侈的银纽，昨天北北见到他从电梯里出来时他穿的就是这件西服，北北怎么也不会相信这是小刀，是看来不可一世冷酷无情的小刀。北北想起黄漠的话：我没受伤，是另一个人的血，我狠狠教训了他，好让他从今以后懂得如何做人。

黄漠教训的人是，小刀?!

后面的人叫了北北好几声，北北这才反应过来。小刀的人和车早已经不见了，北北在那儿站了好久。心里有什么东西若隐若现，你想要攫住它它却倏忽间无影无踪，你不去理会，它却若即若离地在你身前左右。

在门前北北拽出脖子上的钥匙，黄漠的话又一次响起，以后不管什么人，小刀也好其他人也好，就算他们打着我的旗号让你送什么东西，你都不许接。你都不许接。北北忽然停住，这一刻她才明白，黄漠教训小刀不是因为小刀让北北看见了那个女人，而是，小刀让北北接了不该接的东西，那只档案袋，那只封了口的有着厚重内容的很有分量的档案袋！

这骤然间的顿悟让北北如遭雷击，恐惧从脚心蔓延开来，只一瞬，就遍布全身。

这一天黄漠回来得很晚。进门时他发现整个房间没有一点光亮，他很轻地关门换鞋，他想北北一定先睡了，他不想吵醒她。直起腰来黄漠忽然发现，沙发上好像坐着一个人。他陡然一惊，接下来他长出一口气。借着窗外照进来的清亮的月光，他看清了，正是北北坐在沙发里，她在等他。黄漠打开客厅角灯，这灯光很柔和，及至看清北北的样子，他什么都说不出来。

北北像是在沙发上坐了很久，一下午？一晚上？或是一天？苍白的小脸上嘴唇抿得紧紧的，黄漠看她的那一刻，有一条亮亮的水线从她眼睛里溜出来，滑到洁净的颊上。这一刻，黄漠感到北北让她揪心，是那种凄凉而美丽的揪心。

黄漠弯下腰来，他直视着北北的眼睛，北北，你怎么了？

良久，北北开口，你能不能告诉我，昨天，小刀让我带给你的是什么？她在问他，可她的眼睛里却分明是洞察一切的明了。

黄漠站直了，他转身走到客厅的另一头，他给自己倒了一杯水，真的想知道？他漫不经心地问。

北北点头，泪珠纷乱地滑落下来，砸在她的胸前。

黄漠没有抬头，他轻轻地说，有些事情还是不知道的好。

北北跳起来，她冲到黄漠面前，是毒品，对不对？她紧张地看着黄漠，她的眼睛里迅速聚集起一片亮光，只要黄漠说一声不，她会立刻抱着他大哭一场，喜极而泣，求他原谅她的多疑和猜忌。

黄漠轻轻笑一下，我没看错，你真是冰雪聪明。是。

北北神经质地大笑起来，她抱住黄漠，我就知道你不是，我就知道我从一开始就知道，你那么好，对我好，对老奶奶好，你和小刀他们不一样，你怎么可能……就像断电一样她猛地停住，整个人不可控制地开始发抖，抖得像一片风中的叶子，黄漠几乎把持不住她的身体，你说什么？你怎么能说是呢？你应该说不是，说不是呀！

黄漠捧起北北的脸，那张脸浸透了泪水和悲伤，他把她搂在怀里，他再一次感觉到，她就像他身上的一部分，他觉得哪里在隐隐作痛。北北趴在他胸前涕泪纵横，如同一只受伤的小羊羔浑身颤抖，他搂着她，从没有过的虚空和无力。

北北突然间抬起头，黄漠，黄漠，小刀他们的事情你不知道的是不是？跟你没有关系的是不是？你有那么大的公司，中银整整一层楼啊，你做进出口贸易的，你怎么可能和那种东西有关呢？是小刀，是小刀欺上瞒下，去揭发他，去举报他，北北慌慌地从他怀里挣出来，给我爸爸打电话，我给我爸爸打电话，他一定会帮你的！

黄漠按住北北伸向话筒的手，北北，别傻了，他把北北重又抱在自己怀里，怎么可能和我无关呢？我的公司就是用来洗那些黑钱的，趁现在你还没有牵涉太多，你走吧，再也不要回来，回到你爸爸身边去，只有那样你才会安全。他看着北北，是我不好，一开始我就应该想到会是现在这种结局，但是，我不能看着他们把你拉下水，不能由着他们的想法，通过控制你来控制你父亲，我爱你，对自己爱的人，是无论如何下不去手的。你说报警？太可笑了，在黑夜产生这种念头的人往往看不到明天太阳出来，况且，就算报警又能怎么样？新闻会提到你，一个好公民或是弃恶从善的典型，可代价是你失去一切，亲人爱人甚至一生的自由和宝贵的生命，而后电视上仍然会演那些没完没了的广告，安尔尔卫生巾护护宝每日棉，人们印象深刻的是它们的吸水性都极强而淡忘了几分钟前的那个好公民好典型，北北，你对社会知道的了解的太少太少。他的手轻轻从她脸上滑过，你应该和你爸爸在一起，而不是我。

黄漠站起来，他像变了个人样的，冷冷的，他说，你走吧。

北北努力挺直自己细弱的肩背，她想要展现一个笑容给黄漠看，她用手臂擦净脸颊可她的声音依然含泪。

我今天去医院了，不想知道我去做什么吗？

黄漠依然背对着他，一动不动。

我去检查，医生说，我怀孕了。

北北的声音轻轻的，可这声音落在黄漠的耳朵里心里就像重锤般，他的身体晃了晃，在一个缓慢的转身里，北北看到，有一颗泪从他脸上艰难地落下。

北北一步步走近他，她抚着他的脸，你哭了，我以为你会高兴呢，你怎么哭了？

黄漠把北北紧紧地拥在怀里，我没哭，我很高兴，我太高兴了。

一夜无眠。

清晨的第一缕阳光从窗外照进来，黄漠把北北放好在被子里，他吻了吻她的颊，北北，我们有钱，我们可以去很远很远的地方，永远忘记这里曾经发生过的一切，我们，你、我和孩子，在一起幸福地生活，一生一世。他轻抚她的颊，但你要给我一段时间，一段不需要太长的时间。

黄漠进到自己的办公室随手就关上了门。他坐在硕大的皮椅里，他在思索。手机响了。他看一眼，是尚兄？尚兄只说了两句话。有一个客户来，一定要见。那个丫头，什么时候让她走？放下电话他心里很沉重。他想，他需要和尚兄谈一谈，时间不一定要长，但目的一定要明确。第一，他要和北北在一起，永远。第二，他也想退出江湖。他有相当的把握能得到尚兄的支持。其一，尚兄在阅尽人间春色后，不也遵循最为人道的一夫一妻制娶了雪梨吗？其二，尚兄当年在风头正劲时宣布金盆洗手全身而退，他一定也有过深思熟虑，今时今日他定会体谅自己的苦衷。更何况，尚兄和自己私交甚厚，能得到他的首肯对手下弟兄们就无需太多解释。所以，事不宜迟，黄漠打开保险柜，他挑了一对玉镯，这是前些日子外出时，对方为示诚意特意花重金从一收藏家手中得来的，温润酥滑，显见得是块好玉琢成。他和尚兄之间原用不着这般落俗，但他始终信服抛砖引玉的道理，再就是，尚兄毕竟新结于飞之喜，听说对夫人雪梨爱不释手，想必枕边的风吹草动对他不会没有影响。

一切准备妥当，黄漠给尚兄打了电话，他说想去吃午饭，尚兄在电话那头大笑，来吧，我这儿还有瓶好酒。

事情一如他的预想，尚兄颇多感慨，想当年第一眼看到你时，你不过才是个十四五岁的孩子，几年的工夫，脱胎换骨出人头地，在一班人马中显山露水，那时候我就知道，如果有一天我累了，倦了，那么能稳住这个局面的人只能是你！我没有看错。如今我不大在人前走动，但受到的礼遇较之以往不但不减分毫还犹有过之，全是倚仗了你呀。尚兄再和他干一杯酒，找个人接手吧。临出门时尚兄提醒他，今晚要见的是个大主顾，一定要谈好，收山前也好教人心服口服。黄漠点头。

一直以来黄漠对人的第一印象极看重，而且第一次接触对黄漠来说有着很敏感的他却极需要的信息，以此决定今后交往的深浅、生意的大小，亦或是根本就没有下次。但面前这个主顾，这个尚兄极为重视的人，黄漠第一次有些吃不准。那人看来极年轻，黄漠对此有些意外，但不一会儿他就明白，这个年轻人有着极深的城府和道行。他的眼睛黑白分明，但却总是瓷着看人，没有笃定的把握，人不会这般自信。第一次见面的时间很短暂，对真正要做生意的人来说，越是简短的谈话才越快靠近主题。很快，两个人站起来向对方伸出手去，简单的你来我往的几句对话，一条运输通道的最初构想就已成型。黄漠脸上程式化地带上一些笑容，对面的那个人伸出手来，合作成功。应该是很高兴的一句话，他的声音也是有着兴奋流露的，但是，那张脸上却依然高深莫测。

黄漠拎一大袋水果上去，虽然没有经验他也还是听人说起过，怀孕的人要多吃水果，对宝宝最好。北北等在客厅的沙发上，两只脚架在太妃座上，很懂得照顾自己的样子，见到黄漠进门高兴得眉飞色舞，我要吃糖醋西湖鱼，要吃白灼基围虾，还要吃银星酒店的水果沙拉。黄漠笑她，太夸张了吧。北北得意地晃脑袋，你敢说不？你现在要照顾的可是两个人耶。

晚上黄漠和北北静悄悄地躺在床上，黄漠轻抚着北北紧致的小腹，他说，真的，我的手心像是感觉到孩子的心跳。北北急忙也把手覆上去，是吗？哎呀，好像真的呀。黄漠满足地叹口气，要不了多久，我们就可以离开这儿了，那时候，你的肚子可能会有这么大。他比画了一下。北北笑，然后又不笑了，黄漠问，怎么了？北北说，要是我想我爸爸了该怎么办？黄漠把北北搂过来，等个两年三年的样子，等人的记忆都淡了，就把你爸爸接到身边来，还有奶奶，你不知道，四世同堂一直是我的心愿。北北睁大了眼睛，一脸向往。

和那个大主顾之间的商榷进行得十分顺利，已经定在这周六正式签署协议。黄漠觉得突然之间自己变得十分富足，有了爱人，有了孩子，还有即将到来远离险恶的幸福生活，心底里对这种刀尖舔血的日子他已经厌了，也倦了。

回到家时他的脸上带着浓浓的笑意，这样发自内心的笑放在以前是绝少有的，他在想，应该带北北一起外出去采买些必要的生活用品，孕妇穿的衣服啦鞋啦，北北的腰明显变粗，昨天她竟然穿着他的睡衣走来走去。

北北不在家。

黄漠有些纳闷儿。自发现怀孕以来北北十分在意，她再也没有单独外出过，也许，去楼下的超市买东西？她的嘴一刻都不能闲着，而且是想起什么就一定要吃的那种，他决定等一会儿。一直到天黑。黄漠的心里腾起一片不祥的感觉。北北的电话也在家里，甚至外套都还挂在玄关的衣架上，还有鞋，如果北北真的外出了她只穿着拖鞋？这不符合常理。黄漠在各个房间走了一圈。他停在电话旁。他思忖着该不该打个电话。但是他有些拿不准。

就在这时候，电话响了。黄漠慢慢地伸出手去。北北的声音传出来，黄漠，我是北北，我要回家。黄漠沉声应道，好，马上就回家，你把电话给旁边的人。小刀的声音传过来，对不起，我也是奉命行事。黄漠只觉得心里一冷。一直以来，他以为小刀和他之间是且只是垂直关系，他不知道，在他之外小刀原来还需要奉命行事的。这一刻，他心里油然而生从没有过的深重的悔意。他有种预感，自己像是驾车行走在单行线上，只能进不能退，而前方，一片混沌。

北北的脸上有着疑惑和些些的怕，聪明的她也预知到什么。黄漠轻轻抚弄一下她的发，还要吃东西吗？北北摇头，小刀他们叫嫂子的那个女人安排餐厅送餐，她还亲自炖了汤给我喝。黄漠笑，那就洗澡去睡吧。没事的吗？北北站起来不确定地看黄漠。黄漠笑，没事，他们只是等不及我带你给他们看，他们挺喜欢你，不是吗？北北去了浴室，隔着门也能听到她唱歌的声音。

黄漠一动不动地站在客厅中央的空地，他在想尚兄刚打来的电话。你就像一块金字招牌，没有你，我们会流失掉许多市场份额，包括眼前的这大宗生意。不要怪我，在商言商，说到底我是个商人。商人在大利大害面前,原无情义可讲。

这就是他一直视为兄长一直想要全力报答的尚兄。

电话里虽没有明说,但他从今天发生的事情,从那或明或暗的点拨里已经明白,北北已经成了对方制胜的武器。

他不能。北北已经是他身体的一部分。软肋。脆弱的致命的。

周六的协议签署得十分顺利。对方用少有的、直直的目光看他,原听说你要洗牌,如果那样我就不蹚这浑水了,这行里除了你,我还真没看上别人。他谦和地一笑,过奖。他举起手中的香槟,咱们的合作刚开始,来日方长。来日方长。对方也一饮而尽。

北北睡了以后,黄漠常常在书房一坐就是半个夜。他有些后悔将真实的想法告诉尚兄,他以前是太相信这个带自己入行上路的人了。在灯光下他轻轻抚摩那支闪着幽光的冰冷的枪,一种无形的力量从手指直传送到心里,每每这时候,他就迸发出无尽的勇气和信心。可紧跟着,他就有些颓然地垂下手臂。就以暴制暴而言,没有人是尚兄的对手,非到万不得已,他不能轻举妄动。但是,他一刻也没有忘记对北北说过的话,那也是对自己生活的憧憬和向往啊。

这一天在公司和那个主顾商谈一些实际操作中的细节问题,黄漠桌上的电话响了,来电显示是北北打来的,黄漠急忙抓起话筒,北北说今天是第一次去医院做检查,她想他陪她去。黄漠说,好,你在家等着。但是车由小刀开着去打蜡了。那冷面的主顾站起来,我送你,不过拐个弯的工夫。不好拂他的意,再就是,黄漠对陌生的车辆,尤其是出租车,怀有很深的戒意。他同意了。

一直到黄漠打开车门，在楼下翘首企盼的北北才欢叫着扑过来，那冷面主顾的司机也下车来帮着北北拉开另一边的车门。黄漠只含混地说是一个客户顺路。冷面主顾象征性地回转过头，你好。他和北北打招呼。北北也说你好。冷面主顾又问，去哪家医院呀？黄漠把头转向北北。北北的脸色突然间有些苍白，她怕冷似的往黄漠身边靠了靠，市立医院。她的声音都有些发抖。黄漠问，怎么了，不舒服吗？北北艰难地点点头，快去医院吧。

在医院的长椅上坐了好半天，北北才像是缓过劲来。黄漠轻抚着她的背，怎么了北北？很难受吗？北北不出声，用一种复杂的目光看着黄漠。黄漠的目光渐也变得认真，他握着北北的手，有什么不能对我说吗？北北摇头再摇头。好半天，她说，你知道我最想做的一件事是什么吗？黄漠看着她。北北一字一句，找到那个害我的坏人，亲眼看着他被枪毙。黄漠心里一惊，北北你说什么？北北不看他，她眼睛里的泪水在燃烧，当初害我的人都被枪毙了，可我知道，有一个不是，是被掉了包的，逃脱的那个才是最坏最坏的主犯，我能听出来，挟持我到害我，都是他的主意。可抓到的四个人里没有他。所有的证据都指认是被抓的这个人，可我知道也只有我知道，那不是。黄漠看着北北，你想说什么？北北定定地看着他，我找到那个人了。她的泪缓缓地落下来，就算已经隔了四年，就算他变了一张脸，我还是听出了他的声音，无数次在梦里，我都清楚地听到他的狂笑和叫喊，那声音已经刻在我脑子里了。这四年，我辍学我泡吧我离家出走到处混，就是为了一个目的，只是为了一个目的，就是找到他，把他送上断头台！北北看着他，你爱我吗？黄漠看着她。北北站起来，爱我就为我报仇。她站起来向检查室走去。

黄漠一动不动地站在原地。他忽然想起奶奶曾说过的一句话。奶奶的原话记不得了，大意是，上天对一个人的给予其实早有定数，你一下子拿得太多，以后就会得到的很少，如果你甚至挥霍了原不该属于你的，那么你就会受到惩罚。这惩罚很重，也许要用余生来背负，或者，你就此没有了余生。

黄漠这才顿悟，北北命中注定是要出现在他面前的，这是劫数，既是天意他当然无力抗拒，他所做的就只能是按天的旨意去行事了。

心意已定便也没了顾虑。骤然间的轻松让黄漠的脚步有些飘。

回去的路上，黄漠掏出一张手机卡换下北北原有的，给你爸爸打电话。

数日后，全省最大最隐秘的犯罪团伙宣告覆灭。涉案范围之广、涉案人员之众、涉案款额之巨、一时间引起轰动。报纸上还说，一个在逃数年罪大恶极的犯罪分子也落入法网。警方以迅雷不及掩耳之速一举摧毁了架设于空中、海上和陆地的几条毒品运输通道。这次打击犯罪行动跨省甚至跨国，历时达月余之久。

黄漠被秘密羁押在一处与世隔绝的地方，限制在很小范围内的走动，有武警四人一班二十四小时轮流站岗。北北来过一次，她流着泪说她等着他，等着他一起听他们的孩子叫爸爸妈妈。黄漠笑着为北北拭去脸上的泪,会的,他说。

数月后,北北在市立医院临产。因胎位不正导致难产,婴儿最终活了下来,而北北因为大出血抢救无效,看着那个粉团团的女婴,她睁得大大的眼睛一点点黯淡下去。

北北的爸爸把这消息告诉了黄漠。丧妻而后丧女,公安局长伟岸的身躯一夜间委顿了许多,风霜入鬓,满眼的沧桑和凄凉。

对黄漠的最后判决还没有下来,公安局长说一定为他争取到最宽大的处理,他将带着那个小婴儿等着他回去。那是我女儿身上掉下来的一块肉呀,你是孩子的爸爸。

第二天,武警战士发现黄漠端坐在窗前,像是一夜未睡的样子,仔细一看,他死了。他面前的桌上有一叠纸,上面详细记述了这些年他所在公司从事的洗钱及相关犯罪活动,他还列出了一些没有暴露的地下钱庄等经营场所。这无疑给饱受重创的以尚兄为首的犯罪组织最后致命一击。事后香港的一个黑道人物说,很长一段时间内,这个省的地下经营及其他活动都不会再形成规模。

黄漠咬碎了自己的舌。

公安局长立了许久,然后摆摆手让人把尸体抬了出去。尸体即刻火化,公安局长以死者亲属的身份请来了殡仪馆的化妆师,先是为女儿,而后为黄漠营造出安详的睡态。公安局长没穿制服,看来和普通人没什么区别,殡仪馆的工作人员都同情地望着这个悲痛至极的老人。北北和黄漠的骨灰放在了一起。灵山公墓新立起一块碑,简洁素净:黄漠、 北北之墓。入土后第二天,公安局长自己驾车又去了公墓,在墓前，他惊异地发现原来放着花束的地方现在竟然摆放着几样点心和水果，还有烧过的纸灰。他先是以为有人放错了，可接着就又想，哪有人会错到这般离谱。他终于没去动那些东西。

就在这一天市立医院打来电话，护士长惊慌失措的声音，孩子不见了！公安局长只觉得耳边一片轰响，那是女儿留给自己的唯一念想啊！他从没有过的暴怒，你们都是干什么吃的？找不到孩子我关起你！

孩子始终没有找到。据值班护士回忆，看到过一个拾破烂的老太太在婴儿室门前一晃而过。

数年后，南方某座城市。

九月的阳光正好，一所小学正在进行新生入学考试。

一个精灵灵的小女孩儿正仰着小脸回答问题。

你叫什么名字呀？

我叫黄念。

噢，你叫黄念。

年轻的女老师是南方人，她说"黄念"的时候乍一听就像怀念。

教室外面一个很富态的老太太正一脸慈爱地看着小女孩儿，她当然也听到年轻女老师的发音：怀念。

没错。就是怀念。

因着生命神奇的延续，怀念那一段永远过不去的日子。

怀念那一场绝望恋爱。

一只冷暖自知的猫

有时候，突然地，我就想，我这样的人活着可能是多余的。这样想的时候，我刚刚从梦里醒过来，不是我要醒，而是阳光实在太刺眼，而我睡觉是不能有一点光亮和响动的。最爱的就是两件事，睡觉和洗澡。最爱的也只有这两件事了。所以我起床去洗澡。

大院里的浴室全天二十四小时开放，任何时候去都很少人，而我就挑没人的时候，如果有人哪怕只有一个人我也掉头就走。我以为住在警察大院就这点好处。这是没有浴缸之后才有的想法。我不是抱怨，浴缸被打掉前征求过我的意见，我说，行。所以我不能抱怨。只是那种泡在一大堆白色香泡泡里的日子从此不再。

现在是九点一刻，所有人都疾行在上班的路上，就算溜号也要在九点半打完卡钟后再装腔作势个把小时，所以我可以安心地尽情地利用大把时间。我熟练地踮起脚尖把龙头上的莲蓬头拧掉，把水开到最大，包裹在温暖湍急的水里我几乎透不过气，很快浴室就腾起一片蒸气。我开始唱歌，水汽吸走了声音里的所有杂质，而空旷又让声音有了混响般的回声，听上去很美。边洗澡边唱歌就像边敲键盘边听 MP3 一样，在我眼里不可分割。我不停地唱，把所有会唱不会唱的歌一路唱下来，几乎就要把自己感动。我看着身体在那块薄薄的搓澡巾下一点一点变成粉红。我从来不用那种厚厚的搓澡巾，我觉得那像一种很迟钝的动物，不像手中这块，隔着它我的手也能感触到自己的所有。我像所有自恋的人一样，现在只喜欢自己了。这也是好的，曾经一度我连自己也是不喜欢的。

我散着湿漉漉的头发穿过操场。除了几块绿地，这个操场就是大院的唯一内容，最主要的内容。操场上特警队的年轻警员们在训练，刚从警校毕业的，还有体委特招来的，脸上还透着稚气，女孩子头发剪得很短，和男生一样穿着迷彩，没有一点女性特征，远远看去我几乎以为是一帮矮个男生呢。我旁若无人地从他们面前走过去。带队的人一定知道我是谁，他停止了号令，于是一排正步抬腿的人就保持着那样的姿势不动了，再前进一步那些脚可能会踢到我。

我正拿钥匙开门，静从楼上下来。我不知道她是不是来找我，反正她跟在我身后进了门，自从那个冬日我让没带钥匙的她进了门，她就成了我家的常客，成了我这段时间里唯一的朋友。她摸摸我的脸，小曼，我真想拧一下。我不理她。洗澡能让我容光焕发，睡觉能让我精神抖擞，可有时候我也想狠狠拧自己一下，把自己从一种近似麻木的安静中唤醒过来。

她凑近过来，很关心地问，这几天没写小说？我看看她，你怎么知道？她说，我没听到你房间里音乐响。我和电脑睡觉的那个房间天花板就是她卧室的地板。我不置可否地看看她。我把洗了的内衣晾起来,她的眼睛一直跟着我转。我没办法对她说,我也不想对她说,我已经一个星期什么也没写了。我突然对自己产生了怀疑,写又如何,不写又如何?每天随便吃点东西我仍然习惯性地坐在电脑桌前,但是,我终于没打开电脑,我和它沉默着对峙,我们彼此太了解,我从不勉强它,所以它也不勉强我。已经一星期我们没有任何交流,没有欢喜没有忧。我看着桌上的键盘,先是E键被敲坏,现在又添了R键。这已经是我敲坏的第二个键盘了,可是,我在心底里冷笑,就算再敲坏十个键盘又能如何?我想我该让这些键盘寿终正寝而不是夭亡在我手里。

静打开冰箱门张望着,小曼,你又吃这些东西?是。我淡淡地应着。冰箱里除了速食面就是速冻饺子。静看了我一会儿,她上楼去了。等她再来时,她拎了一大袋蔬菜。她并不多说就去了厨房。我没拦她,一是在我家厨房她并不见得比我生疏,再就是,我饿了,而且,那些速食面已经让我望而生畏。

厨房里开始炒菜,静把玻璃隔断门拉上,她冲我说了句什么,可能是抽油烟机把她的声音吸跑了,因为我什么都没听见。我隔着玻璃看她忙,我很相信她的手艺,那个冬日,她就是用一顿美味把我引诱到了厨房,我变得像个家庭主妇样也开始买菜做饭。说像家庭主妇实在不恰当,家庭主妇的背后通常是有着一个家的,一个男人或是再多一个孩子,在这种坚实后盾的支持下,再孱弱的女人也会显得坚强无比,而我没有,所以,我没有那样响亮的嗓门儿和豪迈的步伐,我小小声音问，这个多少钱？好像不是我在照顾他们的生意而是偷了他们辛苦一年种得的青椒、土豆，明明看到他们放进来的蔬菜有坏的，但是我开不了口，更没办法像身边那个女人一把就扔了出去还要踏上去一只脚让那只可怜的柿子永世不得翻身。

静是秋天里住到这座楼里来的。她嫁了个比她大二十岁的警察，新区派出所所长，老马。他们都是回族。静其实才二十岁，但她看上去比实际年龄要成熟得多，她十五岁离开家乡——一个偏僻落后的小城来到这儿。我从来不问她以前做什么，不用问我也知道。老马能抛弃十五年的发妻和十三岁的儿子，顶着压力大摆酒席，娶得二十岁漂亮得要命的新娘，会是好人家的女儿吗？老马原不住这儿，离婚后他把房子和所有东西全都给了前妻，就从这儿要了一套房子。老马觉得很对得起前妻，我可是什么都给她了！他话里很是慷慨激昂。他就不会翻过来想一想，那女人可是给了他十几年的青春！不过，现在我平和多了，也就想一想甚至都不多想，因为我已经知道，男人就是这样一种动物。

清明节。昏天黑地的七级风。我去扫墓。到处飘飞着黑灰纸烬，人们的脸色因着那风愈加惶惑。我守着妈的碑，一点点不停地拭去妈妈照片上蒙着的浮尘。我不想让那熟悉到夜夜梦着遥远到天上人间的眼睛离开我片刻。肯定是大风吹尽了眼里的泪。我始终没哭。我想起妈妈的最后一夜。通知我到特护病房时，妈妈已经下手术台。她的身上覆满各种各样奇奇怪怪的器械，头颅被纱布包裹着只留出眼睛、嘴和鼻子——鼻子里插着管子。妈妈眼睛闭一下。她看到我了。那一晚我守着妈妈。特别护理又怎样，护士小姐告诉我注意事项就再也找不着了。躺在病床上的原不是她的亲人。测血压的机器，半小时记录一次数据。测心脏的仪器，一小时记录一次数据。体液袋，300ml 记录并清空一次……我趴在妈妈的脚下，手里是笔和纸。妈妈一动不动，只有那自体内流出的温热的液体残留着生命的迹象。

半夜里，好冷，我把邻床的单子披在身上。我轻触妈妈的手，冰凉。我害怕，我轻轻捧着妈妈的脸，在那失去血色的唇上亲一下再亲一下。妈妈，赶快好起来。我在心里向所有神灵祈求。黎明时分我趴在妈妈脚下睡着了。等我被惊醒过来时身边围满了人。医生，护士，穿制服和没穿制服的警察。我软得站不起来我抱着妈妈的腿。一个护士拉起白色单子盖妈妈的脸。我扑过去，我抱着妈妈，在她脸上有快要干涸的泪迹。妈妈最后时刻一定在看着她的女儿，看着她的女儿趴在她的脚下，抱着她的腿，睡着。我一辈子不能原谅自己，没能迎住妈妈的目光，让她带着遗憾，走了。和妈妈一起火化的是一条淡蓝色绣小白花的丝巾。爸爸送妈妈的定情物。看着它在火中翻卷成一页灰白，看爸爸泫然欲滴的泪，我以为我看到一份深重而忠贞的爱。那一刻我只想和爸爸相依为命，孝顺他，一辈子。

前去祝贺爸爸续弦之喜的人比参加妈妈葬礼的人还多。我一个人守在冷清清的家里。我看着妈妈的照片。我觉得妈妈这一生其实也应该算是一个幸福的女人。爸爸没来得及在她活着的时候变心。

楼里住的多是市局机关的人，跟老马不是太熟悉，而且，大概也是看不上他这样做派，马家就和邻居没有走动。静在楼道里见了人倒是很客气，可是人们比她更客气。有时候我想，之所以没有人觉得爸爸不对，是因为他的再婚是由于丧偶而非老马的停妻再娶。更何况，爸爸再娶的妻也是这种情况，他们还有一个共同点，原配偶都是警察，都是因公殉职，那女人的前夫还是烈士。就像对那女人飞一样地坐到政委的位置而爸爸也顺利地升职没有任何人表示任何异议一样，对他们的结合人们甚至给予了高度的肯定和赞扬，那个文人一样的公安局长还亲自画了一幅《傲雪红梅》作为贺礼。爸爸是不准备张扬的，但有人替他张罗，听说那天去那家酒店表示祝贺的人比参加妈妈追悼会的人还多。只是听说。因为我没去。

静把饭做好了。她的动作真的很快。我拿了碗她坐下来和我一起吃。我喜欢她这点，没有通常情况下少数民族那种过分计较和讲究的习惯。那个冬日她按我家的门铃，她笑嘻嘻地站在门口，我忘记带家门钥匙了，能不能在你家坐一会儿？我不能拒绝，她瑟瑟发抖。那一天她就下了厨房，她把冰箱里所有东西全拿出来，就那么点原材料她竟然做出四菜一汤。她打电话给老马没一会儿老马就来我家接她。我过意不去好像她来我家专门是做饭来的。老马却很高兴，我是第一个接纳他们的人，他死活把手里拎的两件饮料直接就放在客厅地板上。那时候爸爸还时常回这个家，我第一次看他毫不费劲地吃饭。第二天我主动找静，我说，教我做饭。

偶尔我也去静家坐坐。以前总以为我是这楼上唯一一个全天候在家的闲人，现在有人做伴了。静说，她很早就想下来找我，她每天都听到我家有音乐声。现在好了，我们是朋友了。我看了她一会儿。她很认真不像是随口说说。静家没装修，所有地面都裸着，客厅里铺一张大到夸张的手编羊毛地毯，本色羊毛黑白花，如果不是有那么一点点羊的味道，可以算得上工艺品了。全部电器就一台电视放在地板上，卧室里只一张大床垫，静说，这样好，晚上闹得动静再大楼下也不会听到。她说这话时笑笑地看我一眼，我把脸冷下来，你想证明什么？我直视她，她一下子就住口了。而且以后她再也没敢说过这样话。

有时我会后悔那天放静进来。那以后她几乎每天都要下来找我，无视我工作或是睡觉。她根本不需要我的同意就做一切她想做的事情，她说个不停全然看不到我支着下巴在她面前睡着，她打开冰箱做她想吃而我从来就不喜欢吃的食物，比如抓饭。之所以没把她扫地出门是因为，她做的那些饭我讨厌，可是，爸爸喜欢。

我要是胡大我就惩罚她，让她来世变羊给人吃好了。

静是真漂亮，不然老马也不会舍妻弃子地娶了她。她只有初中文化，但她的求生欲望和生存能力远远超过我。她二十岁嫁了个大她二十岁的男人，你猜她怎么说？她说：我不吃亏。我一没城市户口，二没文凭学历，除了脸漂亮再也没别的了。可现在我有户口，能住这么大的房子，不用工作，光是求他来办事的人送东西就够吃够喝，我有什么不满足呢？我给他做饭洗衣服陪他睡觉我心甘情愿。以后再生个孩子，生活能这样我真的很知足。她这样说。她认真地这样说。

静的皮肤黑，但很美丽，就像人们俗话说的黑牡丹。老马很骄傲自己有妻如此。老马不像爸爸他们一直就是警察，老马是一九九八年大裁军时从团长位置上下来转到地方做了警官。后来听爸爸说，开始他很正直，请吃饭都是自己付账，但后来没多久就变了，且变得比其他人更厉害。他的辖区多为实体娱乐场所，他成了一方神圣。静就是这时候认识他的。不到三个月老马离婚。老马原来军官干部基地的房子并财产，并儿子全部给了妻子，他是真的觉得自己很义气了：一个女人跟他不过十五年什么都有了。

冬天里静家朝阴面的阳台外边就挂一溜整羊，全是人家送的，要不是我坚决拒绝，她硬要拿一只下来。她说春节可以收到十几二十只羊：那就找个地儿卖掉。她很得意。静认识很多人，三教九流，但有老马做后盾没人对她怎么样。她说：当初他们这班杂碎怎么欺负我就让他们怎么还回来。说这话时恶狠狠让人害怕。有了静，生活多了许多内容，但更多时候我并不高兴。

静曾悄悄告诉我，老马不是没钱，不装修是她的主意。我们已经太刺眼不能再招惹什么是非了。这我信，派出所一向是实权派，不像机关是清水衙门一个。妈妈去世前一年把处里档案升级了，其实我不懂档案升级是什么意思，反正挺好吧，因为给妈妈发了三千块奖金，妈妈高兴极了，我们俩去买了那块纯金属相牌。一只活泼泼的小老鼠趾高气扬。妈属鼠。这块牌子现在一直就挂在我脖子上。

静洗了碗筷，她说，我们出去走走吧，你不能总窝在家里。她用手拨弄我的头发，小毛头。我拿开她的手。我讨厌别人动我的头就像讨厌别人动我的脚。对此有人表示过不以为然,他们认为头是不能随便动的,顶上尊严嘛,但是脚却不。我说,为什么人家一说流氓都说是动手动脚而不是动手动脸、动手动胸甚至动手动什么,而只说动手动脚呢?脚其实和身体一样是隐私的部分,手和脸都可以暴露在光天化日下,而脚除了穿袜还要穿鞋,可见其重要。我说,我不能理解桑拿浴里足部按摩,好好的人,干什么要在人家脚上摸来摸去,要知道脚气也是可以传染到手指的!更不能理解那些大男人,心甘情愿把脚交给按摩师,那不是摆明让人家去动手动脚吗?没有人说话更没有人反驳,我知道他们都是桑拿浴室的常客,那脚也必是非让人动不可的。我觉得好笑。

我换衣服的当儿静在我的衣柜里翻弄,她说,你的衣服太多了。我不以为然地笑,是,你一年买十套然后扔五套剩下的五套有三两套也是再难得一见的,我呢,一年买不到五套,但足可以穿五年。我的衣服就是这样攒下来的。最喜欢的那条粗布背带长裙还是高中毕业那年爸爸的一个什么拐弯亲戚从苏联带回来的。现在还穿。不过鲸蓝的本色洗旧成温柔的灰蓝色了。而这也是我喜欢的。

在静朋友的美发屋里,我看着镜子里的自己,静的朋友一个长发披肩的小伙子正把我头发表面一层拿一只怪怪的东西夹起来,再放开,头发就有了神奇的曲曲。静看着我,她突然说,小曼,其实你长得一般,但是,你很洋气。

我不置可否地笑笑。我不是第一次听人这样说。格格妈妈就这样说过。格格是我大学校友,她妈妈在我小时候带过我,所以到大学后轮到高我两级的她照顾我。她对我很好。她毕业后去了另一座城市除春节再没回来过。

那一天，我埋头在电脑上觉得自己眼睛都要瞎掉，我在想自己制订的一天一万字也太多了些，正想着要不要休息一下，电话响了。那时刚搬来这座楼，电话装不到一星期，听到话筒里传来格格的声音我吓了一跳。她说她在大院门口正被警卫堵着。她下了飞机直奔我家，她不知道我搬了家，好在现任主人很详细地告诉她我家现址，还画了张图给她，她就一路找过来。我去带她上来，她的神情很萧瑟，有一会儿，我觉得自己像个好心的牧人从路边捡回一头小羊。一刻钟后我就没了这种想法。她在我家各处昂首阔步地巡视一圈，我看着地板上的脚印。她连鞋都不换。她在博古架前的摇椅上来回晃着不屑地说：还行。那口气不像是几分钟前我把她从马路上捡回来，倒像是我求了半天她才屈尊俯就。我一直以为她在那边发展得特别好，因为她给我的信息就是那样，直到今天。

她当初没读专升本直接去西安，原来是傍上源基电脑的老总，她大我四岁，我读大一时她正好毕业准备在校再进修，因那人而放弃。她只在每年春节回来，所以大家只能从她的说话和行动上感觉她的状况。我们全被她瞒过去。但我曾有一点怀疑，那年我刚在酒店上班，年三十她电话打到夜审办公室找我，她的声音很轻，她说她在成都，外边下雨好冷。我听她不对劲，担心了一夜，不断挂长途给她生怕她自杀。后来她回来也曾在酒店住过，身边有过不同的男人。她标榜说她爱的只是那个源基老总，和这些人全是逢场作戏。她神采飞扬，我能说什么。

她这次被重创是为在争吵时那人一句：我不会为你离

婚！她说，这话我能接受，这么多年要离他早离了。她受不了后边那句：就是离婚我也不会要你！她说，她哭着说：他怎么能这样？我等她平静下来再问：他不会没有理由就这样说吧？她停了好一会儿：我相信他最终是离不开我的，但他爱我越深他就越要赶我走——他不要我又不许我接受别人的追求，男人怎么这样？

我知道问题在哪儿了。她和那老总的朋友不止一个两个甚至和几个同时有过密的关系。

我回想去年春节，她回来曾和一个做证券的男孩一起，认识三天，才三天就和人上床，在这人去了上海工作后，又和他的朋友也有了这种关系，然后让人家替她做股票。我陪她去股市见到后边这个人，天呵，他是证券公司老总秘书，还根本就是个孩子，才二十四岁。小男孩夸我头发好看，她赶紧声明：她的头发是做出来的！生怕人家不知道，那么大声音。我冷眼看她，她能不知道我的头发自来卷吗？但我没有和她争，那一刻我甚至没有了和她讲话的兴趣。她变了。

那天一到我家她就开始给各种男人打电话，我就已经不高兴。尤其爸爸回来后，她还能礼貌地打招呼，但看到爸爸抽烟她说她也要。她竟然当着我爸爸的面说她也要。爸爸不动声色地递一支红塔山给她，她说要抽自己的，她只抽三五，劲大。爸爸说：我家也有呵。从冰箱里拿一条拆开（爸爸不抽外烟这是人家送的）递给她，她竟然就接了。爸爸笑着看她熟练地点烟吞吐，但转脸给我时却一脸的阴鸷。

我不敢说话，我催她去睡。我拿一条新睡袍给她，她躺在被子里哭而且不停地说话。我没办法再坐在电脑前，我在床前安慰她。她开始讲为什么会露馅儿——她恨那个出卖她的人:我对他没什么感觉,我只是寂寞,我爱的还是岳(那个老总)呵。她痛心疾首。我只能说:男人不在乎自己如何,却在乎身边的女人如何。想想看,你明知道就是做他情人,为什么还违反游戏规则?他总有一天会知道你和他朋友有染,他颜面尽失,除了不要你还能如何?其实我心里想,那老总没让黑社会追杀她已经很讲情义了,谁不知道江湖中人是什么人都敢杀的。她说在飞以前那男人找到她,送她一大把玫瑰:我的感情没变,但我这辈子再不想看到你!我相信那男人说的是真话。

花她也带了回来,丝一样的花瓣已经枯焦。我想这一刻我理解为什么好男人怕放荡的女人了。虽然那岳老总实在算不得一个好男人。但格格应该算是个放荡的女人。

晚上不得不睡时我连睡衣都没敢换,一张小床我躺得很累,我尽量不碰到她的身体。也许我这样不对,怎么说她也算是我的朋友,在我少不更事时她曾帮过我,她妈妈是我小时候带我的托儿所阿姨,何况今时今日她几乎是来求我安慰。但我没办法。她给我一种强烈的不洁的暗示。我后悔给她那件睡袍,那还是新的。

转天送她和两只一大一小的旅行箱回家。敲开门她母亲一脸惊喜,她却漠然叫一声:老娘!这也是我不习惯的。妈就是妈,原本很亲切的一声称呼让什么老娘、老妈的叫法弄得像骂人。她家住在一栋老式民居,楼道且窄且暗且乱,弥漫一股烂苹果的味道。她在我家那样不屑地说:还行。但眼下这样她却好像很满意。一夜无眠再看她这样我心情很坏。天底下母亲都是觉得自己的孩子好。她妈妈说:小曼怎么脸色这么难看黄花菜一样。我没吱声。我不能说现在应该是我睡觉时间你女儿昨天和我挤一张小床,我没法睡且听她哭,我不得安心。她母亲也还算公正,夸完自己女儿脸色红润后再说:我家格格和你一比像农村人一样。格格赶快说:她长得文静些罢了。格格妈妈说:我看小曼是比你长得洋气。

洋气?我不知道格格听不听得懂是说我比她看起来有教养。

那天我还陪她去中国银行,她要办张卡。她说有认识人在那儿,然后去了那人办公室,她开口就说拆借多少多少钱。人家脸上冷冷的,我都几乎坐不住她却全无知觉。人家最后说:忙过这阵再说吧。人家没直说送客已经是客气了。

那天以前我之所以相信格格是真爱那个岳姓男人,是因为格格跟了他这么多年真的一无所有,她不是为了钱不是为了房子甚至不为任何别的跟那男人,那只剩一种答案,她是真的爱他。她去年春节回来办按揭房,选的倒是很贵的高层公寓。原本办了十年分期付款这一次她竟然转作两年付清。我说你疯了,那男人不要你就不会再给你付房款,现在只分期两年你拿什么供房子?她得意地说:他不供,我可以让别人供,而且比他供期还快得多。

那男人不要她了她就可以理直气壮从其他男人那里索取她想要的东西了吗?人怎么可以这样不知廉耻。我无话可说。原来爱竟是这样廉价。是呵,情义无价过时之后,还有什么是钱的对手?!

格格去超市买东西，盛气凌人得让人想揍她。我故意和她保持一段距离，我不想让人知道我和她一起。昨天在我家没新牙刷她就没刷牙，可今天回家她端起她妈妈递过来的碗就吃饭。我都记得，她能不记得她还没刷牙吗？真是可以。她还当着爸爸的面说：春节过后跟我出去玩吧，我们可以去很多城市转转，我认识好多人。我说不。不是因为爸爸在盯着我，而是她。她谈到钱就两眼放光的样子让我怕。我怕她把我带出去卖掉。

其实一直以来我没下定决心出去就是有这样一种隐忧。是，到一个陌生的环境可能重新做自己想做的那种类型的人，可是万一……就像她当初是个多么质朴纯洁的女孩子现在成什么了？环境陌生周围一切都陌生，人就随之变得胆大妄为，那隐藏在最底层的心魔趁机逃出来，万劫不复。她还能再回头吗？永远不能。

隔天格格来找我。第一句话就问：你说我还用不用以前手机号了？我吃一惊：你还没换？她在我家那晚坚定地说：手机换号让岳再也找不到我。今天又这样问。我恨铁不成钢。我说：我不是你，我不知道。我只知道如果是我都不会让他知道自己要飞。既然决定要飞，且不再飞回干吗还要和他告别？既然人家那种话都说出来干吗还要期待？她不出声。半天她才说：我还是给他打个电话吧，告诉他我到了，免得他担心。我怀疑：他会吗？她说：当然。于是拨电话。结果挨顿骂。这次她舒服了。难得地安静好一会儿。然后拉我出去看她疯狂购物。300 元 9 克的眼霜她买 2 支。我不管她。她夸张地说：你看我的眼袋眼眶和眼角皱。是，她不说我都没注意她这么——风尘。是，一股风尘味。她的心情像是好了许多。花钱如果能买来快乐为什么不呢？这一点上坏男人和坏女人有着多么惊人的相似呵。她转而威胁我：你再熬夜会比我老得更快！我懒得反驳她，是，我这样体力透支是不好，特别不好，但决不会像她一样，这是不能放在一起比的。甚至不能相提并论。究其原因，纵欲根本就是最快、最致命衰老的原因。相信有些人的评判会比较权威，而且他们一定会说，是。

我觉得我对格格有些苛刻。但是，她毁了我心中有些美好的东西。

读大一时，因为刚到一个新环境，原本没有规律的卫生周期更乱得一塌糊涂。第一天晚上就出现状况。可我上次卫生周期才结束。早自习都没上，等全宿舍人都走了才手足无措清理战场。在家都是妈妈做这些。找不到刷子出去买一支牙刷，图省事只把床单弄污的地方做了处理，结果白白的床单只见一大片洇开的痕迹。更可恶的是单子下面的褥子也渗透。想哭都没眼泪。她来了，什么都没说把床单撤下来拿冷水浸了，把褥子放在窗下阳光处晒好。利索得就像我妈。安排我去上课一切她来搞定。晚上回去真的一切复原了。她送一床洗净的床单让我晚上用。那样特殊时候身体状况本就不好，再说我开始长个子，晚上根本醒不来。再到早上张开叠起的床单再看，就像——地图。可她都没骂我，一如既往地替我清理。那时候她在我心里就像圣母样慷慨仁义。她说不再读专升本了要出去闯世界时，我第一想法是，完了。以后再有这样时候只能自己动手了。那时候我有多自私。那时候我毫无疑问地认为她走的一定是康庄大道。她在我心里的地位那样高不可攀。我想。她对人好，人一定会对她好，她最终会特别好。就到今天这样。

格格终于还是走了，也许走出去的人都是不愿意再回来的，但是她却不得不走，因为她已经习惯那样生活。我越来越不敢动走的念头，心里其实很明白，白领是做不上去了，但若做鸡却是万万不能也不甘的。目送她飞起的一瞬间，我庆幸自己还清清白白地活着。没有人欠我，而我，也不欠谁。

静带我参加的是个聚会。好像一个人家，我们到的时候已经一屋子人。所有目光齐齐看过来，我无动于衷，静只向大家介绍了我，没向我介绍其他人，我也不问。看得出所有人都很熟悉，除了我。冷菜摆满后就算开始了，所有人都喝酒，除了我。静拿一桶石榴汁放在我面前。气氛很快热烈起来，许多女孩子开始抽烟，静也在其中而且她很熟练。那个散烟给大伙的，看来很嫩的一个男孩儿迟疑地看看我犹豫着还是递一根过来。我没接，我连头都没抬全心全意对付杯子里的饮料。桌上静了下来。我依然故我地低头在杯子上。

妈曾无比自豪地对身边的人说过，我的女儿也在酒店工作，但就是什么坏习惯也没有染上。我工作过的那家酒店起初是纯外资机构，人们对金发碧眼的洋佬入侵很是抵触甚至敌视。我报名时诸多人等对我苦口婆心，其中就有爸爸。但我还是去了。条件苛刻但是待遇诱人。全是年轻得几乎幼稚的同龄人，接受东西极快，好的坏的照单全收。宿舍里八个女孩子七个都学会了吸烟喝酒，包括我们戏称是童工的慧。我没有。青说，咱们宿舍就只剩小曼还清纯了。她说她的，我当好话听。我依然故我。

我认定女孩子应该有女孩子的样子，而那样子必定不是吸烟喝酒扮酷。糟蹋的是自己。以后的日子我越坚定自己做人的原则。我认定不应该的事情打死我也不会改变。吸烟、酗酒、毒品、赌博。

我行我素地活在自己的信念里。我很骄傲。和妈妈一样骄傲。那时候还不知道自己会在爱情的路上一败涂地差点就无法回头。我洁身自好的美誉很快被打击得粉碎。二十二岁生日前两个月我和男人上床。我以为找到了爱情找到了终生归依。我眼睁睁地看着爱情突变却无能为力。迅速分手而后发现自己怀孕。一个人去堕胎。

对女孩子们的吸烟喝酒没有太多人指责，但是对我的失足却人神共愤。最坏的是我没能检讨反省自己，而是迅速投入到另一个男人的怀抱。还是个有妇之夫。我自己也知道这样是不对的，不好的，但是那时的我需要有人救我，有人拉我一把，否则不是沉沦下去就是疯狂下去。沉沦只伤自己而疯狂或可伤及无辜。我很人道地选择了让自己受伤。

当一个人无法自拔或者无法自痛苦中解脱时，最好的药便是另一个人的爱了，而这爱姑且不论它是永恒还是短暂。但糟糕的是不知悔改的我再一次付出了真爱。再演一次几乎一模一样的情变后我无法原谅自己。那天走在街上我听到一首歌：如果你要走，请你温柔的，如果决定好，请你安静的；如果你要走，请你潇洒的，如果决定好，请别留余地。于是我选择离开。我两手空空只带着无数人的眼睛离开。

上帝是公正的。给了我其他方面的自律却让我在另外的方面不得不放纵。那些女孩子若干年后可以津津乐道年少时的轻狂孟浪,可以一次次回忆第一次吸烟喝酒时的那苦那涩那份新奇和快乐。而我,只要可能我宁愿永远不再回头。

但是,我依然相信并期盼爱情。

静突然大声笑,笑得有些放肆,她指着那个男孩儿,你,给她递烟?她又开始笑,她把我搂在怀里,这是乖女孩子,又一指其他人,最后指着自己,我们全都是坏女孩子,她和我们不一样。她把那支烟接过来,她不可能接你的烟。

乖女孩子。喊。我站起来走进卫生间。等我出来时正好听到静一句话最后几个字,……的女儿。有个警察爸爸还是有震慑力的,尤其他还是个不大不小的警官,他还有个威名赫赫的后妻。

许多人站起来跳舞的时候聚会最热闹。我喜欢看那些少数民族女孩子跳舞,手臂很随意地举过头顶,脚尖漫不经心地点几下那感觉就出来了。有个看来很妖冶的女孩子站起来,说是要来一段黑人舞。她坐我对面,整个晚上她根本不用人劝酒,她根本就是个喝酒的好手,而且喝过酒变得一切都不在乎。周围人把场地让开。她噼里啪啦地就开始脱衣服,而且把首饰也取下来,看来要大练一场。可实际跳起来动作幅度很小,不过是两脚动一动捻捻手指。我怀疑这就是黑人舞蹈。可所有人都大声叫好,完全像一群泡黑吧的流氓。

我突然有些烦。就在这时我闻到一股怪味,有点像一种草药,又有点像孜然的味道,我屏住呼吸辨别。我的眼睛像是追着那缕缕青烟。我知道是什么了。大麻。八十号。从几个男人嘴上自制的粗得像雪茄样的烟里冒出来。而且这时候我发现,静不见了。

我推开每扇房门,全不管房间里人用各种各样的目光看我,男人或女人的裸体我全像看不见。这时候我绝缘。我敲卫生间的门,静,你出来。我开始用力踢门,你出来。客厅里的人全都看我,目光冷漠。我冲到厨房的刀架上抓一把斩骨刀在手,我说,我数三,你再不出来我就劈门。三。我用力砍下去。门开了。静和一个面相很老的男人出现在我面前。那个男人眼睛恍惚得像是蒙一层雾,他用力抓着静的肩膀,相信一松手他就会顺着墙壁溜下去。还好,静看来还清醒。我说,我们走。静说,等一会儿,就一会儿。她的声音几乎就是哀求。我推开那个男人,他像电影里的慢镜头一样倒下去。我抓着静的手腕,我们走。我从沙发上拎起我们的包。

一直到马路上我才松手。我说,你知道你根本就知道他们在干什么。静笑了,说,你知不知道刚才那男人是谁?她再笑,笑得很开心,笑出了眼泪,她说,那是我以前坐台时的老板。是我第一个客人。而且不付钱。我接一个客收一百他最少抽六十块走!静变作轻笑,可现在,他求我,静用手点着自己的胸口,她的衣服扣子解开许多,一抹雪白在微冷的风中就很醒目,他求我照顾他的舞厅他的生意!静轻轻说,你知道他的舞厅还做什么?还卖毒品。他自己也吸毒,他手下所有小姐现在全吸毒,他就靠这个控制她们。他说,只要我肯照顾他,他免费为我提供最纯的海洛因。静很得意,现在什么人能吸最纯的海洛因,有钱有身份有派的人,他们还要花钱，可我，只要我点头我就能拿到，最好的。

我觉得静已经疯了。我说，静，你先听我说，我强忍着劝她，你够几条命去碰那东西？多少人死在这上面，今天还富可敌城明天就可能沿街要饭甚至拦路抢劫！你今天的一切来得容易吗？如果可以，我相信我宁可相信你会嫁个年纪相当的青年，就算他给不了你房子给不了你在别人面前高高抬头的骄傲！静摇摇头，她说，小曼，你不懂，许多事情你都不懂，如果让我再次选择哪怕让我选一百次、一千次、一万次，我还是选，老马。除非，她笑了，笑容里有一丝邪气，除非那人比老马还要有权。

我觉得她无药可救。她把一只手放在我肩膀上，小曼，你没吃过苦，你不知道人活着是很难的，而爱情，根本什么都不是。她放下手，我可以不吸毒，但是，他给我的我可以拿去给别人。那可是钱。说完，她转身，她坚定地向来路走回去。我冲着她的背影恶狠狠地说，你去吧，你要去就去吧，总有一天你会把老马害死，到那时候你就可以找比他更有权的人了。我招手拦一辆出租车上车就走头也没回。一个人执意想死没人能劝得了。我抑制不住发抖。静就爱情说的那番话让我心冷。司机问，去哪？不知道。我说，先转几圈吧。我关于爱情的信仰又遭遇一次打击。

我是有过爱情的。我固执地以为。不知道这算不算我的一厢情愿。反正现在，爱人结婚了，新娘不是我。很俗套，但是，真现实。我曾对他说过，爱情就是不仅愿意和深爱的那个人一起生，也愿意和他一起死。当时他是感动的，我从他的眼睛里可以看得出来，我说，如果我死了你愿意和我一起吗？他说，我愿意。我抱住他，眼泪一滴滴落下来，我想，我还能奢求什么呢？人来世上一回不就是为了找到自己的那一半吗？可现在，就算我死在他面前，他也一定会好好地活着。因为他爱的已不是我。我甚至怀疑他当初是不是真的爱我？而我是爱他的。不过，现在若是他死了，我也是断不会陪他去的。这样一想，我也就平衡了许多。爱与不爱原来可以这样简单。最难的是相爱。两情相悦。

有一段时间，我甚至相信是有着天使的。我想象那应该是有其声而无其形，于是，因着声音我让自己被诱惑，一直到我发现原来这是幻想，只是我一厢情愿的幻想。没有天使就像没有魔鬼，有的只是为情所累的自己。我把房间那幅蓝色的布满雪白羽毛图案的窗帘拆下来，曾经一度我望着它，直想能望着一个天使张开羽翼飞出来飞到我的面前。一点点撕成条，最后我把它绑了拖把。我的世界不再有天使。有了一支很实用的拖把。

我终于回到大院，单元门前，我意外地看到静。她在等我。我们对视了一会儿。她说，你说的对，我会把老马害死。她笑了，可我不想让他死，至少，在我找到另外一个权力比他大的人之前，我不想让他死他也不能死。我还要给他生儿子。静张开手臂，我走过去，她抱住我，她说，谢谢你。

我打开门，小雪从大卧室踢踢踏踏地跑出来，她牵我的手，姐姐。我暗暗吃惊，都周末了？我把她抱起来，小雪，好像胖了一点，真乖，是不是听姐姐话好好吃饭了？她使劲点头。我在她的小脸上亲一下，天鹅绒一样光滑柔软。小雪的妈妈我的后妈走过来，小雪，下来，这么大还让人抱。她的声音冷冷的。我已经听习惯了，她不是故意这样，只是她发号施令惯了。我最讨厌当官的女人。我轻轻放下小雪。只要我在小雪就是我的小尾巴。我去厨房，她跟在后边，姐姐，饭在微波炉里转一下就好了。我笑，我说，我知道。她爬到餐厅高高的椅子上，我想再吃一点。好。我拿她的小碗。

爸爸站在餐厅门口，他没进来，他说，小曼，我和妈妈有事出去，晚上不回来了，让小雪今天跟你在家行吗？行。我说。小雪的妈妈我的后妈已经换了衣服。她面无表情地冲我点点头算是谢了我。我装没看到。我接受小雪并不表示一并接受她的妈妈我的后妈。我体谅他们，到处都是无人认领的死人，又一个案发高峰期，他们已经好久没一起回家，难得清闲的一个周末可上私立学校的妹妹又回来了。我知道他们一定不是出去有什么事，他们肯定回那边的家小雪以前的家。他们要做的也无非一件事。

一定是我嘴角露出轻蔑的笑被小雪看到，她问，姐姐，你笑？我赶紧给她夹菜，没有，我说，姐姐只是喜欢小雪。我不再乱想，在孩子面前有些事情是不能想的。亵渎纯真。

我哄小雪睡觉，像以前一样给她讲故事，讲海的女儿。她很快睡着，光洁的小脸散发着圣洁的光。我看着她。我想起第一次见到小雪。

那天爸爸只说有客人来，并没说就是带那个女人和她孩子来家里。静听到说就自告奋勇来家里帮忙，说老马正好指挥夜检去了。我没想到开门看到的是个小孩子，她的手牵在爸爸和一个女人的手里。没有思想准备我不知道该如何表情。那个小孩子只有六岁。但她知道叫静阿姨而叫我姐姐。

我故意把米饭煮得乱七八糟，静悄悄说我：何苦？这对你有什么好？我不理她。

我知道这就是爸爸提到过的那个什么阿姨了。但是她这么年轻却让我没想到。小雪六岁，那她不会超过四十岁，而爸爸已经快五十岁了。

妈去世还不到一年。没有任何迹象地有一天爸爸忽然就说，今天有个阿姨要来和咱们一起包饺子。我奇怪地看他，包饺子？我们吃饺子都是去买。以前妈妈在，爸爸负责面，妈妈负责馅，我负责包。自妈妈走了以后，我们再没包过饺子甚至连面都没买过，我们天天吃米饭。妈妈本来就不喜欢吃面只是迁就爸爸。现在我不迁就，爸爸也没见他说什么。

爸爸看我，都说好了的，阿姨一会儿就来。我一言不发地看他。他低了头不看我。我说，你想再娶，可以，但要等我妈三周年以后。他目光复杂地看我。我想了想，至少两年。他说，我要去接那阿姨了。他就要开门出去。我一步步退到我的房间，窗是开着的，窗外的天正蓝，难得的云彩白得耀眼，我踩着椅子站在窗台上，我轻轻的声音，如果我看到你和她进来，我就跳下去。爸爸愣了。他怔怔地看我。我低头看脚下，我不知道从上往下看草地竟会绿得这样浓郁，有风吹过，我睡裙的下摆被吹得鼓起来，我扶着窗棂坐下来，两条腿就荡在窗外，一只拖鞋滑下去，我看着它在草地上弹了一下滚在一边。我忽然有了错觉，只要一松手，我就可以飞起来。

爸爸的身影出现在楼下，他急急向大门走去拦住一辆正要开进来的公安牌照的4500。一边车门开了，他整个人探进去不知道说什么，然后车另一边的玻璃摇下来，好像是有人往上看。我轻轻再荡一下腿，那只拖鞋也掉下去。爸爸也抬头看一下我，他犹豫了一下，但他终于坐进车里，走了。那以后，他很少回家了。

我握住窗棂站起来跳回到屋里。我的手心全是汗。我冷笑一下。但我就此打消了跳楼的念头，死不死得掉还说不好，但是一定会很难看，而且，如果摔成半死不活的，受罪的只能是自己。如果我死，一定要让自己看起来最美，让看着我死的人后悔，内疚，一辈子。

吃完饭后，爸爸去送她们照样一去不回。静胡说八道：我要是嫁给你爸也好啊，咱们俩可以处好关系！我咬牙切齿：一看你眼睛滴溜乱转不像嫁人倒像谋财害命来的，我爸才不会娶你！静笑了：你还是很关心你爸嘛，也不希望他娶个我这样的老婆，那为什么不对那女人好一些，她看上去不坏呀。我说，静你想一想，如果放在旧社会我都能做那小孩子的妈了。静也只有点头，算了，你只有一条路，就是嫁掉算了。她看看房子：你爸可以再要一处房子嘛，你先找个小警察嫁了，这房子你爸就可以名正言顺地给了你，等房产证一落实再离婚，不就什么都有了？我说，你不愧是农民的女儿，土地意识真强。她还很得意。我冷冷地看她几乎想把她赶出去。她教育我：生活就是这么回事，干吗那么苦自己？和自己过不去你不是太傻了。

那天晚上我想了好久，我知道我是无论如何也不会和那女人和她的孩子和我的爸爸组成一个新的家，我不会再叫其他女人做妈。我甚至考虑了静说的办法，但是，我灰心地发现，我居然找不到一个可以要我的人。我把所有认识的未婚的男性在脑子里过一遍，没有任何头绪。我把枕头捂在脸上。我想，我是真的完了。

那以后爸爸就时不时带她们回来吃饭。我看出来小雪有些怕我，但是怕，她也跟着我。她口齿不是很清楚，说是舌头下的系带太紧，已经开过一刀等长大后还要再开刀。那次他们回来的太晚了些，我正要洗澡，浴缸里放满了水。爸爸说他们给小雪开家长会还没吃饭。我就去做饭。不知道怎么回事我看了一眼那一整缸热水，心里有点怪怪的。我正在厨房忙，就听这边动静不对，我心一沉。客厅里爸爸和那女人全都往浴室跑，倒伏在那女人背上的小雪哭声像鸟一样凌空而起。她滑倒在浴缸里，呛了水站了好几次才站起来。不知道她喝了多少水我看她一直在吐。我不知所措地站在那儿。那女人从我面前直冲过去，她脸上的泪还是小雪的泪飘到我脸上。爸爸沉着脸一步步走过来，你是不是故意的？他咬着牙问我。我吃惊地看他。他挥动手臂的打我整个人飞起来。我抬头再看时，已经没有人在，整个房间静静的，我鼻子里的血滴滴答答地落在地板上。

我慢慢站起来走进浴室，我趴在浴缸沿上，看着血一点点落在水里洇开，再洇开。我睡着了。睡在一缸粉色的水里。那以后好长时间我莫名其妙地早上醒来会发现枕上一片血迹，我想，最好让我是什么不治之症才好。没有。最后什么事也没有了。甚至一点伤痕都看不到。我就这样坚强地活着。身心健康得像乌龟和长颈鹿。

爸爸向我道了歉，他说，他是急昏了头，他后来想想，事情根本不能怪我。我冷笑笑，我说，小雪有事她有妈妈心疼，可我呢？你打了我，当着她们的面打我，打得我流好多天鼻血，你现在才想过来事情不怪我，我看定他，你打我的时候有没有想到，我妈在天上看着你，你不怕吗？我轻轻地问。爸爸脸色大变。他说，小曼。我转身走了。他在后面叫我，小曼。我没有回头。我不想让他看我哭。

如果他不是这样一本正经地向我道歉，如果他是把我搂在怀里或是只拍拍我的头我的肩甚至什么都不用说，我都不会这样伤他的心。他以为这样我不伤心吗？他根本就把我排除在他们——他们一家三口之外！只一瞬间我泪流满面。我想我妈。那一刻比任何时候都想。

爸爸依然带她们回来，看得出他想缓和我们的关系。但是我发现小雪妈妈有意无意地阻拦小雪亲近我。真的，那小丫头很亲近我。有时我想幸好她是女孩儿，如果是男孩我会悄悄地狠狠地揍他。我在厨房做饭，小雪跑过来一定是想和我说什么，她碰在厨房和餐厅间的落地玻璃隔断上。一定是碰疼了，她捂着额头蹲下去。我赶紧出来抱她起来，她坚持着向我笑，泪花就在眼睛里转，她说，姐姐，小手伸给我，手心里是一块巧克力，我在学校发的，给你留的。我说不出话来。小雪妈妈用力地从我怀里把小雪抱走，爸爸又从她手中把小雪接过去，他们围着小雪。我走回到厨房，抽油烟机声音很响，但我还是听到小雪妈妈的声音。玻璃干吗擦得那么干净像没有一样。我一动不动站着。泪一颗颗落在锅里。

我生病了。我烧得晕头转向。我不知道我几天没起床。静把大院医务所的大夫叫来给我打点滴，一点起色都没有，醒过来时我想我一定是要死了，昏睡着我又想，我一定要活下去。静害怕了。她给我爸打了电话。爸爸当天就赶回来，还带了小雪。小雪的手摸在我脸上时我清醒过来，小雪看着我，眼睛里是和年龄不相称的忧郁。姐姐，她说，你怎么了？你怎么不说话？我勉强冲她笑笑，我没办法告诉她，我说不出话来，我的嗓子像裂了一样地疼。小雪妈妈走过来抱起小雪，姐姐生病别去烦她好吗？她的脸上甚至有一丝难得的笑。我也想冲她笑笑，但紧接着我就听到她小小声音训小雪，干什么往病人跟前凑，会传染给你的。

我把头扭过去。泪一股股地落下来。我咬紧了牙不出声。我又看到妈妈。那次也是我生病，护士往我手上扎了六针都没找到血管，她的鼻尖上渗出汗来而我已经冷汗沥沥。妈妈来了，她连制服都没来得及换掉，她看看护士，慢慢来。针终于开始往我的血管里输送液体。妈妈拍拍我的脸，羞、羞、叭脸儿狗，这边不哭那边哭。我索性哭出声来。妈妈俯下身来，亲我一下再亲我一下，好了，不哭了，我的大眼睛的小姑娘。

以后无数个梦到妈妈的夜里，耳边响起的都是这句话。我的大眼睛的小姑娘。我甚至能感觉到妈妈温柔的脸颊和手指。

蒙眬中觉得妈妈的手在我的脸上慢慢抚过，我醒过来，不是幻觉。我张开眼睛，是小雪，她站在我的床头。姐姐。她摸着我的脸。姐姐。我轻轻抓住她的手。我把她抱在怀里。她小脸上慢慢落下泪来，缓缓地滑到我背上。我不知道她为什么哭。但我依然感动。她小小的软软的身体在我的怀里。那一刻，我把她当成自己以前那个没要也不能要的孩子。我当初就固执地认为那一定是个女孩儿。我想，是她，一定是她。自那一刻起我开始爱小雪。像爱自己的孩子。

爸爸和我商量，把浴缸打掉行吗？小雪还小。我说，行。

爸爸也许还爱我吧。有时候我也这样想想。但这种时候不多。那天买些肉回来洗净切块冻进冰箱。洗菜池里有泡着待洗的绿菜，我只能把清洗肉的水直接倒进马桶，我都没注意水里还有淡淡血色。爸爸回来得早。我当时还奇怪，饭后他一定不让我刷碗。转天有水暖工来把浴室过热水的管路多通一根，结果厨房洗菜池和卫生间洗手池都有了热水。冰箱的记事贴上有爸爸的一张字条：小曼，不许吃冰激凌了。我站在那儿半天，虽然他弄错了可我还是挺感动。真的。

以前的家里冰箱是豆绿色的，那时妈妈就说，有蓝颜色冰箱多好，宝石蓝最好。妈妈喜欢蓝色。现在家里换掉的电器里只有冰箱是我挑的，很多人觉得颜色素净的客厅有一只高高大大宝石蓝色冰箱很怪异，但我喜欢。以前的家妈妈常常用记事贴在冰箱上留字条，小曼，今天晚上吃鱼，把米饭蒸上好吗？爱你的妈妈。小曼，今天我值班，爸爸出外勤，饭在冰箱，热了再吃记住了。亲你一下又一下的妈妈。现在家里有了宝石蓝的冰箱有了好多可爱的冰箱贴，可是，我没有了妈妈。我不知道已经有多久没看到冰箱上出现只言片语了。我看了一遍又一遍。

我发现一件奇怪的事情。我通常把垃圾袋系好后放在门口等出门时再拿去丢掉。可我也太难得出门所以门口的垃圾袋总是攒得挺多。但是最近一段时间我发现门口干净得有些过分。一只垃圾袋也没有。我先以为是静。她每下楼时也帮我丢垃圾的。想想，不对，静和老马二度蜜月去了。好多天没在家。会是谁呢？我不以为是老鼠叼走了。

我趴在门上的猫眼向外看。脖子都酸了。一个人出现在视线里。虽然从猫眼看出去人有些夸张，但我还是知道这是谁。他弯腰下去的时候我猛地拉开门，我看着他，看着他有些狼狈的样子我有些好笑。我说，你们家没垃圾吗？他看我一眼，不说话，拎了垃圾自顾下楼了。

他住我家楼下。老保卫处长的小儿子。叫周。大个子黑皮肤小眼睛。说起来我和他接触挺多，他给我照相照了好多呢。平心而论，他的技术棒着呢。但从没有人找他照相。很长一段时间他就一直英雄无用武之地地闲着。直到有一天我找到他。我参加了一个征文还获了个奖项，要一张照片，可那该死的摄影师让我摆了个很俗气的造型而且以仰角镜头方向拍过去，整个人几乎变形，我差点没当面把那照片撕了。我一下子想到经常看他从外边回来身上背个摄影包很专业的样子，我下去敲门，正好只他一个人在，他拿了机子就跟我上楼来。我觉得他真听话。他给我拍了好多不下二十张，他说，你不是急着要吗？机子里卷拍完我就去冲。他加了个班当天傍晚就把照片交到我手上。我不停地惊呼，他的脸都红了。

他拍得真好。我家客厅一面淡绿色墙他能拍出莹莹光彩来，他把我房间那幅有着白色羽毛的蓝色窗帘作背景拍出的我就像一个精灵。这正是我要的感觉。我说，以后我的照片你就包了吧。他迟疑一下。我赶紧说,我出胶卷。他还是不说话。我又说,我自己冲洗。他这才开口,你不避讳吗?我笑了,我掀开床单从床下面拉一只盒子出来,打开来,一只骷髅头出现在面前。我用手指敲了敲,这可不是石膏的。我从公墓里悄悄带出来的,为刷洗干净它费了我不少劲。以前就摆在电脑旁边,后来怕小雪害怕我才收起来。

他相信了。他说,那好。只要拍照就来找我。

他是拍现场的。就是,拍死人多过活人那种。

我才不管。只要他拍得好,死人如何活人又如何。活人不是也要死的嘛。再说,谁敢保证我那颗骷髅就不是一颗楼兰美女头呢?我挺佩服他,他经常在死人跟前一趴就是半天。爸爸说的。

我不明白大院里有些人为什么那么矫情,说起来,我们这个大院就建在一片迁走的乱坟岗上。从我家另一面窗户看出去,东山公墓上一层层一排排碑整整齐齐,还有人说看得清上面的字。当初这片小区盖好后没有人肯买。跟前有特警整整四个中队又如何?离市中心只四站路又如何?再便宜又如何?没人买你不能强拉人来住。开发商也是有来头的,谁知道他找了谁,最后市府决定这片小区划归公安局所有。想必认为警察经常和死人打交道也必是不怕鬼的。于是我们就住到这儿来了。最气的是一点不觉得比市区房价便宜多少。警察其实很听话的,名副其实的国家机器。

和周一起,比和静踏实。他从特警队上来的,和大院的那些年轻人很熟悉。他给我拿许多碟子让我消遣,还带我去对面办公楼最顶层看警犬。我房间窗口正对着特警队办公楼,我常常听到狗叫最后才发现狗养在最顶上两间独立的房子里。白天它们被锁起来,晚上就在楼顶上忠心耿耿地巡视。有一天不知道怎么回事,可能是忘记关起来,我从窗里看出去,那几只警犬正齐齐地扒在一人高的护墙上向外看。我只看得见它们东张西望的脑袋和两只前爪和一双期待的眼睛。我们都从对方眼睛里看到一种东西。寂寞。我不知道我和人没办法产生的共鸣竟然在狗那儿找到了。

和周熟了,他很照顾我,但是他从不多说什么。我根本也懒得问。有一天,我突发奇想,大街上一夜间出现许多写真坊、人像坊,我是不是也该给青春留个纪念呢?我打电话让他来。他看了我半天。我说,不会太麻烦,我会找人把我拿布裹好,你就像摆弄死人那样摆弄就行了,你觉得怎么好就怎么好。好半天没动静我才想起来抬头看,他正看我,但眼睛比平时多许多东西。我真想把自己扔出去。他误会我了。我费劲地解释,我说,我知道你在想什么,你误会了,我只就事论事,我只想你能拍得好些,能把我想要的感觉拍出来。仅此而已。他不响。我再说,我们不是一类人,想想看,你连一个女朋友都没有过,而我,我张开两只手掌向他翻一下,我和这么多男人……接吻。我本来想说的是,上床,我想那样一定一下子就会把他吓跑,但是,也会把我自己吓死。所以我说,接吻。

他站起来,我想他一定是要走了,是要愤怒而又不屑地走了。我只有一点遗憾,以后不会再有人拍那么好的照片给我了。他站在我面前,他说了一句话。我几乎不敢相信自己的耳朵。

他说，你能教我吗？

我愣愣地看他。我没明白。他像是下了好大决心，他伸手出来把我小小心心抱住，我的双手还那样张开在半空。我们就这样奇怪地站着。他很紧张，他的手在抖。他的唇触到我的。我忽然清醒过来，我轻轻地然而是坚决地推开他，我平静地看他，我笑一下，我说，对不起，我说错话。我没有生气甚至一点责备他的意思都没有。我落落大方得使他只能默默地站在那儿。

我送他出去。门一关上我就背靠着门笑了。他以为什么？以为我在诱惑他吗？诱惑一个连女朋友还没有谈过的——男人？我冷笑一下。诱惑可是要付出代价的，所以诱惑的必是让自己动心动情的男人，哪怕最终不能相守一生也不至后悔。我不知道这个人是谁会在哪儿，但是，这个人一定不是他。我越想越觉得可笑，我终于笑出声来，越笑越厉害几乎停不下来。我笑得上气不接下气。

眼泪就是这时候落下来。我的心里有一种恐惧。我想，我害怕地想，我恐怕是，不会爱了。

蕊请我吃饭。她还在做酒店，不过已经是第三家了。换一次就加一次薪。她鼓动我，再回头做酒店吧，很容易发展的，开发重点就是旅游嘛。我摇头。她见我这样就转移话题，她说，青要结婚了。我说，哦。这一年听到最多的就是谁谁谁结婚了。我已经麻木不仁。她耐不住，你呢？我说，等着吧。你们先行我断后。她就笑，笑过以后她才说，其实有时候放纵一下没什么不好。我看她，她说，我是怕你会有心理障碍。我说，你什么时候改做心理医生了？

她说，我是为你好。真的。现在没人再把爱情看作一回事，尤其是已经不在的爱情。我说，我吃好了。

爸爸和小雪的妈妈，我的后妈曾郑重地与我讨论过我的将来。他们想要我去做警察。真让静说着了，如果我做了警察，那么现在我住的这套房子就可以名正言顺地归了我。我平静地看他们听他们说，心里却很有些瞧不起他们。究其本质他们和农民没什么区别。说完了。我站起来，我只说一个字，不。我坚决不会去做警察，我为警察已经牺牲得太多——妈妈。还有我的幸福生活。

蕊的婚礼我是参加了的，蕊的妈妈哭得像颗浸满了水的核桃。我是蕊的伴娘，当时只差一点我也要哭出来。我终于忍住。我悲哀地想，如果我有这么一天，爸爸和小雪的妈妈我的后妈一定会笑得很灿烂笑得如释重负——他们终于可以把手中的接力棒传给下一个人了，且不管它最后命运如何。是的，我现在是他们手中的一只接力棒，一只沉重的接力棒，一只沉重到他们想立刻就扔掉的接力棒。

我拎着蕊送我的一盒化妆品。但是我并不缺这些东西。上次过生日她们送的那些还在冰箱里冬眠呢。做过酒店的女孩子就落下这个坏毛病，喜欢买化妆品也喜欢送。烟酒能回收，为什么化妆品不行？如果有化妆品回收店就好了。

蕊刚才说的话让我心里没着没落的。我想找个人说说话。我打了个电话，然后安安心心地在一家蛋糕店里等。很快目标出现。这是我高中同学，追了我四年没追到，最后终于不甘心地还是娶了别人。他说了，他将是我最最好的朋友，只要需要他就会出现。我迫不及待地对他说，我太烦了，我好像遇到过不去的坎儿，我不知道谁能帮我。他睁大眼睛看了我好一会儿。他一定是在认真思考。我想，有朋友真好。他说话了，你还需要人帮？我以为你始终所向无敌呢。我瞠目结舌。我再没想到他会这样说。他都没注意到我表情的变化。他埋头在那些化妆品里，我刚才说送给他老婆。我冷冷地看着他，这就是我最最好的朋友？这就是在结婚前一天还对我说只要我点头他就悔婚的人？就是这个人说只要需要他就会出现？我忽然恍然大悟，也许他说的需要和我想的需要是两回事。真让我恶心。

我站起来就向外走。走两步我又站住，我回头过来一把抢去他手中的化妆盒。我不再有这样的朋友。既然不再是朋友，那我干吗要送东西还是给他老婆？我以后永远都不再认识这个人。看来，已经属于一个女人的男人的肩膀是无论如何不能靠的了，哪怕只是暂时借靠一下，也不能。

我去交电话费。单子打出来竟然会有三百多块钱，又超支。我开始后悔扔掉那份工作。前些日子找了份工作，一家合资制药企业，待遇不错，而且我做秘书也还轻松。错就错在，我把副总在办公室里讲的带颜色的笑话带回来讲给爸爸听。爸爸脸沉下来。他讲这些的时候办公室还有别人吗？我转了转眼睛。我还记得副总当时很暧昧地用肩膀撞一下我桌对面的会计，你结过婚了你应该听懂的，噢？我说，没人。就我一个。爸爸说，明天别去上班了。我暗喜。一天，两天，我问爸爸，那我什么时候去上班？爸爸很吃惊地看我，不去了呀。我大失所望。我以为他会把那个人教训一顿或是找人敲打一下，哪想到他只会让我不要去上班?!那个该死的看上去大大咧咧的高个子男人，总是借口说我的上传文件流程有误，把我叫去办公室借指点之机对我的身体指指点点，是他说要带我去出差我才想办法激将爸爸想让他替我出头。谁想会成这样？看来我是不能指望他的。当初找静家老马说不定还好些。但我不能说出来。我只好自认倒霉。

心底里我甚至想，爸爸一定还以为，我是他的乖乖女，如果让他知道我已经和男人还不只是一个男人上过床他会怎么样？他一定会拎着我的头发把我扫地出门。所以，我一点都不能让他知道。我重重地叹一口气，现在我才是真正的彻头彻尾的无产者，一无所有。连自己都没有。还好还算有个家。虽然比名存实亡好不到哪儿去。

静抱一棵白菜来我家，死了活了要教我做醋熘白菜。我最不爱吃长相复杂的蔬菜。我喜欢西红柿、辣椒、蒜苔等长得比较单纯的，好洗。白菜要一层层地剥了洗，麻烦。静教我用锯齿刀立起来削菜帮，真新鲜。最终菜做得太水了不好吃。静说是我家灶上火不好，她找理由。菜做得看来是太不好吃，静只尝一筷子就说回去。烧水时我才发现，静说灶不好是有理由的，煤气快没了。

我在家里修马桶，钉画框，安插座，但是我没本事换煤气。况且我也不知道煤气本在哪儿。爸爸开会不在家，我才不想打电话给那女人。我鬼使神差地给淘淘家拨了个电话。

我是因着淘淘妈妈才认识淘淘的。那天去帮一个朋友职称考试外语过关,回家的路上见到几个年轻人围着一个衣着光鲜的女人。我一看地上碎着的茅台酒瓶就知道这又是一群都市骗子。他们没想到那女人只肯拿,也只能拿出不到一百块就有点恼羞成怒。最少也要赔一张老人头吧,那些人叫嚣着。那女人翻遍所有,就是差十块钱。行人如织但是没有人停下来甚至看都不多看一眼,那女人无助地绝望地站在那儿。我拿一张十块钱出来。那伙人悻悻地走了。那女人千恩万谢一定要我跟她回家去拿钱。我说,你不一定非要还那十块钱,十块钱就让人感恩戴德也有点太难为情。她说,我不是一定要还你钱,但我一定要谢谢你。我跟她回家。

这就是淘淘妈妈。

淘淘爸爸在自来水公司是一个不小的官。这些年城市水费一点点涨上来而且还在不停地涨,于是自来水公司的福利待遇就一年年好起来,还会越来越好。说起来爸爸的级别高过淘淘爸爸,但他们家的房子却大过我家整整三十平,还便宜。淘淘爸爸长得很凶,浓重的眉满脸青青的胡茬,一开口却和气,而且对淘淘妈妈唯命是从。淘淘爸爸说话时也是声音浑厚从胸腔里发出共鸣。就像我爸爸。

淘淘家养有一条西施狗。已经胖得不像宠物,站起来齐我胸高。从我一进门它就歪着头傻乎乎地看我笑,显见得是四肢发达头脑简单。淘淘妈妈看来对它爱极,它听话地依着她的命令对我作揖。

两个人张罗着给我倒水递水果,淘淘爸爸拣一张新的十元钱给我。我接了钱就想告辞,人家谢也谢得可以了。

淘淘回来了。

之前我没想到淘淘是男孩儿，而且没想到还是个大男孩儿。淘淘妈妈描眉绣眼红唇闪烁看来不过四十出头的样子。

淘淘大我一个月。

淘淘很惊奇地看我，他说，我不知道这世界上还有好人，幸好让我看到了，稀有动物。他并无恶意地笑着这样说。他力邀我参观他家所有房间，我设计的。说实话，不敢恭维。我一向欣赏不来太现代的东西。在他房间的墙上我看到一副拳击手套。我笑了。对原本看来干干净净的他又添一分好感。至少女人和他一起遇到险情时他还能不失男人风度地喊一声你先跑，而不是央求女人留下放了他吧？电影里的男人现在全这样。

在看到淘淘爸爸妈妈卧室时我大惑不解。像酒店客房一样两张床。淘淘房间这样我能理解，男孩子偶尔带朋友回来的嘛。我问，这也是你设计的？他笑了，不是。他们吵架了就把床分开来，和好了自然又拼在一起了。我几乎笑出声来。我还是第一次知道中国还有这样夫妻的。太可爱了。我对淘淘又多一分好感。父母这样率真，他们的儿子一定是好孩子。

他问我，你做什么？想了想，我说，推销化妆品。之所以没说无业是因为怕他想我无所事事何以为生，一定是操副业那种的。毕竟我们互相并不了解。我问，你呢？他掏一张名片给我。一个挺响亮的大酒店。康乐部经理。我抬头看他一眼。之前所有好感荡然无存。最讨厌两种男人，一种是对女人一无所知，一种是对女人阅尽春色。显然他是后者。康乐部，就是那种但凡不到病入膏肓的男人都能找到快乐的地方。女人像满山罂粟样热烈而致命。

我想我真应该告辞了。

淘淘爸爸说淘淘妈妈去给我买上好佳薯片去了。礼貌上我要给她打个招呼。好在超市就在楼下。不一会儿，淘淘妈妈回来了，一起来的还有许多邻居，淘淘妈妈掉到一个没盖的窨井里去了。还好井不深她只擦伤一点皮。她的手里还紧抓着几只袋子，全是上好佳。

我真想知道如果不是遇到我，她会不会这么背运。

谢了邻居，淘淘爸爸把淘淘妈妈扶到沙发上，他想看看她伤得怎么样，刚一伸手就被打开，讨厌。淘淘妈妈说这话时就像个耍小性子的女孩子。淘淘妈妈甚至嘤嘤地哭出声来，好一会儿才止住。淘淘走过去，他把妈妈拥在怀里，好了好了，来，让我看看。只在额上一点擦伤。淘淘就在那上面亲一下再亲一下。我说，我要走了。

淘淘爸爸淘淘妈妈淘淘全部挽留我吃饭。我想我真的要走了。但是，我听到自己的声音。好。我说，好。

淘淘爸爸在厨房冲锋陷阵。我和淘淘和淘淘妈妈和西施犬阿威一起吃上好佳。淘淘妈妈很公正，我们一人一袋。她自己，淘淘，我，阿威，大家相安无事。很好。淘淘妈妈像对孩子一样对狗。当然，你不能想成她像对狗一样对孩子。其实，对于有些人来说，能像对狗一样对孩子还真是不易呢。比如说，那些坏的有钱人。

那以后我去得最多的人家就是淘淘家。加上我正好四个人他们一家人就教我打麻将。而且我还真的学会了，学得很快。开始自然是纯娱乐性质的。后来我们也赌，赌零食。经常的我拎着一只大大的袋子回家去。差不多我去一次，他们家冰箱里的东西就转移一次。转移到我家冰箱了。淘淘妈妈过生日时我送了她一套化妆品。进口的。她高兴得很。蕊的礼物终于作了再生资源。

话筒那边的淘淘听到是我的声音就大叫起来，零食又吃完了？那就快来吧。我说，不是零食，我想去混饭，我家没煤气了。他说，好呀，快来。

我在漂亮的城市大巴上晃晃悠悠地横穿半个城。我看着车窗外的楼房行人和马路还有马路边开始发芽的树。车走得很稳也很慢，遇站就停。我不急。反正我也不赶时间。远远看到淘淘在车站张望。他点点腕上的表，我等了你一个多小时。是你家太远了，我分辩着。谁说不是呢？城东到城西。

只有阿威呜呜地高兴地叫着欢迎我。人呢？我问。到我爷爷家去了。淘淘家是个大家庭，他的爷爷在这座城外另一座城市。我长叹，我为什么就应该是做饭的命呢？本来我以为我能到这儿就端饭碗的。淘淘说，那我们出去吃吧。幸好淘淘妈妈也不在家，否则淘淘爸爸又不在我是必做饭不可的。

吃完饭时间已经不早，淘淘弄来一大堆影碟。全是大片。我们挑着看。我不知道天已黑透。阿威卧在我脚下呼呼睡着。时间已经很晚。我说，送我回家。我站起来。淘淘说，住这儿吧。又不是没地方。我相信这时候他没有任何别的意思。我说，算了，我妈说了，不许在外边过夜。还是男孩子家还没有大人在。他笑了，我妈也说了，不许让女孩子单独走夜路。我送你。

我们穿了鞋关了门厅灯我就要开房门。

就在这时黑暗里他准确地抓到了我的手。我愣住了。

住下吧。别走。他轻轻说。他的手已经扶到我肩上。娴熟之极。

我说，淘淘，我们做朋友不是很好吗？他在黑暗里望着我。很久，他说，是。但是，他说，我想要更好。我想和你做更好的朋友。我懂了。我说，那就不是朋友了。那是情人。不好吗？做情人不好吗？他把我往他怀里拉。他俯下来他的唇开始在我脸上找寻。我的心一点点变冷。在他的唇找到我的那一瞬间，我用力推开他。

我走在暮春的寒夜里。惨淡的月光让我更冷。我抱紧双肩。脸上有泪，一点点一点点，越来越多，我就要哭出声来。

我想，我原本要的不多，只是一个朋友一个单纯的纯粹的朋友，可是，在这个世界里为什么就那么难？找一个朋友竟然比找一个情人要难得多得多！是我太傻，我不是也经历了由不可思议到熟视无睹吗？这世界上一切都会公开化唯有朋友将变得越来越隐蔽直到销声匿迹。我甚至可以接受比情人少一些比朋友多一些的感情，那也是一种美丽，离肉体远一点再远一点，离精神近一点再近一点。可是，走到情人这步就没有退路也就结束。如果不谈爱我更愿意是个理想主义者。只是彼此喜欢欣赏和愉悦并不做完全深入的爱。

我绝望地发现，我整个人从身体到心灵已经开始排斥一种叫作爱的感情，不管是形式上还是内容上的。是。就在刚才，我能清楚地回忆，就在刚才，我被一个男人拥在怀里，一个成年女人被一个成年男人在黑暗中拥在怀里是多么危险的事情。可是，可是我一点感觉也没有。

我的泪迅速布满脸颊。我知道我终于知道。我被一种叫作爱情的利器伤着了，伤在了心里，伤得太重，恐怕今生我都无法痊愈。

我穿过一条又一条街道，像一只猫。踽踽而行。冷暖自知。

那年那月

秀秀等车时无可不可地看阅报栏，目光落在报纸下方用粗黑框圈起的《迁坟通告》上。这都是近两年里第三次迁坟了吧，活人真的开始和死人争地盘了吗？秀秀觉得不可思议。人既已去入土为安就好，干什么让人家迁来迁去的，再说，住这样房子不怕得慌吗？

车来了，秀秀随着人流向车门方向涌过去。

1

家里没人，这让秀秀有些意外。平时这时候，妈妈差不多把饭做好了。楼道响起杂沓的脚步声，秀秀皱眉，准是楼上那家又招人玩乐。她把 MP3 声音开大。门铃响了。

秀秀被突如其来抱在一个人怀里，那怀抱热腾腾，散发一种陌生然而却又亲近的气味。秀秀不知所措将目光投向门外，爸爸掉开脸，门厅灯不够明亮，仍旧看清妈妈脸上不快的表情。门外还站着爸爸妈妈的战友或同乡，每人脸上的表情都与平日大不相同，而目光的焦点都在秀秀和抱着她的人身上。秀秀的心莫名地提起来。

抱着秀秀的人终于抬起脸，那是一张风吹日晒粗糙的脸，触着秀秀臂膊的手粗粝且坚硬，把濡湿涂了秀秀一肩膀，这人嘶哑着嗓子开口，是秀秀吧，我是姑姑。

秀秀猜到了，她和爸爸简直就是一个模子刻出来的，黑里透红的肤色，宽厚的肩背和相对女人无疑显得健硕的身坯。

秀秀端茶出来。她注意到，姑姑当仁不让地坐上首，两个阿姨陪在左右，爸爸在阳台上抽烟，妈妈远远地坐另一边，很别扭地把脸扭到电视这一边，电视屏幕是静音。姑姑的眼睛一直跟着她，秀秀只好抬头冲她笑笑。

秀秀从爸爸收到的家信中看过几张姑姑和大家族的合影，面对面还是第一次。秀秀听爸爸叫姑姑"锦鸿"，没错，这就是爸爸所在那个大家庭唯一一个按族谱排辈取名儿的闺女，任城建局长。秀秀听爸爸和同乡谈起锦鸿姑姑，她经常开辆破旧不堪的213东奔西跑，许多项目硬是让她这样跑下来。没人能比锦鸿再当得好这个城建局长了。爸爸他们说话口气里隐含着钦佩。妈妈从不插话，很矜持地站起来，进书房翻开厚厚的医科书，通常这时爸爸他们也就自觉地转移话题。

这么多年，秀秀都大学毕业都工作了，爸爸最疼爱的小妹妹锦鸿姑姑却始终没来过哥哥家。可是今天，姑姑为什么突然就来了？气氛看来也不太对。

锦鸿姑姑叫她，秀儿，到姑姑这儿来。声音充满慈爱却也不容拒绝。秀秀走过去，挨着锦鸿姑姑坐下来，她看到妈妈警惕地转过脸。

锦鸿姑姑眼里泛上泪光，秀儿，有件事儿，必须得跟你商量。秀秀茫然地点点头，心想，跟我商量什么呀？锦鸿姑姑很响亮地用纸巾揩鼻子，从口袋掏出一张报纸。秀秀接过来展开，《迁坟通知》。

秀秀的心猛地跳一下。

锦鸿姑姑再开口就透出女强人的干练和决断，秀秀，我就为这事来的，接到消息我就上飞机，不怕人笑话，从工地直接奔机场，连身儿像样的衣服都没来得及换。锦鸿姑姑把手臂搭在秀秀肩上，秀秀觉得肩上陡然增加不少分量，沉甸甸的，她的目光也跟着郑重起来。

秀儿，锦鸿姑姑一字一句，这件事你也要参与意见，毕竟，坟里埋着的，是你娘。

坟里埋的着，是你娘。秀秀脑海里机械地重复着这句话。娘，在城市里是听不到这样称谓的，娘，就是秀秀惯常叫的妈妈。妈妈就在这时候站起来走向书房，秀秀站起来，妈，她叫，怎么回事？妈妈的脚步停下来，只一下，她依然走进书房，关上房门。

秀秀木然地站在那儿，喃喃地，她问，这是怎么一回事儿？

锦鸿姑姑把秀秀紧紧搂在怀里，大巴掌在秀秀脸上胡噜着，孩子，锦鸿姑姑声音潮湿，我那可怜的秀儿啊，坟里埋着的是你亲娘，你亲亲的娘呵，生出你来就死掉的你的亲娘呵。

爸爸坐到秀秀身边，艰难地开口，秀秀，有些过去的事，本来不想让你知道，现在看来，不说不行了。锦鸿姑姑说的没错，坟里埋着的，是你亲生母亲。

哥，是秀儿亲妈，更是你的结发妻，明媒正娶的原配，我可怜的嫂子！锦鸿姑姑气咻咻地补充。

秀秀站起来，她觉得头胀大了，想大叫，可只张张嘴，用自己也听不见的声音说，我想睡了，明天，她本想说明天还要上班，可明天是星期六。

书房门开了，妈妈站在房门口，很平静地，我打电话让威威明天回来，妈妈看一眼锦鸿姑姑，然后看着爸爸，既然秀秀要参与意见，那么威威也有同样权力，不仅仅因为我是他的亲妈，更因为，他是你唯一的儿子，亲儿子。

爸爸看来有些生气，你这是做什么，威威马上就要准备毕业答辩，什么大不了的事儿，非得让他也回来?!

妈妈依然平静地，不卑不亢地，我从来不认为这是什么大不了的事儿，可有人认为这是大事儿，是比天还大的事儿，大到可以丢开手头工作，可以不向家里知会一声，可以直接从工地奔机场，只为到别人家来干涉一件原本与她毫不相关的事儿，还楚河汉界地划分开谁是谁的亲妈！那么，妈妈谁都不看，我想我有必要把威威叫回来，和我，他的亲妈一道儿，论一论当年的是是非非。

门重又在众人面前关上。锦鸿姑姑脸气得红一阵儿白一阵儿，她转脸给爸爸，哥，你看，这还有个当嫂子的样儿不?啊?当着秀秀的面，她红口白牙地胡说八道，搁咱家，早让咱爹给打出去了，就凭这，她压根就不配我叫她一声嫂子！

爸爸烦躁地挥挥手，当着孩子的面，都少说两句。

秀秀一声不响地回房，反锁了门。把自己放在床上的一瞬，泪水止不住汹涌而出。

2

妈妈喜欢弟弟威威，秀秀从小就知道，但她从来没多想过。人都说，爸爸爱女儿，妈妈疼儿子，这点在秀秀家表现得尤为突出，甚至长相，都是秀秀像爸爸，威威像妈妈。

只有一次，过年，秀秀跟爸爸去拜年，那家胖大妈见着秀秀亲得不得了，不停地说，丫头都长这么大了，当年吊在我怀里吃奶呢。爸爸就给胖大爷敬酒，要不是胖大嫂，秀秀怎么可能长这么快。胖大妈可劲儿给秀秀夹菜，嘴里念叨，自己带过的就是不一样，生像自己身上掉下来的肉哟。

秀秀那年也就四岁，但当时每个人说的每句话，都印在心里了。那一年，秀秀有了弟弟威威。秀秀常托着下巴有些敬畏地看妈妈怀里鼓鼓胀胀的奶，羡慕弟弟，那么点儿小人，闭着眼睛都知道霸道地用一只手抓着吃的那只奶，一只手紧紧地抓着另一只。秀秀小小的心里就有些怅然，她恍然觉得，自己没有过这样的幸福体验，她想啊想，怎么也想不起妈妈怀里是什么感觉，她从来没有那样被抱过，弟弟身上甜滋滋奶腥腥的味道也是她感觉陌生的。威威吃奶到小学一年级。那一年秀秀四年级，已经能帮妈妈烧开水帮弟弟洗袜子了。

秀秀不能说妈妈对她有什么不好。妈妈没动过她一指头，大声呵斥也没落到过她头上。她做错事儿，妈妈至多用眼睛看看她。只在考大学时，妈妈说，女孩子嘛，就在本地上吧。分数线下来，秀秀考分上北大、清华也志在必得，爸爸为此和妈妈吵架，他们关着房门压低嗓音，但秀秀还是听到了。省财院离家不远，秀秀没有住校，朝九晚五，直到大学毕业。通过妈妈的努力秀秀成为交通银行一名高级职员。她就这样清清静静、顺顺当当地长大到现在。男朋友小易夸她安静单纯，她真心实意地告诉他，你得感谢我妈，是她把我教育成这样的。

秀秀睁大眼睛看着天花板，威威就要回来了。

3

从小到大，在威威面前秀秀不自觉就有些气馁，她从来没像别人家姐姐，理直气壮地指挥弟弟这样那样——都是威威指使她做这做那。长大后，威威反过来充当她的保护伞。大三那年，经管系成人班一男生纠缠秀秀，威威知道后那段时间天天来接秀秀下课，高高大大的校篮球队主力是有些震慑力的，秀秀就此少了许多麻烦。这事儿他们没告诉爸爸妈妈，威威说，这是姐弟俩的秘密。

威威四年前高考，填报志愿全是复旦，是妈妈的意思。差一点儿走不成，妈妈动用所有关系，力挽狂澜。威威读书后家里陡然有了压力，除却学费，威威的生活费也很可观。好在秀秀工作了，每个月一分不差地把工资交给家里，于是压力消解于无形之中。

秀秀也听到过议论，说对秀秀当初的安排就是为今天的威威。秀秀听听而已。妈妈在爸爸的圈子里比较孤立，她和女儿都可以一天说不上一句话，更何况两姓旁人呢？

但在这个夜晚，秀秀的心无论如何不那么平静了。

既然秀秀要参与意见，那么威威也有同等的权力，不仅仅因为我是他的亲妈，更因为，他是你唯一的儿子，亲儿子。

这句话像雷一样在耳边翻滚。秀秀已经明白，自己是爸爸和埋在坟里那个亲娘生的孩子，威威，是爸爸和自己一直都喊的妈妈生的孩子，眼泪一股股涌出来，原本不露痕迹的往事明目张胆跳出来。

胖大妈慈爱的脸。

叔叔家的阿姨们偶尔显得复杂的目光。

妈妈平静到有些淡漠的面容。

爸爸眼睛深处的那一点点沉重。

还有锦鸿姑姑，措辞激烈的语言，不加掩饰的举动，生我出来就死掉的我的亲娘——为什么会死？为什么不告诉我？要我参与什么意见，甚至还要把远在上海的威威召回来？

4

一家人都醒得很早。秀秀在餐桌前坐下，看到爸爸妈妈一脸疲惫，刚才洗脸，她看到自己两只黑眼圈。这一刻，她有些怨锦鸿姑姑，如果不是她突然降临，怎么会让一家人弄成这样子？

匆匆吃了早餐，秀秀站起来，今天加班，有事打我手机。换鞋的当儿，妈妈依然不紧不慢不冷不热地，威威的飞机一点钟落，别等我们打电话，到点儿你就回来。这一刹那，秀秀对这个听了二十几年，熟悉得不能再熟悉的声音一下子产生抵触，她说，我加班，有事打手机。秀秀没看到，随着关门声妈妈脸色煞白，爸爸想打个圆场，却被妈妈用犀利的目光逼回去。锦鸿姑姑打着呵欠走出来，哥，有新牙具吗？妈妈转身回房，留给客厅兄妹俩一个愤怒的背影和一扇紧闭的门。

5

威威当天中午到，没人接他。秀秀进门，威威正甩湿淋淋的头发，看见秀秀，迟疑一下，最终还是叫声姐，而后就埋头忙活自己的。秀秀垂下眼帘。妈妈一定说了些什么。她应一声回自己房间。

6

晚些时候，秀秀家开始了一次很严肃郑重的谈判。

锦鸿姑姑依然坐上首，秀秀和爸爸坐左手边两人座沙发，妈妈坐右手边单人座沙发，威威拖过绣墩紧挨着她。叔叔阿姨在周围，都靠爸爸这边。妈妈脸沉得像水。

锦鸿姑姑睨一眼妈妈，咳嗽一声，今天把大伙聚到这儿，不为别的，为我嫂子，秀秀亲妈迁坟的事儿。我是受秀秀儿个舅的委托专程来的，不办好这事儿我没法交代。所以把在座各位当哥当嫂子的请来，商量商量，看怎么把这事办得圆圆满满的。

冷场。都不愿意第一个说话。

锦鸿姑姑心疼地看秀秀一眼，那我就说了吧，首先我声明，我的意见代表家里头老人儿，还有秀秀亲娘家舅，那就是，迁坟以后秀秀娘的墓葬，得留出我哥的地儿，以后，我哥得和秀秀娘我那亲嫂子一起堆儿，原配为尊死者为大，自古以来都是这么个道道儿！

我不同意！锦鸿姑姑话音没落，妈妈就大声表明自己观点。我、不、同、意。妈妈一字一句，一脸不以为然。又不是旧社会讨小老婆——大红的结婚证书我有，人一死婚姻关系就自动解除，还谈什么原配不原配。死者为大，那我这活着的算什么？孩子是我拉扯大的，家是我操持起来的，锦鹏头疼脑热也是我照顾的，我倒要问一句，是死人功劳大还是我功劳大？

爸爸脸色骤然间难看极了，极力隐忍着才不致发怒。锦鸿姑姑不愿意了，郭筱菊，亏你还是个文化人儿，说话这么不着调儿。今天大伙坐这儿就是商量事儿来的，全依了你那还商量个啥？秀秀妈千里万里地跟我哥到这儿，死了，除了我哥她再没别的亲人，她已经孤苦伶仃这么些年，你让她一个人继续在这儿孤零零待着？如何忍心哪你？

妈妈眼泪打圈，不能全依我那只能全依你？你只说她和老凌有感情，那才几年？我和老凌风风雨雨几十年，成家立业养儿育女，为这个家为儿为女为老凌我操碎了心……妈妈终于捂着嘴饮泣起来，威威赶紧拿纸巾递过去，还懂事地揽住妈的肩膀，不哭，妈，咱不哭。

局势发展到这一步，那些叔叔阿姨劝锦鸿姑姑的，劝妈妈的，劝爸爸说句话的。秀秀看对面的威威，他也一脸的茫然。

爸爸终于开口，筱菊，这些年你为我为孩子为这个家做的每一件事，我都看在眼里记在心上，没有你，没有我凌锦鹏的今天，没有秀秀威威这两个听话懂事的孩子，没有这个什么都不缺的家，爸爸有些哽咽，停了好一会儿，不就是为孩子着想，这么多年我们都没有告诉她生身母亲的事儿吗？二十五年呀，我没带秀秀扫过一次墓，没让秀秀给她母亲坟上添过一把土，我为什么这么狠心？因为死的已经死了，活着的要更好地活着，这话还是当初你劝慰我的；因为我和你都愿意也都希望她把你就当作生身母亲，而你也把她当自己的亲生女儿呵！

秀秀定定地坐着，任由泪水冲刷脸庞，这么多年，她从来没有被这样震撼过。怎样的一个女人呢？爸爸肯为她和她的女儿坚忍地守住一个秘密达二十五年？

爸爸又说，锦鸿代表家里老辈儿的意见，但我要说，不妥，这样对不起筱菊；筱菊只为自己考虑，也不应该，这让我如何面对死去的吉爱？要我说，不管吉爱还是筱菊，都是我的妻，死了的，跟我没享福，活着的，替我操尽了心，有朝一日我去了，哪一个我都不想舍下也不能舍下。我的意见是，墓葬里把我和筱菊的地儿都留出来，三个人以后作一堆儿，她们要吵架我调和，这样行吗？

秀秀满脑子只两个字：吉爱。妈妈叫吉爱？爸爸会不会留有吉爱妈妈的照片？哪怕一张。秀秀太想知道妈妈的音容笑貌了，这念头来得如此势不可当，在秀秀心里激荡着滔天大浪。

7

直到夜深依然没有结果。先是锦鸿姑姑同意了爸爸的方案，她说家乡老辈儿里头也有过这样的，只是牌位摆放有些讲究，这里不摆牌位只立碑，那就一家之主在最前头，依次是正房，再后是续弦。妈妈原本勉强同意爸爸的方案，一听锦鸿姑姑这样说，立刻改变主意，你家乡是家乡，这里是这里，入乡随俗懂不懂？我已经同意屈尊，倒要我排在最后?!我还就不同意了。

又是一番苦口婆心引经据典地双方解劝，妈妈至多肯答应和吉爱妈妈一左一右并排跟在爸爸身后。锦鸿姑姑不愿意了，从来也没有过这样儿的！妈妈也不示弱，规矩不都是人定的，说不准以后我这样儿的还成了典范呢！锦鸿姑姑从沙发上站起来，行呵，我这就打电话，让家里头秀秀娘家人来，不就来回几张机票耽误几天工夫吗？人家现在做大生意不吝这个。怎么，锦鸿姑姑近于挑衅地看着筱菊妈妈，不叫你娘家屋也来些人帮把手吗？

妈妈愤怒地瞪着锦鸿姑姑，一句话都说不出。爸爸挥动两只大巴掌，都给我少说两句。商量事儿就商量事儿，怄什么气？今天不成还有明天，办法总是人想出来的，一家人有必要急赤白脸吗？

一干人看着就要散，一个声音很清晰地响起来。是秀秀。

你们谁能告诉我，我妈妈是怎么死的？

8

秀秀抓过床头小闹钟，都快十一点了。为什么没有人叫醒自己呢？妈妈一向不许孩子赖床。

秀秀到客厅发现报纸已经取来了，对折着放在茶几上，还没有人看；餐桌上摆有两个人的碗筷。秀秀正愣神，威威打着呵欠出来。姐。威威这一次叫得挺顺溜。姐，爸爸妈妈一大早就去酒店了。

威威到家锦鸿姑姑就去住酒店了。其实让威威在客厅沙发上将就一下也行，可锦鸿姑姑是个血性的人，见嫂子不吐口，怎么肯让亲哥作难？叔叔阿姨们都争着往家让，妈妈只淡淡一句，把人家搅扰得还不够吗？爸爸就不好表态。锦鸿姑姑只有谦让到底，大哥大嫂们别费心了，回去好好睡一觉，攒足精气神儿还等着你们给主事儿呢。我长年累月出差，习惯了，随便找个地儿住一宿就得。她拍拍屁股口袋，那动作活脱就像个大男人，咱有金卡，住总统套也没问题。妈妈有些鄙夷地转过脸去。一行人浩浩荡荡地出门，陪锦鸿姑姑去酒店。秀秀想等他们回来，因为自她问了那个问题，所有人竟然都像没听到或没听懂，没有一人回答她。而且一屋子人达成惊人的一致，散。直等到深夜一点钟，爸爸妈妈还没回来。威威早睡了，秀秀只好回自己房间。

威威两根手指拎一样东西出来，昨天一晚上都没睡踏实，老梦到自己和帮臭小子在一起，满脑门汗味儿，一直到早晨天亮，我翻个身，妈呀，谁把擦脚毛巾扔我床上了？

秀秀接过来，是件老式大背心，被汗渍得有些发黄，不用说，是锦鸿姑姑的。秀秀笑，我给她洗洗。威威如释重负，还好她没把臭袜子也脱我床上，咱家怎么出了这么一位姑奶奶。

两个人突然意识到，正是这位姑奶奶的到来，令家里陷入一种奇怪的境地。原本和满的一个家庭，竟然久藏着这么大一个秘密。同时，秀秀和威威都看对方，又是同时，两个人把眼光都掉开。秀秀说，我这就去洗，匆匆钻进卫生间。

下午，男朋友小易打电话来。秀秀握着听筒悄悄向外张望，威威一直待在小房间没出来，连方便面都是拿进去吃的。秀秀压低声音，在对面马路上等我。停了停，她终于说，我有事儿要告诉你。

9

小易比秀秀大四岁，不到三十已经是中国银行省分行信贷科科长，身边很容易围着一些女孩子。可小易偏就喜欢上秀秀。两人初次见面是在小易家，小易妈妈美萍阿姨和秀秀妈妈是同事，更是屈指可数的交好中的一个。秀秀是第一次看到妈妈和一个人说话时挨那么近，而且时不时还会拍拍对方手背，搂搂对方肩膀，交换一个意味深长的眼神。

妈妈帮小易妈妈张罗晚饭，秀秀坐在客厅沙发上。小易回来了，耐心地陪秀秀说话，很尽地主之谊地削水果拿饮料。秀秀偷看进进出出忙碌的妈妈，可妈妈非但没像惯常那样用一种表示制止的漠然眼神，反而笑笑。饭桌上小易妈妈对小易爸爸说，筱菊的女儿，读财院，六月份毕业，你给联系个银行上班。小易爸爸唔了一声。一件大事，就在花花绿绿的饭桌上轻描淡写地决定下来。

秀秀第一天上班，就看到等在银行门外的小易。小易说，中午一起吃饭。

10

秀秀的手机响起来。

是威威。姐，爸妈说在姑姑住的酒店吃晚饭，七点钟，你赶紧往过赶吧。

小易问，威威回来了？你刚才说有事告诉我，是指这事儿？秀秀转过头，我姑姑也来了，秀秀咬咬嘴唇，是为我妈迁坟的事儿，是，我死去的那个妈妈。秀秀的头深深地埋下去。

小易走到秀秀背后，爱怜地把她拥在怀里，傻孩子，你终于知道了。我早就知道这件事。当年抢救时，我妈就在现场，她是急救室的护士。

11

这餐放在三楼最好的包厢，叫作满园春。看这三个字秀秀只觉心里堵。

圆桌围坐着昨天参加谈判的所有人，妈妈身边是威威，姑姑身边不用说是秀秀，小易的出现显然出乎意料，秀秀看到一丝焦灼从妈妈眼睛里一闪即逝，她坚定了信心，服务员，麻烦添把椅子。秀秀从没这样旗帜鲜明地表达过自己的意见，她也奇怪，不过两天，她好像改变许多。妈妈出去了。

锦鸿姑姑挺喜欢小易，两人聊得热络，秀秀冷眼看爸爸欲言又止的模样，他率先举筷子，大家请。小易的手机叫起来。秀秀看妈妈，她垂着眼睛很认真地夹菜。小易再进来就非常抱歉地解释，对不起各位长辈，单位临时有急事，我得走。大家都遗憾地表示挽留，爸爸却一反常态没说什么。如果不是错觉，那么秀秀觉得爸爸脸上的表情是松弛了。锦鸿姑姑大度地挥挥手，要不带上点吃的？

秀秀追出去。小易说，我晚上给你打电话。秀秀不笑，真是单位有事儿？小易说，是呀。秀秀不依不饶，手机给我。从小易手里硬抢过来，最后一个打进的电话是小易家！两分钟前！小易拉秀秀，你听我说嘛。秀秀看着他，你是不是想说，刚才告诉我的有关我妈妈的事儿，是开玩笑的？小易收住笑容，是，刚才我说的那些关于你妈妈的事儿，是开玩笑。秀秀愤怒地把手机扔还给小易。

这餐饭吃到最后作出两个决定，一是威威明天一早回学校，二是锦鸿姑姑明天回家。秀秀开口，我要知道我妈妈究竟是怎么死的。桌上一下没了动静。

锦鸿姑姑叹口气，秀儿，她拉住秀秀一只手，姑姑向你认个错儿，大人的事儿不该让小孩子参与进来，是姑姑不够冷静，那事儿先放放，相信会有个合适的合理的解决办法。顿了顿，锦鸿姑姑说，你娘，她是生病死的。

秀秀静静地坐在那儿，她看着面前的茶盅，我不信。秀秀轻轻地说，语气坚定。

12

秀秀刚在办公桌前坐下，小易电话打过来，叮咛她工作时候不要胡思乱想。临近中午锦鸿姑姑打电话来，中午一起吃饭。秀秀的心狂跳起来，那一刻起她就开始不停地看表。

锦鸿姑姑选张靠窗的台子，挺清静。秀秀有些拘谨地坐下来。锦鸿姑姑不断给秀秀布菜。最后，她俩沉默着看桌上的剩菜。锦鸿姑姑突然把一只信封递到秀秀手上，拿好。突如其来的动作让秀秀也有些紧张，下意识地把信封飞快地放包里。锦鸿姑姑送秀秀到银行门前，一直看着她走进去。上电梯的刹那，秀秀回头望一眼，她仍一动不动地站在那儿，秀秀突然就想流泪。

整个下午，秀秀埋头工作，专心致志一丝不苟。一直到全部完成，秀秀拎着包去了卫生间，插好门，坐在马桶盖子上平静好半天，掏出那只信封。

信封很厚，秀秀撕开，厚厚一摞钱。还有一张叠起来的信纸，信纸里还有照片。那一刻，秀秀能听见自己的心跳，她喘不上气，抖索着手展开那页信纸。一张有些发黄的黑白照片滑出来。

照片没有丝毫破损。一个女人单人半身照，二十出头，列宁装，短发。秀秀一眨不眨地看着，是母女就有相似的地方，一张久远的、泛黄的、未曾谋面的人的相片，秀秀就确定，这是她妈妈。

相片背面有字，赠凌锦鹏同志，革命战友手拉手，前进路上大步走。王吉爱。

信只一句话，有空回家来看看。这是姑姑发出的邀约，连路费都给她留下了。这是一种昭示，如果她真的回去看看，那么她将会知道她想要知道的所有事情。

小易满脸赔笑等在银行门外，秀秀，我妈说今天一起回家吃饭。秀秀不出声。小易叹口气，秀秀，那事我不是很清楚，还记不记得你第一次去我家？我说想追你，我妈挺高兴，然后就说……秀秀接话，然后就说，其实秀秀挺可怜的，是不是？小易笑，我妈说，其实筱菊阿姨挺不容易。小易在一个红绿灯口前停下来，听说你不是筱菊阿姨亲生的，我就问怎么回事，我妈说，秀秀妈死了，我还参加当时的抢救呢。就这一句。

13

小易妈妈烧了秀秀最爱吃的糖醋鱼。秀秀有些过意不去。小易妈妈两年前胃部动大手术，之后病休在家，小易爸爸在家是决不让小易妈妈操心费神的，眼下秀秀觉得不安，同时也越加坚定了自己的想法，小易妈妈一定知道些什么。

吃过饭小易妈妈拉秀秀坐下，我听小易说锦鸿来了？秀秀点头，今天下午走了。小易妈妈带出些遗憾，怎么没来家里坐坐呢，说起来，这锦鸿我见过。秀秀一下抬起头，您见过？什么时候？小易妈妈笑着叹口气，好多年前了，那时候，你才刚出生，锦鸿呢，也不过十六七岁的小姑娘，别看人小，那脾气，大得了得，可凶着哩。小易妈妈看着窗外，看得很远很远。

我记得很清楚，那天风刮得刀子一样。锦鸿非要带你走，谁劝都不听。一个不留神，还真让她带着你去火车站了，那么冷的天，锦鸿一个小毛丫头，你不丁点小人儿，冻着碰着哪经得起呐。我和你爸爸妈妈赶到时火车都快开了。我们听着哭声找到你俩，你扯着嗓子小脸挣得通红，锦鸿哄又哄不住，窝着两眶眼泪，一脑门子汗，见着我们"哇"地一声。她那个模样儿，到现在我都记得，想想还是蛮有意思的。

从车站回来，锦鸿跟你爸爸回家，我抱你回医院，有个阿姨孩子生下来就死了，奶水胀得痛，我把你交给她。她央求我，让我把你送给她。小易妈妈说到这儿，目光收回来，说实话，秀秀，当时依着我是想把你送给她的，她的孩子死了，她会当你亲生骨肉。可是，你爸爸不同意，锦鸿不同意，特别是筱菊——其实我就是为她好，不想她没结婚就当后妈。那是生平第一次，筱菊发那么大火，她生怕我背着她把你给人，硬把你带回宿舍。白天，在妇产科挨个求人喂你，晚上，在宿舍架着煤油小炉煮牛奶。被锦鸿那么一折腾，你生了肺炎，儿科没有病床，筱菊把你放在值班室，一夜夜不睡觉陪着你。那个春节她就在医院过了。一直到你病好你满月，你妈妈后事料理完，你爸爸情绪也稍好些，大家操持着让筱菊把铺盖搬到你爸爸那里。锦鸿不愿意，她闹呀，所以你爸爸和筱菊连最简单的仪式都没举行。锦鸿气冲冲地走了，还撂下狠话儿，说是筱菊要敢对你丁点不好，她就撕了她的皮！筱菊嘴唇都咬出血来，背着你爸爸在我面前那通哭。

唉。小易妈妈红着眼圈取了张纸巾，现在想来我都觉着筱菊不容易啊，她当时也就二十一二，比锦鸿大个几岁，可毕竟还是个黄花闺女。那年月不比现在，二十岁的大姑娘，又给人做填房又给人当后妈，没有十足的勇气，承担不下来。小易妈妈喝口茶，好了，现在就讲讲你妈妈的死。

你妈妈临产时住进来，我当时是助产士。我记得很清楚，你爸爸陪你妈妈一起来的，筱菊那时是中医科护士，她来找我，让我多照应点你妈妈，其实我俩当时只脸熟并没怎么交往过，我和她真正走动就是从那时候开始的。

你妈住院当晚就开始宫缩，放一般产妇早开始叫唤了，她嘻嘻哈哈没事儿人一样。第二天阵痛发作，至多也是皱皱眉，她还不许你爸爸来看，说有医生呢，等我抱着孩子回家过年吧。第二天晚上，你出生了，顺产，母婴平安，你妈妈抱着你，激动得又哭又笑。第三天，你妈妈就抱着你出院。我追出去叮嘱，我说月子里别沾冷水别下力气，她回头过来笑着冲我招招手。那是个难得太阳好的早晨，下了一夜雪，远远近近树上都是雪挂，你妈妈怀里裹着严严实实的你，低头冲怀里的你笑。

小易妈妈停下来。小易和秀秀一眼不眨地看着她。

谁能想到，你妈妈笑着回头的这一招手，竟然是我看到她的最后一面。小易妈妈又揩眼睛。第二天下午我正准备交接班，就听外面轰轰隆隆乱了阵，一副担架蒙头盖脸放着人，看到你爸爸，看到筱菊，我的心一下慌了。急救室大夫喊，产科来个人，我想都没想就挤进去，我才知道，抬进来的，是你妈妈。她浑身上下湿淋淋的，嘴唇青紫，已经没气儿了。

你妈妈是溺死的，医生问的时候我全都听见了，她头朝下栽进一口深缸。现在看不见那种缸，那年月没通自来水，家家户户都有那么一两口储水缸，有的比个大孩子都高。我想，你妈妈一定是想取水，但缸太深，水又浅，她不小心掉进去，刚生完孩子身体毕竟还亏着，她一定喊了，也一定挣扎了，如果当时有人路过有人听见……

秀秀一动不动地坐在那儿。

小易妈妈暗暗叹一口气把秀秀揽在怀里，孩子，哭出来吧。

秀秀脸上就有一颗大大的泪珠滑下来，又一颗，越来越快越来越多。

14

秀秀猛地坐起来，浑身汗透，捂着嘭嘭乱跳的心口。

秀秀拧亮床头灯，翻身下床，从包里取出锦鸿姑姑留给她的妈妈的相片。妈妈的笑容看来明朗充满朝气。这样一个人，怎么会那么别扭地死在一口深缸里呢？她该觉得多憋屈得慌啊。

秀秀开始走神。这么多年，如果不是因为迁坟，秀秀对妈妈的事仍将一无所知。那是她的生身母亲啊，怎么可以在长大成人后还对她隐瞒呢？是不是有什么秘密？秀秀不由得回忆起这些天的情景，对妈妈的死所有人都讳莫如深，锦鸿姑姑说妈妈是病死的，小易妈妈却说是溺死的，怎么会有两种截然不同的答案？小易妈妈的话听起来入情入理，但谁又能保证这里面没有虚拟的情节呢？

秀秀立在地当间儿，越想心越乱，她抓起床头电话。

小易的声音惺忪着从话筒那边传出来，秀秀？

秀秀小声问，小易，你有休假吗？我想，我想回趟老家。

15

秀秀提出预支年假，办公室黄主任很利索地签批同意，还很理解地说，是不是装修新房呀？黄主任是小易爸爸以前的部下，对秀秀和小易的事情是知道的。秀秀也不解释，谢了黄主任匆匆离开。

这天晚上，饭桌上小易轻描淡写地说想带秀秀一起去昆明丽江走走看看。爸爸妈妈没说什么，秀秀知道，这表示他们同意了。

16

第二天傍晚，秀秀和小易已经在千里之外，小易打听明白该怎么走，叫了一辆出租车。

车停在一个四合院门洞子前。司机揿一下喇叭，门里低沉雄浑的狗吠跟着是锦鸿姑姑亮堂堂的大嗓门儿，一阵由远及近的跑动，双扇大铁门吱呀呀敞开。窜出两头虎彪彪凶巴巴的狼狗，锦鸿姑姑踹前头那只大狗，滚一边儿去。她搂着秀秀，孩子，我就知道你一定会来。

17

姑姑自己开车，不是213，很气派的一辆本田。秀秀和小易坐定，姑姑发动车，今儿在秀秀舅家屋里吃。秀秀知道，她就要看到几个舅舅了，那都是妈妈的亲兄弟们。

车驶上一条笔直的柏油路。县城不小，熙熙攘攘的人流，热热闹闹的市场。锦鸿姑姑说，县城前身是两个镇，一条小河当间儿。南镇人家多姓凌，北镇人家多姓王。凌家无论男女自小习武，而且土地意识极强，新中国成立前方圆百里大农庄都归凌姓所有。王家正相反，祖上是私塾，所以家里男丁均要去学堂，因为识文断字多被请去做账房买办，慢慢地，王家就以经商为主。凌王两家祖祖辈辈一起至少有两百年了，倒也相安无事。解放初，政府在小河上搭建了一座简易桥，南北两边走动更密了，紧跟着垦荒拓地，小河索性填了。南北两边就没了界线。自然灾害那几年，呼啦啦死了好些人。等灾害过去，两边都缺人，日子久了知根知底了，这边死了男人的凑合着在那边找个死了媳妇的，那边屋里没人了，就凑合着在这边搭伙起灶，慢慢地，两边不分你我，也就没了两个镇子的概念，三中全会以后，上头正式设立县城，大户姓还是两家，第一是凌家，第二就是王家。

车停在一片小楼前，马赛克墙侧面拼出花草图案，喜庆，富裕。车头冲着这家，通红双扇大门，镶着门钉，门环嵌在两只狮子嘴里。锦鸿姑姑很响亮地按几下喇叭，有人来开门，年纪和锦鸿姑姑差不多，一探头满脸是笑，姑奶奶哎，可来了。

锦鸿姑姑领着他们直奔堂屋，她舅呐？女人赶紧说，去买卫生油啦，不是城市人儿吃不惯咱自己榨的油嘛。吉和奔县城大商场去了。锦鸿姑姑指秀秀，这就是吉爱那闺女，秀秀，这是你小舅妈。小舅妈急走到秀秀面前，你几个舅一早接着电话就开始忙活，小舅妈拉着她的手去旁边屋，这不，菜都准备好了，就等你来哩。

院门外传来停车声，哐啷啷门响，一串脚步声由远及近。

几个高大的汉子一脚门里一脚门外停在堂屋门口，他们和秀秀都仔细打量对方，都从对方脸上找到了自己想要的答案。小舅吉和打破沉默，秀儿，到家了。他手里拎着一桶金龙油。小舅妈接油过来，陪着小心，大家快屋里坐着。

大舅吉平生癌死了，二舅吉安就为尊，他说，丫头，你那眉眼间神色和你妈小时候一个样儿。

18

吉爱是爹妈的心肝儿，老爷子让闺女去念书，当时可不多见。吉爱不喜欢课本，倒是唱唱跳跳有些名气。吉爱在学校喜欢上凌家锦鹏后就经常往凌家跑，锦鹏是长子，下面一串弟妹，王家觉着凌家负担太重，有些不情愿俩人好，可吉爱不干，进来出去脸拉得老长，爹妈也就由她了。吉爱放学第一件事儿，就是背着凌家最小的锦鸿摘果子。吉爱读完高小就不再念书，而凌锦鹏却一直念到师专。吉爱像个孝顺的媳妇，凌家上下都喜欢她，凌家老太太说不知凌家前世修来什么福气，有这样的好闺女做媳妇。王家坚决反对这门亲事是在凌锦鹏当兵要走那年，这一去听说就不再回家乡。吉爱背着家人偷偷跑到武装部报名，转脸穿身没领章帽徽的军装回家告别。气得吉爱妈一下就病倒了。这也没挡住女儿走，那一年，吉爱十八岁。

五年后，锦鹏和吉爱双双转业去了新疆，分配工作当年就在双方单位领导操持下成了家。本来事情到这里算是比较完美，没多久，王家听说，郭家小闺女筱菊跑了，据说是投奔锦鹏去了。

话题扯到郭家，大家开始述说，互相补充。就算秀秀和爸爸和筱菊妈妈一起生活了二十五年，她也没想到这中间竟然有着这许多的渊源。

19

郭家是外姓，逃难来到这儿。筱菊爷爷是个郎中，带了媳妇和俩儿，来这儿又生了一闺女一儿，就是筱菊的爸。筱菊爷爷医术高，大多让他瞧病的都见好。镇上就让他留下了。老头儿懂医懂药，身子骨健朗，自然灾害那年老头也硬熬过来，女儿出嫁后和老儿子也就是筱菊爸一起过活。郭家紧挨着凌老大家，锦鸿出生凌老大已经病病歪歪，郭家没少帮衬他们，老头轻易不给人瞧病了，还背着药篓子为凌老大采药。

说起郭家筱菊，三舅摇头，这女子从小就个色。人不大，心眼子可多，不管凌家郭家的孩子，久了都不和她一起。那女子学习狠，爱看药书，一看一天不动地儿。郭老爷子说，要是孙子，他就下心血栽培。郭家规矩大，偏筱菊自小就显着独，看到大人过来只眼皮一抹搭，为这没少挨揍。有一回，郭老爷子闹喘，就筱菊一个人在家，老爷子让拿几根药草来嚼，筱菊不错眼神地看他喘得不能动了，才慢条斯理地说，你得把几个秘方都教给我。老爷子差点没气晕，筱菊就坐堂屋拿个识字课本边看边等。老爷子熬不住点了头，筱菊一伸手，先拿来。翻箱倒柜地找着了才算。爹妈从地里回来，老爷子刚能张嘴，第一句话就是，把那个长着反骨的贱妮子给我往死里打。这通打，筱菊一个月出不来门。可那几个秘方藏哪儿了到了也没说。不光老爷子，就是筱菊爹妈也心凉，那么点小人儿那么狠的心，谁不寒。爹娘全当养条狗，喂饱就成，筱菊爹说，别再惹祸，长长嫁出去算完事。

筱菊见人爱答不理，和凌家没过门的媳妇吉爱偏好上了，吉爱说什么她倒听，有时候叫吉爱一声姐。锦鹏和吉爱参军走筱菊哭得天昏地暗，哭过后筱菊该干什么干什么，家里药书看完了，就去城里买，一春天都在草滩上挖药草，卖钱买书。只是她连凌家也不去了。锦鸿找她她也没个好脸色。筱菊长成大姑娘，十里八里就有人家套近乎，爹妈就想找个差不多的人家嫁了。相亲日子订好，筱菊不见了。新衣裳新鞋没了，屋里头药书全带走了，炕洞里藏着的钱也不见，只一张纸条，上面写着，她要找自己的生活和幸福。郭家这才知道，筱菊跑了。

乡邮递员说，筱菊和凌家大小子互相写信来着，问凌家，说不知道，锦鹏信里没说什么呀。再等。个把月后，凌家收到信，郭家筱菊果真去了几千里外的新疆，找到锦鹏和吉爱，哭得嗷嗷的。

接到信凌家先不愿意，人家刚结婚，一个外姓人还是个大姑娘去搅和什么呀。王家也生气，那闲话传的，说凌家大小子早和郭家筱菊好了，那边一落脚这边巴巴地就赶去了。最羞最恨的是郭家，相亲日子跑了姑娘不说，还把彩礼钱给偷拿走，人家逼着立时就退，筱菊妈一下子拿不出来，对方话说得可难听了，羞得郭家人恨不能找个地缝钻进去。

郭老爷子活一辈子没受过这个，气血攻心，人当时就不行，急慌慌抬去县城医院，只恨恨说一句，郭家没有这样子孙！撒手尘寰。八十四岁，正是坎上，硬让郭家筱菊挡着没过去。郭家上上下下哭得死去活来，在老爷子跟前咬牙切齿，郭家人要是再让她进门，都变猪！

郭筱菊早在决定走的时候大概就知道回不来了，一晃三十年，她连封信都没往家写过。筱菊妈去世吉爱正好探亲，筱菊让吉爱捎了些钱，筱菊爹躲出去了，俩儿子把吉爱当贵客待，可钱原封不动让吉爱原样儿捎回去，说，筱菊最好一辈子别回来，回来一次他们打一次。这话吉爱当然不能传，但筱菊看着原样儿不动拿回的钱心底也明白，她哼一声，给脸不要脸。她这样骂她俩哥哥。筱菊父亲过世，她干脆当不知道，是秀秀爸爸请探亲假回来帮着处理了后事儿。

秀秀注意到，大家都避开了妈妈去世这段。她想不到筱菊妈妈如此个性，简直让人心惊。而对吉爱妈妈，大家众口一词地称赞让秀秀心里多少有些安慰。

20

二舅垂下眼帘，说起来，郭家和王家和凌家真正有过节，就是那一年，吉爱去世，你出生，郭家筱菊和你爸爸成了亲。

锦鸿姑姑打算帮嫂子照看月子，欢天喜地的，让娘准备好些家织土布，做尿片最好。王家也送来好些小孩衣裳。火车遇暴风雪耽搁了几天，锦鸿进门，吉爱抱着闺女乐的，搂着锦鸿，知道心疼嫂子帮着看小侄女来啦？锦鸿到今天都记得，吉爱满脸满眼的幸福。锦鸿跟哥哥去单位澡堂子洗澡，嫂子还拿套新内衣给她。锦鸿做梦也想不到，等她再回到哥嫂住的那间小屋，嫂子已经没了。

锦鸿把一辈子眼泪都流完了，当时只一个念头，替嫂子把小侄女养大。可所有人都不同意，锦鸿再倔也倔不过孩子亲爹。怕她把孩子带走，干脆让她看不着，直到哥要和郭筱菊成亲，她才知道孩子一直在那个女人处。她闹，骂自己哥不是人，嫂子尸骨未寒就讨小老婆。哥求她，看看你小侄女，哥一人能把她养活养大吗？锦鸿也看到哥这些天陀螺样地飞转，人瘦得厉害，可她就是不甘心让那女人进这个门，不甘心小侄女喊她妈，她心一横，哥，我不回了，把孩子带大我再走，行不？又是郭筱菊，使劲吹风，说这么大闺女要说婆家了，留下要解决工作还要解决婚事，好了好，不好岂非落一辈子埋怨？哥决定让她回家。锦鸿恨呵，明明是那女人的主意，全借哥的嘴说出来，哥根本不是那女人的对手，只怕小侄女今后要受气了。

锦鸿回来，凌家老太太已经不主事儿，姐嫁得远，偏几个哥哥又都怕屋里的，锦鸿商量都找不着个人，就去王家。一来王家有些势，再就是，除非王家出面，否则她很难替嫂子讨回公道。王家才刚接着信，说吉爱死了，几个兄弟正合计要去找锦鹏，说吉爱死得太突然难免蹊跷。最后拿主意的是大当家。老爷子一辈子识文断字，初初看信时老泪横流，到底冷静些，掂量出随信一份证明的分量，死亡证明，是新疆公安厅开具的，盖着大红戳，写着调查结论：自杀。老爷子沉吟良久，颓然摆手，罢了，这年月，发生些奇怪的事很正常，只可惜是吉爱，全当我这闺女一辈子在外面不回来罢。王家儿子只能唯父命是尊，把这账记到郭家筱菊头上。翻过年，王家老爷子在郁郁中病逝，不久，老太太也跟着去了，王家和郭家就此结怨。

郭家人理亏，进来出去都低着头，本来就是外姓小户，此时更没地位。特别是并镇设县，王家做大买卖，凌家锦鸿进县领导班子，郭家人更是活得惶恐。郭家有个媳妇，眼瞅凌家有权王家有势，郭家人被挤兑怕了，只知道整日里唉声叹气，这媳妇聪明，先找到锦鸿痛诉家史，锦鸿原本心性好不偏倚，那女人的眼泪让她心酸，再想郭家顶坏的是筱菊，跟旁人没多大关联，这些年郭家做人也不易，于是锦鸿就联络王家开了个会，王家也不是不讲理的人家，冤有头债有主嘛，也没有把郭家逼死的心。郭门里媳妇趁热打铁，听说王家小儿子和自己姨家女婿表姑的女儿同过学，关系还不错，就撺掇着牵线搭桥，一来二去还真成了，至此郭家才算一块石头落了地。

秀秀插进去问，锦鸿姑姑，爸爸给姥爷寄信时附了死亡证明？怎么没听你说起过？

锦鸿不能再回避，秀儿，不是做姑姑的狠心，你想想，见着你妈时她还喜眉笑眼的，个把钟头人就没了，放谁都会起疑啊。我主张让公安来查，你爸先还挡着，说，人死就别遭那罪了。说心里话，要知道开肠破肚我也不能坚持。查查也好，至少知道不是郭家筱菊下的毒手。

你说什么?! 不光秀秀，小易也大吃一惊。就是说，你怀疑……

锦鸿姑姑很肯定地点点头，今天大伙儿都在，我就再说一遍当时的情景，你们听完看看我当时做得在不在理儿。

21

锦鸿洗完澡兄妹两个往家走，一个坡，郭家筱菊赶上来，手里抱着俩瓶，说给吉爱和孩子送些葡萄糖水。一直到家门，锦鸿因为心情好，破天荒和郭家筱菊说话了。刚从雪地进屋，都眼前发黑。锦鸿听到孩子哭，急忙跑去里间，从随身带的包裹里翻找尿片给孩子换上，听灶间郭家筱菊没人声地大叫，锦鸿的心“嗖”提起来，奔去一看，傻了。灶间汪一地水，嫂子湿淋淋倒伏在地，一件湿衣服扔一边，哥正疯了似的拍嫂子背，你吐呀你快吐呀！郭家筱菊推锦鸿，快叫人，你嫂子栽缸了！锦鸿哭着喊来一群人，七手八脚卸门板把吉爱放上去，锦鸿扯一床被给嫂子盖上。外头冷，没走几步门板就结了冰，嫂子一只脚上没鞋，锦鸿就不停拉那被角，一个劲地说，嫂子，可不敢有事，小侄女还等着你喂奶哪。直到大夫全都从急救室出来，锦鸿还追着问，我嫂子能行不？家里孩子还等着哩。大夫说，人已经死了，埋吧。锦鸿的倔劲上来，扒在嫂子身上，说什么也不动地儿。我嫂子说说笑笑转脸没了，我想不通，不给个说法就不行！锦鸿通红眼睛凶得吓人，医院给说法锦鸿不认，只好上报公安部门。两天后，公安部门鉴定是自杀。锦鸿觉得找不到说理的地方，没人会在意一个毛丫头的感受，她抱着孩子去了车站。

锦鸿陷在往事里，我没能带走你，其实也好，那年月那条件真带走你未必有今天这样日子。我就是不明白，好好一个人，怎么说没就没了，一点征兆都没有，就去了？就算天大难事儿，看着刚出生的闺女还有什么放不下还有什么过不去的？我就想，我嫂子是被人害了。

就像狗撵兔子，锦鸿追着郭筱菊，筱菊什么都不说，逼急了就呛一句，你有本事，公安来说什么了？你问我做什么？锦鸿差点撕她的嘴。哥那几天中邪似的，睡着睡着就起来，满屋子找，说吉爱回来了。要么自言自语有问有答，说和吉爱聊天儿，锦鸿又不能不问，因为那天最先发现嫂子出事的除了哥再就是郭筱菊。锦鸿回家奔灶间，她清楚地记得，嫂子一只脚上没有鞋袜，光着，还有那卷扔在一边的湿衣服，又没穿身上，怎么来的？她没找到答案，甚至没能找到任何一样儿东西，灶间已经清理了，泥地干干净净，只有大缸黑乎乎地杵在那儿，可它什么都不会说。一直到哥和郭家筱菊要成亲了，锦鸿才知道自己什么都做不了，恨恨地汪着两眶眼泪走了。

秀秀仔细听每个人说的每句话，她觉得，就像雾里的冰山，有什么越来越清晰地显现出来，她相信，一切终将明白。眼下，她已经能证实一点，那就是，吉爱妈妈的死，绝不像一纸证明上说得那样单纯。秀秀打个冷战，爸爸，筱菊妈妈，吉爱妈妈，每一个都是自己生命中至关重要的人，她懂了，锦鸿姑姑当初欲言又止的两难境地，现在，她回家了，在这块凝聚着血脉亲情的土地上，锦鸿姑姑才能这样坦白地说出一切。

22

心里的事情堆成了山，压得秀秀喘不上气儿。小舅带他们去果园。

桃李杏次第都熟了，秀秀和小易跟在舅身后，小舅妈神情最为愉悦，像个孩子显宝似的告诉秀秀和小易，这是什么那是什么。再往深里走天就黑了，走来一个健硕的老人，脚下一条大狗，老人背着枪，不像在果园巡视，倒像猎户。小舅妈告诉秀秀，大爷姓王，没儿没女没老伴，舅家老爷子常关照他，他就帮着侍弄果树也算是王家一口人。大爷喝住狗，来客啦？小舅一指秀秀，大爷，看看她像谁？大爷往前一步，仔细端详，秀秀不好意思，老爷爷好。大爷一拍大腿，像吉爱读书那会儿的样子。大爷就拉小舅，去我那窝棚坐坐，丫头，你叫个啥？秀儿？好好，你妈小时候最爱吃果子，一夏里不带住嘴儿的！

大爷用小竹筐捧出果子，桃香杏甜。王大爷看着秀秀，那年你妈回来探亲，园子还没这么大，果树也没这么多，正是春上，桃花有红有白，你妈围着树转着圈地看不够。老人脸色暗下去，那么爱笑个妮儿，怎么说没就没了呢？自尽？我不信。大爷点着旱烟袋，深深抿一口，那丫头心里不搁事儿，有什么想不开的让她走绝路？我还记着问过她，我问她和姑爷过得还好吧？听说新疆那可冷，还净吃羊肉，丫头不吃膻腥，能惯不？那妮子说，过日子锅沿哪有不碰马勺的，也吵嘴，可日子还是挺舒心的。我问起郭家丫头，吉爱说，郭家筱菊心气儿就高，觉得在农村生活委屈，别处又没认识人儿，投奔他们也在理儿。大爷吸一口旱烟，照吉爱说，郭家丫头还有点能耐，锦鹏给联系考试，一回就考过，穿上白大褂像她爷一样做了郎中，吃公家饭。大爷再吸口烟锅儿，吉爱在这儿待了多半天，我寻思摘些草果给她吃吧，回来看她正坐树底下发愣，一抬头，脸上竟挂两行泪。见我笑模笑样地擦了，说桃花粉迷了眼，可我觉着呀，是因为我提了郭家那丫头勾出吉爱的心病，我还觉着，吉爱和姑爷的日子不像她嘴上说的那样，吉和你想想，吉爱那年是不是没待几天就走了？探亲假都没用完就急急慌慌地回去，为啥？不放心呗。

小舅吉和就点头，姐回来那年我刚念完书，天天陪着她，爹妈问姐和姐夫日子过啥样儿，郭家筱菊有没有出幺蛾子，姐一口咬死说她过得好，说郭家筱菊不妨事，她和姐夫正准备给她介绍对象。我姐自小被惯坏了，说啥就是啥，想想她在家没几天，不是为她好谁找那不自在？就不再说这事儿，姐没待够就回去了，说是工作忙，我也觉得她是挂着家里不放心。

大爷磕磕烟灰锅子，吉爱这孩子心肠柔性，凌家大小子就是看中她这点，不为他吉爱怎么会不念书？帮着带孩子下地，伺候老伺候小，部队几年也没少吃苦吧，盼着盼着进城有官粮吃也成了家，可好，人郭家筱菊出一趟远门全有了。

这一夜秀秀睡得很沉。她太累了。

23

接下来几天秀秀跟着锦鸿姑姑四下走亲访友，大家听说是吉爱的女儿接待得都极隆重。有几次，秀秀几乎忘记自己此行初衷，想，要是单纯探亲她该多高兴呵。心情就时晴时阴。

大舅妈找出吉爱妈妈结婚时寄回的相片，秀秀激动好一会儿。相片是上色的，绿军装红嘴唇红脸蛋儿。爸爸妈妈很亲密的样子，亲密而不是甜蜜，因为他们的眼神甚至笑容都有一种很严肃很神圣的东西。多年轻啊，爸爸和妈妈比现在的秀秀年纪都要小，就组织起一个小家庭了。

24

捋顺了思路，秀秀第一次提出自己的疑惑。那口大缸。

生怕他们听不明白，秀秀来到院角，那里有一口大缸。秀秀比比画画，假设缸里水浅，她弯下腰，要这样才够到，可是，你们看，她指着缸里，这样水深不足以溺死一个成人；假设有半缸水，秀秀伸出手臂，一下就能够着，不至栽进去，况且，我妈比我高至少 5 公分

姑姑说，你再讲一遍。秀秀从头比画，她向着那口缸探下去。

猛地，秀秀只觉脚下一空，人冲缸底就栽下去，她惊叫失声，一双大手拦腰把她抱住，站在地面上秀秀惊魂未定，头顶心处沾了水皮，风一吹凉飕飕的。是姑姑。秀秀不明白，姑姑，你……锦鸿姑姑半天才说，你探身在缸里一只脚就离地了，真正使劲的是另只脚，重心不稳，我只轻轻一提，那只脚也离地，你就栽进去了，如果不拉你，只架着你两条腿，那你什么劲也使不上，不用太久，你不溺死也会呛死。秀秀往小易脸上看，小易凝着两眼很认真地点点头。

秀秀只觉脚底往上走凉气，你是说，有人在我妈妈背后这样做？锦鸿姑姑拧着眉头，以前我只怀疑那缸，你一比画，我第一反应就是除非有人像我那样做，不然，凭你妈那么大个儿，栽进缸自己也该挣得出来，我一直都觉得我嫂子是被人害死的。秀秀不甘心地再问，如果真是自杀呢？我妈妈自己投到缸里不挣扎？锦鸿坚定地摇头，放着生下几天的女儿在床上哭，她去投缸寻死？这太不合常理儿。还有，她一只脚上鞋袜怎么没了？那团湿衣服怎么回事儿？这些都说不过去呀。秀秀坚持不住了，小易，她倚靠在小易肩上，我头疼得厉害，扶我回屋吧。

秀秀一躺就是两天。锦鸿姑姑吓坏了，西医给挂了两瓶葡萄糖，中医放下几包药草。几个舅舅全来了，在床前一筹莫展。秀秀很清醒，只是不想说话，不想睁眼。脑海闪动着奇奇怪怪的画面。

吉爱妈妈探身在水缸里，背后站个黑影，抄起她两腿倒拎着，直到她不再挣动，她回过头来，是爸爸。

吉爱妈妈在床上睡觉，有个黑影进来，往桌上茶缸里放东西，吉爱妈妈醒来拿起缸子就喝，而后迷迷糊糊朝灶间走，她走到缸前扒着缸沿往里看，看着看着就头朝下栽进去，没做丝毫挣扎。黑影离开时回头朝灶间看了看，是筱菊妈妈。

吉爱妈妈看着俩人进门，笑着迎上前。两人突然伸出手，抱着吉爱妈妈的胳膊和腿，往灶间抬，吉爱妈妈嘴里堵着旧衣服，拼命挣扎中一只鞋掉了，袜子掉了，扑通扑通的水声响了很久，终于没有了声气。床上孩子突然大哭起来，两个人惊慌地回头，是爸爸和筱菊妈妈。

这天天刚亮，秀秀睁开眼睛，像是好好睡了一觉，神清目明精力充沛。姑姑，她的声音透着决断，我想过了，我要和凌锦鹏好好谈一谈。

25

秀秀和小易回到自己那座城市。正午。阳光铺天盖地。秀秀觉着像在轮回里走个往返。

家和走那天一模一样，没喝完的果汁还原样不动摆在窗前。秀秀小心地取出爸爸妈妈那张上色的相片，抽出床柜水晶框里那张艺术照，很虔诚地将这张相片插进去。

洗澡的时候秀秀还在想，该怎么谈呢？那毕竟是爸爸。很快她就振作起来，是爸爸不假，可死掉的那一个还是妈妈呢。秀秀打算好好睡一觉。

影影绰绰好像床前有人，秀秀想看看是谁，可眼皮沉得抬不起来，一只冰凉的手触在她裸着的臂上，秀秀一激灵，醒了。

是筱菊妈妈。她站在秀秀床前，拿着那只相框，看来她刚才是想叫醒她，看到相片，她的脸变了颜色，眼睛里交织着愤怒绝望还有刻骨的悲伤。她转脸过来，秀秀迎着她的目光毫不退缩。你们不是说去云南吗？这东西哪来的？秀秀惊奇地看着面前这个叫了二十几年的妈妈，她说话竟也会有这么浓重的感情色彩？秀秀劈手夺过相框，你不知道？那我告诉你，我大舅妈给的。秀秀不知道自己竟然这么厉害。筱菊妈妈也出乎意料了，好半天回过神，像下了很大决心，她恢复到如常状态，在秀秀床前坐下。其实，从锦鸿来那天我就知道，这一天早晚会到来，秀秀，我想和你谈一谈。

26

郭家筱菊从小就觉出自己和一般孩子不一样。红头绳花褂子不看，喜欢煎药锅子，药草香气，带字的书一看一整天不觉累。她顶讨厌七大姑八大姨的辈分，也顶看不上爸爸，遇谁都老远就堆个笑脸，显得那么贱。再长大些她也恨爷爷，就因为她是女娃，药草经就不教她。郭筱菊开始往旁边院跑。凌家大儿子大她四五岁，很和气很耐心，不把她当小孩子支使和厌烦。他学习成绩特好，问什么他都知道，不像俩哥哥一对笨蛋。长大些当她知道凌家人对她和她家好全因为爷爷能医病，她突然开窍，一头钻进药书。

平心而论，郭筱菊喜欢常来凌家的吉爱，她没小心眼儿，人也俊，筱菊想，如果自己长大像她一样该多好。吉爱和凌家锦鹏一道穿着绿军装挨家挨户告别，郭筱菊觉得心像被挖了似的空和疼，她哭得撕心裂肺，没人理解一个女孩子突如其来的绝望，爷爷为这还打她。她在心底发誓，她要离开这个讨厌的地方，越远越好，像吉爱和锦鹏一样，永远不再回来。她无师自通地懂得，不管到哪儿，有安身立命之本最重要，比如爷爷，落难到这儿能活下来不就因为他有几张秘方有些行医本事吗？她开始为今后做准备。她偷着给凌锦鹏写信，告诉他她替代爷爷给他家人还有他家的猪看病，她采药扭了脚，她煎药烫了手，可她心甘情愿，她不忘每次在信上都问吉爱姐，她知道，终有一天，她的努力会得到报偿，他们会还她，百倍千倍。

郭家筱菊心里野草样疯长着出走的念头，让她最后下决心的是那次相亲。平生第一次她穿上漂亮衣服，她当然不会见那男的，她不要成为妈那种人，她要有自己的生活，要找到自己的幸福。她穿着新衣服，背一捆重重的药草书，还有钱，有挖药材攒的，还有从炕洞里偷的，远远地看晨光里还不很明晰的村子，如释重负，这里的一切都和我不再有任何关系。她踏上西去的列车，心里充盈着向往和快乐，她知道她不能再回头，她压根儿就没想回头。

郭筱菊知道凌锦鹏要和吉爱成亲，因为她对他，对他们家都太好，没有王家接济锦鹏去不了县城学府，就凭他家那条件，他不可能穿上军装。真看到小屋门上大红喜字筱菊还是禁不住悲从中来，吉爱姐齐耳短发微微烫卷，一身紫红绒衣裤透着城市人身份，锦鹏哥也不像在家乡，理个土气的锅盖头，偏着分了缝儿，像电影里一样。锦鹏和吉爱就那么间小屋，刷得雪白，贴着画张，洗得透亮的红砖地，还有木架床……郭筱菊扒着窗帘看外头，马路那么宽，没有土，路边杨树又高又直，新疆真大，真好，她更加肯定了自己的行动，我要留下。

锦鹏在学校里当老师，吉爱在文工团跳舞，是他们喜欢的工作。筱菊不这样看，她觉得一个女人还是安安静静做些事儿好。筱菊生就该是在城里生活的人，来不多久，一口乡音竟听不出来了。筱菊高兴的是锦鹏回家勤，待的时间也长了，好几次，她和吉爱要睡了他才回学校。他问家乡的情况，筱菊有问必答，她喜欢那时候他看她的样子。

锦鹏造了全套档案，让筱菊参加医院考试，筱菊拿了第一，可她不很高兴，一旦录取她就要住宿舍，她舍不得。逢休息日过年过节她还像以前那样留宿一晚，但毕竟不再朝夕相处，筱菊有了几分矜持。看着吉爱和锦鹏小日子像模像样，筱菊慢慢灰了心。如果不发生那事，她不会出现在他们的生活中了。

春天，吉爱探亲回家，筱菊整天待在宿舍。同事说有人找，竟是锦鹏，他路过来看看她。他们在医院侧门花园站了一会儿，她穿得单，就有些抖，他伸手把她的手攥在手心里，她吃一惊，他却像大哥哥一样刮她的鼻子，回去吧。锦鹏的背影消失，筱菊才收回目光。她不断回忆不断感觉自己的手被攥在他手心的那种感觉，恍惚了一个星期。

吉爱提前回来，俩人脸色都不好，她以为是累了，就早早告辞。锦鹏脚跟脚地到宿舍，他说吉爱怀孕了。吉爱不想要孩子。吉爱想当文工团长。锦鹏匆匆走了，她站在门口，好半天才想起回去。

筱菊隔天去，吉爱看着她，筱菊，给我熬副汤药，看能不能打下去，这孩子来得太不是时候。锦鹏也看她，那目光是焦灼的哀求的。筱菊说，好。吉爱抱住她，我知道你会帮我。筱菊说，我没十足把握，如果孩子坐胎太牢就没办法了。吉爱说，我愿试试。送筱菊出来锦鹏像遭霜打的茄子。筱菊笑，你放心，我的汤药只能对孩子好。锦鹏睁大眼睛，你是说？他紧紧攥住筱菊的手，我就知道……这以后筱菊天天来送汤药，只有吉爱不知道这是安宫保胎的。直到显怀，筱菊才说，这孩子小胳膊小腿儿都看得见啦。吉爱灰了心，和锦鹏开始拌嘴。

筱菊从科里弄些阿胶送来，吉爱竟跟团一起去部队慰问了。锦鹏在家穿背心短裤，粗大的线脚让筱菊看着心酸。锦鹏不好意思，要去换。筱菊拉住他。锦鹏露在外面的宽肩膀，把背心绷得鼓起的胸肌，结实的长腿，腿上密密的汗毛，筱菊脸红了。手却没有松开，筱菊闭上眼睛轻轻偎在锦鹏怀里，慢慢倒在床上。锦鹏知道筱菊还是个姑娘，直劲儿责备自己。筱菊穿好衣服，我愿意。

万事开头就难收住了。很多次，锦鹏为自己的行为自责，可看到筱菊就忍不住。有一次他拥着筱菊，我爱上你啦。筱菊说，我一辈子不嫁，伺候你。

筱菊起初是这样想也是这样做的，她觉自己这辈子算值了，从农村到城里，从乡下丫头到省院护士，还有，得到自己喜欢的男人。够了。吉爱还像以前那样对她，还说，孩子出生就认她做干妈。

那次，紧急排练一台大型晚会，吉爱住团里。这晚筱菊就没走，和锦鹏相拥而眠，从没有那么放松舒畅地爱过。第一次，筱菊觉得，有家真好。天蒙蒙亮，筱菊醒了，心里有些七上八下，她草草洗把脸就奔医院。下午锦鹏悄悄来了，吉爱一早回家，无意中发现枕下压着筱菊的手表。

锦鹏六神无主。筱菊却始终保持镇静，她让锦鹏回学校，有我呢，没事。

吉爱果真找上门来，筱菊选择沉默。吉爱什么都不问，锦鹏睡在枕下压着筱菊手表的小床上，这就是最致命的答案。沉默中两个女人对峙，吉爱把表猛甩在筱菊脸上，走了。筱菊拾起那块表重又戴在腕上，表对她挺重要的，但若和心爱的男人比，它无足重轻。何况现在它毫发无损完成使命回来了。筱菊后悔了，如果没有孩子，她胜算把握更大。锦鹏爱孩子，因着孩子也许不会离开家。

这时吉爱对肚里的孩子萌发出从没有过的强大母爱，锦鹏抽冷子到医院来，脸上且惊且喜。筱菊思忖再三主动去看望，锦鹏略有慌乱，吉爱像什么事儿都没发生过一样，接过筱菊弄来的胎盘，招呼锦鹏加菜。一直到她离开，吉爱都笑笑的，只是那笑容里有深意。

愧疚也罢赎罪也罢，吉爱住院筱菊托了所有人。母女平安。护士美萍悄悄告诉筱菊，吉爱自孩子出生就哭哭笑笑，开始大家都认为这是生产后的自然反应，可美萍查夜却发现吉爱扒在婴儿室门上，脸贴着玻璃，一会儿呜咽一会儿轻笑，她要求和女儿一起睡，美萍好歹把她劝回病房。还没等美萍告诉医生，吉爱办了出院手续。

吉爱时刻不让孩子离手，两天工夫，眼睛落了潭。锦鸿来了。吉爱十二分高兴。筱菊偷出两瓶葡萄糖水想送去，在路上遇到锦鸿。三个相跟着到了锦鹏家。

孩子在哭，锦鸿直奔屋里。锦鹏推开灶间门。灶间很暗，亮灯的一瞬，筱菊看到骇人一幕，墙边缸里耷拉着两条人腿！她惊叫的当儿，锦鹏早三两步冲上前去扯出一个人，头脸部分被衣服裹着，扒掉看，是吉爱，已经没气儿。筱菊顾不得惊惧抄起吉爱的腕，早没了脉搏，锦鹏失控般在她背上拍打，你吐你快吐哇！锦鸿从那屋跑过来，傻了样张大嘴立在那儿，筱菊喊，快去找人！

吉爱没能抢救过来，医生说死亡时间应该在一小时前。锦鸿神经质地扒在吉爱身上，非要医院给个说法。筱菊壮着胆和其他人打扫了灶间，买了鞭炮各屋放一小挂。锦鸿回来脸色难看得要命，筱菊没料到她竟然决定带走孩子！在火车站追上她们，筱菊已经看出孩子病了。

那些天筱菊带孩子衣不解带，眼前老出现吉爱的笑容，筱菊知道，自己这一生都要赎罪，不管吉爱是不是因为她而死。这个春节，别人合家团圆，她在宿舍守着生病的孩子，照顾有些神智失常的锦鹏，提防时时想夺走孩子的锦鸿，那一天，她心力交瘁，看着锦鹏，脱口而出，我们结婚吧。锦鹏愣愣地看她，她说，你看看你这样子，能照顾自己还是能照顾孩子？成全我吧，吉爱姐死了，人死不能复生，我会带好她的孩子，当自己的骨肉一样去抚养。锦鹏终于搂住她大哭一场。

筱菊知道锦鸿带着满腔怒火和怨气，没留下她是怕以后生事儿，锦鸿恨她，一起生活不能改变她的态度。婚后，她先后做过四次人流手术，美萍叹气，你再想要自己的孩子怕都要不上。筱菊心下黯然。可半年后她竟然再次怀孕。连锦鹏都不许她再堕胎，锦鹏说，你看人家孩子都有伴。就这样，结婚第四年，筱菊生下儿子威威。

27

暮色降临，筱菊妈妈许久才开口，你满意吗？秀秀无言。筱菊妈妈又说，我花了好些工夫，终于能够确认当年吉爱应该是患产后忧郁症，现在这种对产妇足以致命的病症已经引起广泛注意和重视，可是，那年月，唉。

筱菊妈妈站起来，我去烧饭，秀秀，想吃什么你就说。秀秀说，你以为我会信吗？筱菊妈妈猛回过头，暮色中眼睛闪闪发亮。她轻笑，二十五年啊，就算我曾对不起她，我也已经偿还了，我给她女儿的不仅仅是完整健全的家庭！无论死人活人，我对得起自己的良心，至于信还是不信，由你。

筱菊妈妈走了。黑暗从四面八方涌过来，秀秀一动不动地看着对面那把空椅子。我不信。

28

爸爸回来得很晚，秀秀没睡，但已经不想和他谈了。筱菊妈妈什么也没和爸爸说，秀秀也什么都没说，她只想睡觉，只有这时候她才觉得踏实，真希望一觉醒来什么都没有发生过。她从来没有像现在这样惧怕过明天的到来。明天，谁知道明天还会发生什么样儿的事情呢？

这次谈话仍不可避免地进行了。是爸爸，通过电话，声音很郑重，像参加重要商务会议，秀秀吗？我是爸爸，我想和你谈一谈，下午六点钟，在家等我，好吗？

秀秀挂掉电话。那一刻，她的心从没有过的沉静。该来的总会来，她拿起床柜上的相框，静静贴在胸前，闭上眼睛，良久。她祈祷，妈妈，告诉女儿，真相到底是怎么样的？

爸爸回来了，我让你妈妈去美萍阿姨家，今天就咱父女俩，该说的该问的，咱都不回避，解决了这些事情，咱好回头过日子，对吗？

秀秀静静地坐下来。再回头好好地过日子，可能吗？她不敢再想下去。

钟“当当”敲响六下。爸爸双手交握手里的茶杯，声音和表情很郑重，秀秀，我记得锦鸿姑姑来家的第一天我就说过，死的已经死了，活着的还要活下去，还记得吗？

秀秀没出声。

爸爸接着说，我只想告诉你，我的女儿，有时候，当你决定去做一件事情时，你就要有承担一切后果的勇气。一切后果。爸爸加重了语气强调说。

秀秀认真地看爸爸，爸爸也看着她。眼睛里交织着痛苦、焦灼，还有一种刻骨的伤痛。秀秀有些困惑，这样的神情，就在不久前，她从筱菊妈妈眼睛里也看到过。不知为什么，秀秀有刹那间的犹豫和恐惧。手中紧握的相框硌痛了她，她忽地想起这些天遭遇的种种疑惑和谜团，我为什么？不是为死去的吉爱妈妈讨一个说法吗？我是她生出来的，没有她就没有这个世界上叫秀秀的我，那么我为什么要犹豫和害怕？！

秀秀坚定地说，我有。

29

锦鹏是凌家的骄傲。在镇上，凌老大常抬不起头，可逢着学生考试，他看到的笑脸就分外多，再苦再难，凌老大都让儿子继续读书，否则他作为长辈所能得到仅有的那点自尊和虚荣将就此失去。没多久，有个手长腿长的丫头来家串门，不认生，逢活就干，再孬的野菜团子也吃得蜜口香甜。知道是王家独闺女吉爱时，凌家老两口诚惶诚恐，谁不知道王家财大气粗，凌家祖坟上冒青烟呐，竟招来凤凰？凌老大觉得不声不响的儿子草鸡样拿不上桌面。再逢王家闺女来，凌老大就赶儿子，去，陪人家娃说说话。儿子红头涨脸半天说不出一句，老两口面上臊得慌，可王家那闺女全不在意，该干啥干啥，该说啥说啥，最小的女儿锦鸿都离不开她了。

锦鹏当然知道吉爱来家为啥，可在她面前，他总不能如常般做事说话，即使和他吃一样饭喝一样汤，他也能觉出她的优越感，他觉到一种屈辱。那不是她的错，她没做错，爹娘的样儿让他加深了这种体验。吉爱和他同班，大他一岁，就成熟许多，在她面前，除心理上的压迫感，后来又多了生理上的。吉爱身条长，足显山显水，有坏小子取笑他们，吉爱拎根棍子去撵，倒显得锦鹏软弱，特别是吉爱的大弟，他看凌锦鹏的目光那样不屑甚至有些敌意，锦鹏在吉爱面前越没了底气。

锦鹏注意的是郭家小闺女筱菊。郭老爷子常替凌家大小甚至家畜看病。凌家两口挺感激，但在锦鹏看，那感激远不及对常来串门的吉爱。爹娘留人家郭老爷子吃过一顿饭吗？给人郭家儿女纳过一双鞋垫吗？更不要说喝人家汤药嚼人家药草从来不掏一个子儿。虽说郭老爷子一再强调药草都是自己采的不值钱，可偌大年纪容易吗？人家想溜须何至于选穷得裹毡的凌家，多少富足大户来请郭老爷子，他只打发儿子出面。锦鹏觉得郭家仁义，再看郭家出来进去都悄没声息，家人间说话也毕恭毕敬，锦鹏觉得这才是知书达理的人家。郭家小闺女筱菊，从不跟庄户人家孩子疯玩，周身上下干干净净，坐在树荫底下看老厚的药书，阳光透过树影洒在她身上，就像一幅画印在凌家大儿子心里。每次看到郭家筱菊他就觉着有一种很安心的感觉，像天地间一下子静了。

在继续求学还是回家务农的选择上，锦鹏永远感谢吉爱。爹去世，家道更加衰败，娘不能再让他上学。吉爱默声不响地来了，捋起袖子跟在娘身后下了地。她退学却让他好好念。锦鹏如愿以偿念了师专，学费是王家出的。说起吉爱，都说锦鹏媳妇儿。凌家老太太脸上乐开了花。为凌家大儿子掏学费，看着他出息，毕业能当上公办教师吃官粮，王家倒也觉遂了心愿。锦鹏心里苦,但他不能说,不敢说,也没处去说,他想他只有接受老天的安排。

人武部来学校做动员,锦鹏毕业后要当学校教员,压根儿没多想。直到人武部长敲开宿舍门。

部队需要一批有文化、有特长不同以往的战士,为已经到来的一场大革命准备新鲜血液,为建设一个全新的世界储备人才。人武部长口才很好,一番话说得锦鹏热血沸腾。好男儿志在四方,世界上还有千千万万受苦受难的阶级兄弟姐妹们处在水深火热中正等着你们去解救,中国的未来靠你们,世界的未来靠你们!

凌家锦鹏一个打挺站起,学着电影上"啪"地立正敬了个军礼,请首长一定要收下我这个兵。

凌锦鹏冷静下来,第一个念头是没法向家里交代。娘身体不好,弟妹小,原指望他毕业当教员既贴补家用还能莳弄田地,可现在,想让娘理解儿子对于解救世界的重要性比登天还难!一夜辗转,锦鹏突然眼前一亮,穿上军装就要离开这里,广阔天地大有作为,一直压得自己喘不过气的吉爱不就不成问题了吗?凌锦鹏心里重又燃起熊熊大火,生命还年轻,人生还漫长,为什么不为了自己搏上一搏?他一轱辘爬起来向家飞奔而去。

人算不如天算。锦鹏对这话有了深刻理解。他决定当兵的事,先是遭到娘的唾骂,紧接着是王家的指责。王家点到为止,这是表现高姿态,我们并不因为负担了你学费就干预你的选择,再就是,王家一直都不愿吉爱和他好,这回正中下怀。吉爱看到锦鹏回来高兴得什么是的,听说锦鹏要当兵她就不吱声了，锦鹏说了人武部长，有解释也有炫耀，锦鹏还说部队特招是为提干做准备，所以不回来的可能性极大。他强调这一点真不是显摆，王家就这一个独闺女，让她等他，太玄。

锦鹏往回走，吉爱风风火火赶上来，问人武部长叫什么名字？怎么找得到？锦鹏以为她要去闹，就绷了脸，部队首长可容不得你去瞎闹。他还是告诉她了，让她死心也好。万没想到，吉爱笑吟吟地回来，穿身儿簇新的绿军装，她说，首长说了，部队缺她这样有文化的女兵。挨门挨户和老辈告别时，锦鹏已经认命了。那天夜里，锦鹏听到邻家筱菊的恸哭，他万念俱灰。

部队生活新鲜刺激，没有吉爱时时处处在眼前，锦鹏重又自信满怀，无论学习还是活动，总是积极响应，很快被评为新兵模范。入党宣誓仪式上，他见到吉爱。吉爱腰间扎着皮带往那儿一站英姿飒爽光彩照人。她报幕，每次出来会场就响起热烈的掌声。她还唱语录歌、跳忠字舞，整个会场都沸腾了。锦鹏远远坐在后排，噙着泪水，他从身前身后议论中知道，吉爱已是部队里的红人，早在参军第一年就入了党，现在是部队首长考虑提拔的接班人。锦鹏再次被吉爱打垮，每走一步她都比他快，不管他如何努力。他知道，他再也走不出她的阴影。

演出结束吉爱看到锦鹏，欣喜地冲到他面前。她埋怨锦鹏不和她联系，带他到各位首长面前，大大方方介绍他，同乡近邻，两家世交。就在这天晚上，锦鹏接到郭家筱菊的信，工整稚气秀气的小字，她问他好，她说到他娘、他弟妹、他家的猪羊和田地里的收成，一个字一个字地看，眼前就一点点出现那有些淡去的印象。锦鹏写回信，一写就是四年，直到筱菊出现在面前。

锦鹏和吉爱确立恋爱关系是在转业那一年。吉爱频繁的电话和探望早就让战友们羡慕，凌锦鹏你小子行呵，不声不响把军营最靓的花给弄到手了。锦鹏只是笑。因为吉爱的缘故，锦鹏在部队诸事顺遂，甚至转业——去新疆的人一整列火车，他能够留在首府也是沾了吉爱的光——新疆文工团早早点名要王吉爱。锦鹏联系好工作单位，顺理成章地，他们结婚。

新婚伊始，凌锦鹏对生活对工作对妻子都很满意。毕竟同龄人中像他这样顺利的不多见。可朝夕相处他就发现吉爱许多地方不能够尽如人意。面上看吉爱利索干练，可只有做丈夫的锦鹏知道，吉爱多粗枝大叶。工作中这样被称作雷厉风行，生活中锦鹏就多吃了许多苦，锦鹏没吃上一顿吉爱做的饭就很能说明问题。吉爱狂热于工作，回家也伸胳膊抬腿，说基本功耽搁不得。锦鹏在学校时间宽裕些，家务活就成他的了。让锦鹏最看不惯的，就是吉爱和男同志相处不拘小节，想笑亮开嗓门儿就笑，玩笑开恼了，满世界追着打。有一次锦鹏去文工团找吉爱，正赶上他们排戏，演对手戏的男演员总是忘词，吉爱哈哈笑，那男演员也笑，笑着笑着两人就笑一堆儿去了。锦鹏看不下去，一甩脸走了。晚上回家问，吉爱一脸不以为然，那是我们团长，我当人家是长辈。

锦鹏能说什么？渐渐的，借口学校工作忙不怎么回家，学校有食堂，跟学生们一起倒也轻松自在。吉爱当真了，晚上在团里吃完再回来。那年月没什么娱乐，回到家锦鹏备课，备完课看书，倒也充实。吉爱也不闲着，在仅有那点儿空地上练功。锦鹏不说话是因为他一直对吉爱都没什么话说，吉爱不说话是白天在团里都说完了，回家乐得嘴皮子耳根子清静。这时候，郭家筱菊突然来了。

筱菊的到来让锦鹏心里一阵儿激动，一阵儿惶惑。他知道，筱菊是因着他来的，他生怕吉爱发难。哪想吉爱乐得家里来这么个人儿，一来听听乡音心里是个慰藉，再者有个闲人在跟前也好解闷儿。那些日子大家心情都好。锦鹏对筱菊的事很上心，看她千里迢迢背来那一捆死沉死沉的药书他就觉着感动。筱菊也争气，一次就考取医院护士。锦鹏自筱菊来以后，心境突然平伏许多，不用每天看到她，只要知道她也在这座城市，在自己身边他就觉着踏实。这就足够了。

口了似乎就要这样平淡地安静地过下去。

30

变化从吉爱怀孕开始。吉爱探亲时发现身体异样，所以急急赶回来。她不想要这个孩子，因为在争取文工团长的职位，紧要关头耽误不得。凌锦鹏觉着不可思议，孩子和官位哪个重要？他才知道，吉爱有雄心壮志，不过她把这种追求掩饰在无拘无束的笑容里了。锦鹏瞒着吉爱去文工团找领导。吉爱说过她的团长是长辈。可锦鹏看三十出头气宇轩昂的团长无论如何都算不得长辈。许是上次的事儿吉爱告诉他了，锦鹏觉着那团长眼神有些躲躲闪闪。团长很意外，王吉爱怀孕了，没听她说呀。团长让锦鹏放心，文化局调令很快就到，我一走这个位置非她莫属，让她放心。锦鹏满心以为这样吉爱就会改变主意，谁想吉爱还是不肯要这孩子，她决心很大，能当团长就更不能要这孩子，刚一上任就挺着大肚子，接下来又要生孩子又要坐月子，怎么开展工作？

凌锦鹏在万般无奈下动员筱菊出面。孩子留下来了，吉爱和锦鹏间的冷战开始了。锦鹏弄不明白，为什么这个孩子就不能留下呢？吉爱紧着折腾自己，挺大肚子满世界地检查工作，下乡演出。锦鹏对她彻底灰心，近在咫尺的筱菊就成了心灵的避风港。他们始终保持着应有的界限，很艰难地守护着最后的防线。锦鹏牢记筱菊是没出阁的姑娘，他是有家室的人。筱菊安慰他，我愿意什么都不要，只要这样，能看着你，能爱着你就足够。

凌锦鹏发现越来越离不开筱菊，同时他发现妻子吉爱却越来越让人费解，她对工作狂热到痴迷的境地，身子越来越重工作越来越多。终于在一次汇演彩排时，吉爱昏倒了。锦鹏赶到医院，吉爱已经醒了，一脸疲惫和憔悴，看到锦鹏，她突然就抱住他，嘤嘤的哭泣中满是绝望。

锦鹏，我对不起你。她翻来覆去说的都是这一句。

当时凌锦鹏以为吉爱是因为昏倒差点动胎气伤着孩子而觉着对不起他，一直到最后，吉爱去了，他才顿悟，吉爱所说的对不起意味着什么。

吉爱像变了个人，对肚里孩子迸发出从没有过的爱。她坐在窗前，轻轻地一下下抚着肚里孩子，满是慈祥和爱。她经常让筱菊来家，陪她拉家常，她对筱菊说最多一句话是，给你添麻烦了。

终于分娩，母婴平安，吉爱的激动异于常人，她抱着孩子，泪飞如雨，分明不仅是初为人母的喜悦和幸福。在医院不能够让孩子时刻留在身边，她就要出院，她一分一秒也不能让孩子离开自己视线，孩子一哭她心疼得像割肉，比孩子哭得还凶。她常自言自语，孩子，再等等，你小姑很快就来，她会好好地带你。锦鹏才知道吉爱捎信给家里让锦鸿来帮着看孩子。

锦鸿来了，吉爱催锦鹏带妹妹去学校洗澡，特意找出新内衣来给锦鸿换，锦鹏当时有些犯嘀咕，他看到吉爱打开的包裹里整整齐齐叠放着簇新的内衣裤衬衣裤。全是白的。依家乡习俗，只有死人才穿这样衣裤，而且还是半道撒手的成人女子。那年月农村生孩子都自己侍弄，最多不过请个接生婆，一脚人间一脚地狱，早早儿的，家人就备好这些白色衣服，大人孩子平安，当下就烧了，反之，就赶紧穿上，清清白白早托生。锦鸿兴高采烈，吉爱喜眉笑眼，锦鹏生怕自己多心，也就没开口。他心里却一直七上八下，不停地看表，心想锦鸿怎么还没洗完哪。

隔着门，他隐隐听到孩子哭，情知不好，锦鸿从床上抱起哇哇哭的孩子，他满屋里找，吉爱呢？他抖着手推开灶间门，那一幕惨景出现在眼前的当儿，记忆里的流水声轰轰作响。

大夫说月子里不让吉爱沾冷水，每天都是锦鹏烧足开水才去学校。昨天，吉爱说缸里水不多了，让他挑满。最后一担挑来他的时间就有些紧，没来得及往缸里倒。吉爱就拿个大水瓢舀，哗啦啦哗啦啦，锦鹏听这声儿边对女儿说，小妮子，家乡小河就这样，快长大，爸爸妈妈带你回家听小河流水。说完一回头，吉爱站在身后，噙着两眼的泪，锦鹏说，怎么了？吉爱擦擦眼睛笑，想家了呗。

锦鹏眼前一片模糊，他知道为什么耳边总响着那哗哗的水声了。

在医院急救室，锦鹏看到吉爱内里穿着的正是那些白衣裤。再回到家，不难找到吉爱反扣在桌上的《毛主席语录》，在书页的空白处，吉爱的字：锦鹏，我对不起你。

这本写有吉爱遗言的语录，锦鹏只给公安看了。因为锦鸿的坚持，公安要对吉爱的尸体解剖，锦鹏不忍吉爱死后还遭这样的罪，他拿了这本语录。公安局进行调查后给出结论：自杀。但没人能知道吉爱自杀的动机。

吉爱的后事办得隆重庄严。吉爱人缘好，小礼堂挤满人，大家低低啜泣着。原文工团长不久前扶正的文化局长也来了，他在吉爱遗像前久久鞠躬，锦鹏看到，他眼角挂着一滴泪，泫然欲泣。

为照顾锦鹏更为照顾婴儿，筱菊只把铺盖卷搬过来就算和凌锦鹏结了婚。没有鞭炮没有喜糖甚至没有祝福，人们还沉浸在对吉爱的缅怀中忽视了这个女人沉默的出现和存在，直到四年后她有了自己的孩子，人们像是才想起来。女人们见到长成小人儿的妮子就会停下来，摸摸她的脸，抻抻她的衣角，嘴里长叹一声，这小人儿，怕是要吃苦呐。筱菊若去商店买吃食总会有人大声问，是给你儿子买的吧？郭家筱菊冷冷地看对方一眼，你管得着吗？背后指指点点的人更多了。

31

凌锦鹏人到中年曾反省过自己的人生轨迹，他慨叹，他这一生，活到这时候、这境地，全靠了女人的付出和帮衬。当年没有吉爱，凌锦鹏现如今就是个平庸的庄户人家，有几亩地几头牛老婆孩子热炕头，人生不见得黯淡但一定不够精彩。再往后，假如没有筱菊，凌锦鹏也不会有现在这般如鱼得水，生活不会这般滋润富足。“文革”后，知识凸显出重要性和必要性，学校空前热闹，师资显得很重要，凌锦鹏渐渐在任教的师范学校举足轻重。依凌锦鹏的想法，能跻身校领导班子就行了。郭筱菊不这样看，她说，社会发展到这地步，师范的辉煌迟早是明日黄花，你不是自修金融经济吗？咱去保险公司。上世纪八十年代中期，保险公司不像眼下遍地开花，放着大专院校讲师不做转去保险公司做培训导师，周围人都拿不准凌锦鹏这是怎么了。可凌锦鹏心里明白，这选择即使不英明也决不致错误。果不其然，邓小平南方谈话过后，中国社会经济格局见天变样儿，保险作为新兴事务很快登上社会大舞台。这时凌锦鹏已经由导师成督导，出任总经理唾手可得。郭筱菊一向在业务上都比较勤勉，通过不断学习和努力，她竞聘中医科主任一职顺利胜出。提到凌家，周围人除了眼热再说不出什么。

32

爸爸终于停下来，秀秀，那个小妮子就是你。现在，我说完了，你还想知道什么吗？

爸爸像什么都说了，可秀秀总觉得只是剥去了外壳，真要想知道内情，还是要深入再深入。她抬起眼睛，爸爸，你不知道吧，昨天，筱菊妈妈和我也谈过一些。她咬着嘴唇，和你说得有出入。

秀秀记得很清楚，筱菊妈妈亲口说，在妈妈死之前，她和爸爸就有了那种关系，可爸爸却坚持说他们直到结婚之前都是清白的，这是怎么回事？秀秀认为筱菊妈妈的话更真实。没有女人会往身上揽这种事，没有硬要说成有，不是傻是什么？秀秀认为爸爸的掩盖有苦衷，即便妈妈是自杀那么发现爸爸和筱菊阿姨的私情为什么不是动机呢？爸爸是不想秀秀恨他，所以要极力替筱菊妈妈也为自己开脱吧？想到这儿，秀秀很坚定地，爸爸，你能告诉我实情吗？不管怎么样，你都是我爸爸，筱菊妈妈也养我到这么大，我不会恨你们的，我保证。

爸爸不出声地看秀秀，秀秀再一次看到交织着痛苦、焦灼还有一种刻骨伤痛的复杂眼神。秀秀，爸爸再问你一次，当你决定做某件事情时，你也要一并承担它可能带来的后果，有时这后果是极严重的，你考虑清楚了吗？

秀秀的心剧烈跳动起来，但她鼓足勇气，我考虑清楚了，我愿意承担一切可能产生的后果，哪怕是，严重的，后果。

好。爸爸点点头。那么，我就告诉你。我一直都不希望有这一天，但心底里我知道，这一天是会来的，这一点我比你筱菊妈妈理智。这可是我和你筱菊妈妈守了几十年的秘密呵。孩子，我首先告诉你，爸爸的血型是O型，吉爱妈妈的血型是A型，筱菊妈妈的血型是B型，威威的血型是O型，从没有人对你说起过血型，对吗？那么爸爸现在告诉你，你的血型是AB型。

秀秀看爸爸，她有些不解。

爸爸叹气，秀秀，这说明什么？爸爸停下来，好半天，你的血型说明，你……不是爸爸的骨肉。

秀秀大吃一惊。她紧紧捂着胸口，那里像是被重锤击打，喘不过气。不。她睁大眼睛摇头。这不可能。怎么可能是这样呢？怎么找到的会是这样一个答案呢？我不相信！秀秀尖叫出声，而后她站起来冲向自己的房间，桌子被她猛带一下，杯子滚落在地，插着花的瓶倾翻，一地湿淋淋的脆响，就像秀秀此时的心。

秀秀趴在床上恸哭失声。她千辛万苦找来的答案竟然是这样！她恨，她真的恨，可她不知道该恨谁。爸爸的话一遍遍回响在耳边，你不是爸爸的骨肉！这太决绝，这太疼痛，然而致命的是，这又太正确！唯其如此才能解释许许多多的疑惑和谜团。爸爸、筱菊妈妈、吉爱妈妈、姑姑、舅舅、美萍阿姨、小易。熟悉不熟悉的脸孔全在秀秀眼前一一闪过，秀秀觉到真正的恐惧，我到底是谁?!

不知过了多久，爸爸的声音响起来，秀秀，你答应过爸爸会承担一切可能产生的后果，你忘记了？好了，起来吧，坐起来，爸爸要告诉你的还很多。

秀秀满眼满脸的泪，爸爸，她哭了，爸爸，我后悔了，我不该问的，我为什么要追问呢？

爸爸把她揽在怀里，秀秀，要做个坚强的孩子，你不是答应爸爸承担一切后果吗？那你就要听爸爸讲完这个故事，好吗？

秀秀哽咽着点点头。

爸爸在她面前坐下来，和那天筱菊妈妈的位置一模一样。

秀秀，你应当感谢筱菊妈妈，但是，你也不能恨吉爱妈妈。

33

锦鹏知道自己应该报答吉爱，可是，真的只能用婚姻报答吗？他很茫然。他有知识有文化，参军以后又有见识，在他想象中，爱情应该两情相悦心心相印，面对吉爱，他感到压抑。压抑就去看书，看书后更压抑。“文化大革命”如火如荼，军中也有不同政见，他谁也不参与，是少数逍遥派之一。吉爱不一样，大有放眼天下谁与争锋的豪迈与热情，所以，看到她激情万丈地高唱语录歌大跳忠字舞锦鹏本能抵触。因为吉爱，锦鹏对革命的消极没能影响到他转业工作分配。这时候锦鹏才发现，地方上原来也和部队一样忙着革命，哪怕地处大西北的新疆。

学校里多是些读书万卷的秀才，大家谈得来对当前形势也颇有同感，觉得“文化大革命”气数已尽，少不了说些过激语言。那天从学校回来，正赶上吉爱在家，她见锦鹏吊儿郎当的样儿先就不高兴，再看锦鹏手上拿着报纸、广播里天天批判的大毒草，脸上就有些变颜变色。两人话不投机，锦鹏好像还说了“文化大革命”是革命还是毁灭，很快自有公断的话而后转身走了。那以后，锦鹏发现，吉爱偶尔会用陌生的眼光看他。两人说不到一起也就尽量少说话，一时间倒相安无事。直到有一天，锦鹏洗床单时看到吉爱压在床下的日记，好奇心驱使他翻了翻，惊出一身冷汗。

锦鹏那句‘文化大革命’是革命还是毁灭自有公断”的话被吉爱当作造反言论上报了！锦鹏当然知道严重性，急急再往下翻，吉爱上报给文工团团长，被压下了。锦鹏看到这儿出了口气，浑身上下冷汗浸透。他仔细再看。文工团团长扣下上报材料并没有立刻告诉吉爱，而是在吉爱开始后悔、后怕时还给她，而且告诫她，家人亲人才是最贴己的人，就是他们有错误也要慢慢纠正而不是粗暴地上报。吉爱感动之余诉说了自己的苦恼，爱人不上进，对革命不坚定等等。文工团团长一一给予中肯的答复。锦鹏对文工团团长有了好感，接着再看下去，吉爱的感情有了变化。

吉爱焦躁矛盾彷徨甚至痛恨自己，因为她爱上文工团团长了。吉爱像是才懂得什么是爱。她给锦鹏的无疑是爱，可锦鹏回报她却不是爱，是感恩。这时候才顿悟，吉爱更加痛苦。就像当初爱锦鹏没人能够挡住她，如今爱上文工团长也应该没人能够挡住她。可是，吉爱自己挡住了自己。那年月，这种事情很容易毁掉一个人，文工团团长有家，吉爱有家，若出事毁了两个家庭不说，他们的事业前途甚至一生都毁了。吉爱在克制，克制得很难很苦可她不敢松懈。文工团团长要上调文化局任职，想到从此不能够天天看到他，吉爱痛苦得几乎绝望。这一次，她没能克制自己。怀孕是出乎意料的，吉爱不想要这个孩子，因为，她要工作，更因为，她不知道这孩子是谁的。可想而知当时的她受着怎样的煎熬啊。她不能也不敢让任何人知道，甚至文工团团长。

孩子出生吉爱知道了答案。想必那时候她就做好死的准备了。她在等锦鸿，她不敢保证筱菊一定接受这孩子，吉爱明白，筱菊是医生，孩子的身世瞒得了她一时瞒不了一世。而锦鸿不同，凭吉爱对锦鸿的了解，她会待这孩子好就像当年自己待她一样好。吉爱去了，她想到要对孩子的生父做个暗示，于是她左脚不着鞋袜，是想告诉孩子生父，孩子左脚和他一样，脚心有颗痣。吉爱去了，她用锦鹏的旧衣服蒙了自己的脸，她觉得对不起他，但她依然当他是自己最亲的亲人，她张开那件衣服，她贴在衣服的胸前，她愿意，死在他的气息他的胸怀里。

34

爸爸的声音里终于有泪，那个冬天多冷啊，缸里的水放一夜会结一层薄冰，她就这样惩罚自己，冷得扎骨头的水，我一想到这儿就觉着吉爱可怜，她那么怕冷，她还在月子，她是抱着必死的决心。爸爸的脸埋在手掌里。好半天，他就这样一动不动。

夜黑透了。远远近近人家的窗口都亮起灯光。秀秀和爸爸在黑暗里静默着，月亮的清辉一点点洒进来，它大睁着眼睛看着这屋里的一切。

爸爸，秀秀开口了，爸爸，你一开始就知道我不是吗？

爸爸摇摇头，不，我不知道。最先知道的是筱菊妈妈，你生肺炎住院，拿到化验结果她一下子就清楚是怎么回事儿了，她没有说，一直到你升学参加体检，我才知道你是 AB 型，才知道你不是我女儿，到这时候她才说，她知道。她不告诉我是怕我接受不了这个事实，怕当时的我经不起打击，更怕对你死去的妈妈名誉不好，对你今后的成长不利，由不得筱菊妈妈不考虑那么多，那年月，真出了这种事情，就是死人也会被唾弃，你的生父那就毁了。人都死了，干吗还要背着个坏名声呢？活着的就更不该替死去的赎罪了。你筱菊妈妈就是这样说的。

爸爸长叹一声，筱菊妈妈不容易啊，这些年她压力有多大，心底藏着那么沉重那么巨大的一个秘密，她付出太多了。这次锦鸿来，筱菊妈妈几乎坚持不下去，她终究是个女人，她有承受不起的时候，尤其面对误解不能解释，原谅筱菊妈妈那天说的话吧，她太苦了。冷静下来她最终妥协了，她说，不为别的，秀秀是个孩子，我们该为她着想。就在昨天，她依然不想让你知道事情真相，她甚至不惜撒谎说她和爸爸在吉爱妈妈活着的时候有染，秀秀，你要体谅筱菊妈妈的心是好的。

爸爸站起来，轻轻拍拍秀秀的肩，孩子，这些天你经历的事情太多，谁一下子也接受不了。好好睡一觉，也许醒来世界恢复了原样儿。爸爸放好枕头，展开毛巾被把秀秀盖起来。秀秀眼睛开始闭合，她挣扎着再问一句，那，那个人呢？爸爸说，他在另外的城市工作。他来看过你，但我们没让他认你。

35

闹钟把秀秀叫醒，这一觉睡得太沉，她是太累了。穿着睡衣去卫生间，放热水的同时给牙刷挤好牙膏，她探头往餐厅张望，爸爸正坐在他的位置上看报，妈妈还在厨房忙，桌上摆好着三副碗筷。秀秀快快冲澡出来，爸爸妈妈早上好。她坐在自己的位置上吃自己那份早餐。临出门时妈妈提醒她，手机在充电，别忘带了。她应一声，妈妈继续不紧不慢吃她的早餐。爸爸从报纸上抬起头来，下班叫小易一起来家里吃饭。

后记

在公墓入口处停着一辆黑色桑塔纳2000，小易和秀秀默立在一块碑前，很朴素样式很老的一块碑，连放相片的地方都没有，碑上的油漆失去了光彩，有些地方已经斑驳，秀秀伸

出细细的手指一点点去抠嵌在上面的泥沙。碑上写着：慈母.王吉爱之墓。(1950.4.19—1976.1.3)。爱女：秀秀

碑座上放着一大束鲜艳欲滴的玫瑰，红得像火。

情爱事故

帕克先生是美国人，却迷上中国文化。他请来家教学中文，每周三次，每次两小时，为此他将负担一笔不小的支出，他却觉得很值。磕磕绊绊看完整本《红楼梦》，他给自己取了个中文名字，叫作贾宝玉，不过发音全是四声。

一年以后，他觉得自己学得相当不错了——已经不再发问诸如贾宝玉为什么不带林黛玉私奔这样的傻瓜问题，于是请了几个中国留学生来家里做客。带着他们参观宽敞的居所，在卧室，他骄傲地展示了曾祖父留下的硬桃木雕花大床。他慷慨地伸出手臂，请，请你们坐在床下。众人面面相觑。帕克先生提高嗓门儿再说一遍，请坐在床下。几个人别别扭扭地挤坐在床脚的踏板上，帕克连连摆手，No，No，他大力拍打着床垫，我是说这里，这里。大家笑了，他的家教站起来，帕克，这是床上，床上和床下是不同的意思。帕克睁大两眼，可是上次，在公园，你告诉我，坐在地上，不一会儿，你又说，坐在地下。你说地上和地下是一样的。家教说，在那里是一样，可在这里就不一样。帕克紧紧追问，你说说看，你说说看。家教苦思冥想了好一阵儿，才字斟句酌地开口说，在中国，一模一样的两个字，不一样的排序就有不同的意思，比如说，爱情。帕克猛点头，我知道，Love。家教说，对，可反过来，情爱，却是另外的意思，相当于 Sex。再比如，故事，Story，反过来，事故，Accident。总之，中国字蕴含的意义之广之深之复杂，我这个中国人也都不能够全部掌握和理解。帕克从他眼神中看出他没说完的那句话：何况你呢？

那以后，帕克不再跟中文较劲，他羡慕中国有五千年的历史和文化，却庆幸自己生在美国。

1

庄周属于“海归”派里比较幸运的一个。

时代发展到今天，“出国留学”四个字已经不能够像当初那样可望而不可即，而全球经济不景气导致学成回来的海外赤子们的际遇失望远大于期望也就不难理解了。当多数人惶惶不可终日地奔波在人才市场和猎头公司时，庄周已经在一家小有名气的投资公司做了项目总监。年薪 50 万人民币，配备座车和公寓，年底还有分红。

可这样的机遇毕竟太少。

齐瑞强在美国攻读博士学位，课余做家教，给几个中产阶级家庭的孩子教授中文，一个月下来能拿到 5 千美金。回国后和大多数“海归”派一样，他选择了国际大都市滨城，原以为会像香饽饽般抢手，谁知用人单位一听到说是“海归”派，客气归客气，言外之意却表示，没有合适的职位给他。也是，用一个“地产”的研究生，给5000人民币前来应试的几乎打破头；用一个在美国修语言学回来的博士，你给多少Money？几次落败，齐瑞强自降身价，最终在一家贵族私立学校谋得“外聘”语言教师一职，月薪12000人民币。在别人眼里已经相当不错了，可只有庄周知道，齐瑞强心里有多苦。

一次“海归”派聚会，齐瑞强喝得烂醉，他伏在庄周肩上大哭，早知道这样，我不如不回来。都知道齐瑞强的未婚妻上周嫁人，一个阔老头。她等了他四年，却在他回来四个月后嫁作人妻。原指望你留学回来能有多出息呢！这是那女孩儿对他说的最后一句话。

庄周也喝了些酒，但他一直保持着清醒。直到把齐瑞强送回去，靠在驾驶座上他才觉到了一丝疲倦。他同情齐瑞强，这是个率真的大男孩儿，在美国，他们一起住过地下室，清过下水道，最苦最难的时候，他脸上的笑容都有着纯洁的光芒。一闲下来他就给国内的女友写信，每周一次的越洋电话更是雷打不动。到美国的第一年，他每天只吃一顿饭，严重的胃病直到学业稳定下来，有了奖学金，有了家教的额外收入才慢慢好起来。在国外四年，他最奢侈的一次是买了双“星期五皮鞋”（这一天街区卖场全部大减价），55美元。那是为毕业生上台答辩而添置的唯一的新东西——他身上的西服都是从跳蚤市场上淘来的。可就是这样，临回国时，他在日落大道FOREVER珠宝行买了一只克拉钻戒，倾尽所有，他说，只有钻石才能代表纯洁的爱情。庄周至今不能忘记他满含憧憬的眼睛。庄周还能记起当时他们之间的一次对话。

庄:有没有想过你付出太多?

齐:爱情是不容计较这些的。

庄:你相信爱情?

齐:当然,爱情,那是很美好、很神圣、很纯洁、很……

庄:可现代人的格言是,金钱至上。有钱就有一切。

齐:甚至爱情?

庄:尤其爱情。

好像他们还争论了一会儿,谁也没能说服谁。

半夜,庄周被一阵紧似一阵的电话铃声惊醒。拿起听筒,一个远远的声音:齐瑞强,自杀了。电话两头是死一样的寂静。

2

这个月的总监会议上,总经理宣布了董事会对庄周的嘉奖通报。庄周负责的项目小组,提前完成了对一家企业的并购重组,甚至超出董事会拟定的最高期望值。总经理看庄周的眼神里就有了几分得意。会后他拍拍庄周的肩,小弟可不要忘记是我发现了你这个人才哟。庄周点头,那当然。心底里却冷笑,如果没有我,只怕你这个总经理早该倒地方,换人了。

庄周来来回回看到的微笑规格均放大一倍。有消息说,董事会准备吸纳庄周加入。看来并非空穴来风。再晚些时候，庄周接到一个陌生的电话。

庄周先生吗？我们总经理想请您一叙。

思忖片刻，庄周慨然应允。男人心底里总是留有好奇存在的。这陌生的突如其来的电话无疑是一种挑战。凯悦酒店咖啡厅，那是个洽谈商务的好地方。圈子里的人都知道，没有相当的实力和身份，出现在这儿是不合时宜的。

6时整。庄周在Hostesses的引领下往6号桌去。不知道这是不是一种巧合，6是庄周的吉祥数。已经有人在等，庄周看到的是背影。女的？庄周脚下略一迟疑。耳边响起电话里那个甜甜的嗓音。他冷笑，如果只是派一个秘书前来，那么，不管那是家什么公司，也不管他们的总经理出于什么原因，庄周都将掉头而去。

庄周先生吗？您好。对方已经站起来，落落大方。我是缪氏集团投资公司的缪灯灯。

缪氏集团。缪灯灯。庄周迅速在这两者之间做出判断。

声名显赫的龙头企业，缪氏集团。

跻身财富榜五十名的缪氏集团唯一继承人，缪灯灯。

居然?!

庄周脸上却不动声色，他接住那只伸过来的纤纤玉手轻轻一握，久仰。我是庄周。两个人都坐下来。空气安静得有些异样。

庄周叫服务生，贴切而又自然地问，缪灯灯小姐，您喝什么？

缪灯灯迅速看他一眼，炭烧咖啡，谢谢。

庄周转向服务生，两杯。

重新坐定，庄周的目光落在对面，缪灯灯小姐，是您找我？

对面的女孩子看来很年轻。短短的发，精致得无可挑剔的妆容。式样简单的毛T，啡色，很衬她白皙的肤色。她用银匙轻轻搅动杯子里的咖啡，左手的中指上是一枚细细的白金指环。缪灯灯整体给人的感觉是优雅。少顷，她抬起头，黑白分明的大眼睛很直接地看着庄周。庄先生回国工作时间不长，却在业界有了很高的知名度，所以，我想和您聊聊。

庄周笑了，可以，哪方面？

缪灯灯也笑了，各方面。

庄周很认真地看她，这倒让我无从说起了，这样好吧，你问我答，行吗？他不被注意地把您换成了你。

缪灯灯端起杯子来啜一口，点点头，你在国外几年？

庄周说，五年。

学什么专业？

国际金融和贸易。

直到话题进行到庄周所负责的项目上，一问一答才告一段落。

庄周很歉意地，这涉及公司商业机密，原谅我不能作答。

缪灯灯像是一惊，呵，我竟然问了不该问的吗？真是对不起呀。她就像个小姑娘般地掩住口，非常自然。

庄周一眼不眨地看着她，这个女孩子，这个叫缪灯灯的女孩子。

庄周注意到，就在刚才，在他把“您”换作“你”的同时，她立刻也换了称呼——她会意识不到自己问了什么？鬼才信。

庄周觉得今天在这间咖啡厅上演的节目有意思极了。

缪灯灯端起杯子再轻啜一口咖啡。

庄周问，还喝点别的吗？

缪灯灯笑着摇摇头，她看看表，一起吃晚饭吧。

3

庄周的辞职在公司引起轩然大波。

董事长气急败坏地把那一页纸摔到总经理脸上，早就告诉你，要及时了解他有什么需要，加薪还是升职，或者换部好些的车子，好点儿的房子……至少合同要签得完备些，不至于他想走就走——你就是不当回事！“50万的年薪很抬举他了”这是不是你说过的话？问题是他给我创造的利润，他来公司几个月，顶得上整个业务部，我的大哥！我不管，你去给我想办法，只要能把他给我找回来，他开什么条件都给我应下！

总经理一头汗水。董事长虽然是他的弟弟，但关键时刻从来都不当他是大哥。这一回，甚至大动肝火，可见弟弟对庄周是很看重的。他急慌慌地关紧办公室的门，抄起电话。得到的答复让他瞠目结舌。在董事长办公室门口来来回回好几次，他终于下决心敲门。他存着一丝侥幸，和人家争，不要说这家投资公司，整个滨城怕也找不出一家来呀。可为什么会落得这个下场，还不是自己把人没看牢吗？这样一想，刚刚消下去的汗呼地又涌上脑门。

当天的《城市晚报》经济版刊登了缪氏集团投资公司新任副总经理走马上任的消息。

庄周也看到这则消息，他轻轻笑了，扔下手中的报纸走到阔大的窗前，看着天边越显辉煌也就越近颓败的晚霞。和缪灯灯吃饭是上周一。不过一星期，他已经成为缪氏集团投资公司的副总经理。

4

内线响，庄周按下免提，是秘书冯剪剪，庄总，缪小姐请您去。

副总经理办公室和总经理办公室遥遥相对，经过前台时，两个接线员站起来行礼，庄总。庄周点点头。她们顺着眼睛，可他还是感觉到眼角那迅速的饱含深意的一瞥。他皱皱眉。要说来到缪氏有什么让他觉得不舒服，这就是。才第一个工作日，庄周就感受到一种隐隐的莫名的情绪流淌在他的四周。

缪灯灯张大了眼睛，还从没有一个人能够对她的邀约说不。

庄周站起来，如果没有其他事，我回去了，还有文件没有看。走到门口他站住，脸上是毫无芥蒂的清朗笑容，祝你晚餐心情愉快。

5

庄周在办公室待到很晚，他确实很认真地审阅了几份计划。心底里有了初步的预算后，他推开面前的文件。天已经很晚了，他取下外套，熄了灯，向电梯间走去。

驾驶着最新款的奥迪 A6，庄周一时间想不起来该去哪儿。兜了一大圈，他把车停在水晶宫门前。这儿的洗浴设施一流，按摩小姐个个出色，服务却极正规——至少在这里没人造次。色情泛滥的今天，能找这样一个干净地儿还真是不易，这也是水晶宫名声大噪的原因。

庄周直接上二楼贵宾间。6 号。按摩小姐高华。

车停在庄周新居所门前已是入夜，高华终于还是什么都没问。

高华始终不能忘记，第一次和庄周上床，她问，你爱我吗？

庄周居高临下地俯视着她，一字一句，爱？对我来说，和饿了吃饭，渴了喝水，困了睡觉一样，没有区别。

凌晨两点，高华在值夜保安异样目光的注视下抬手招停一辆出租车。车门关处，高华几乎落泪，但终于没有。她伸手到包里摸到那摞厚厚的钞票。在这个物质至上的世界里，钱，让她踏实。至少，她觉得到保障。至于爱情……鱼和熊掌不可兼得。在金钱灿烂夺目无可匹敌的光芒面前，爱情，早已如鲜花般褪色枯萎。

街头叫卖的玫瑰其实都是月季。

6

接下来的几天，庄周很忙。缪灯灯再也没有约他。在公司里甚至看不到她的影子。他无心也无暇顾及这些。依照公司惯例，周五召开董事会，届时他将提交预案到缪灯灯手上，由她去向董事会交涉。但在这之前起码要和她沟通一下。他犹豫要不要打个电话给她。手按到电话键上的一刹那，他放弃了。她应该会有电话过来。如果她还当自己是缪氏投资公司总经理的话。

庄周在等冯剪剪把预案打印好交给他。他能想象董事会的反应。踌躏满志地停在那一排文件柜前，他信手抽出标注有会议记录的档案盒。是今年的。信手翻着，庄周的目光认真起来，手上的动作也慢下来。他坐回到位子上。

有个叫雷竟州的，从会议记录上看，他的头衔是副总经理——他的前任。直到上个月，他还主持着业务会议，可两周前，他的名字从会议记录上消失了。转而由缪灯灯或其他负责人代为主持大大小小的会议。就一个公司而言，副总经理应该是举足重轻的人物，况且雷竟州还主抓业务，可奇怪的是，会议记录上完全没有对此人罢免或调职的任何记载。这真有些不可思议。

庄周拧着眉头想了一会儿。他想叫冯剪剪来问一问，走到门口他站住了。冯剪剪摊了一桌子文件，脚边放着敞开的档案盒，正手忙脚乱地查找数据——庄周的预案需要一些参数和相关的集团资料。庄周轻轻摇头。从会议记录上看，冯剪剪做秘书工作不超过一个月，之前的秘书大概是和雷竟州一样不知所终了。很明显，冯剪剪在专业技能方面欠缺很多。

临下班，冯剪剪才怯怯地递交预案草案过来。庄周笑笑，辛苦了。果然，连一些他随手写上的字句都原封不动地照搬在预案里，甚至没有稍加润色。庄周打开手边的电脑。

终于修改完毕，庄周轻轻吁一口气。这种事情也要亲力亲为，那他当这个副总也太没价值，他在想，如果一个月后这个叫冯剪剪的小姑娘还不能胜任，那他就要考虑换人。一个副总，挑选一个得心应手的秘书不算过分吧。

一抬头，缪灯灯坐在对面的沙发里正微笑着看他。

庄周站起来，缪小姐。他暗暗吃惊，竟然没察觉她来。

缪灯灯迈着轻盈的步子，我都来好久了。

庄周笑说对不起，把预案交给缪灯灯，一起吃晚饭吧，算我道歉，正好我也有事情跟你谈。他随手收拾好桌面。

两人向电梯间走去。有人按下候梯键。是公司的员工——庄周看到她行礼。缪灯灯点点头，辛苦了。

电梯到了。

请。那女孩子静静地站在电梯旁边看他们进去。

庄周很奇怪，这么晚了还有员工没走。

缪灯灯说，保洁员。在大厅站住，缪灯灯把钥匙递给庄周，就开一辆车好了，知道停哪儿吧？

庄周接过来，知道。那辆红色的保时捷实在是太显眼了。

7

庄周漫不经心地切盘子里的牛扒。缪灯灯挑选的餐厅，而且丝毫没有要他给意见。庄周暗暗好笑，女人好像都喜欢这样。

缪灯灯要了一份例汤，用小匙一点点送到嘴里，动作优美至极。

柔和的灯光。精致的餐具。隐约的背景音乐。温文尔雅的客人。无可挑剔的缪灯灯。像王家卫的电影。

缪灯灯化了妆——很精心那种。唇膏眼影和衣服的搭配和谐至极。

庄周看着缪灯灯，他在想，这一切是因为我吗？缪灯灯精致到无懈可击的妆容，让庄周感到隐隐的不安。好像藏着什么。

缪灯灯叫了巴利甜酒，庄周叫了白可可酒。他看出来，这个女人不想回家，而且，很有可能也不想让他回家。他试着问，缪小姐，那个预案……缪灯灯抬起头来，眼睛像被酒浸过，亮亮地看着他，叫我灯灯。她举起手中的高脚杯轻轻地和他碰一下，今天不谈工作。

庄周看她喝下整杯的酒。他浅浅地啜一口。他已经完全印证了第一次见缪灯灯后的感觉。凯悦咖啡厅那次，当缪灯灯站起来看似随意地说，一起吃晚饭吧，他就明白，他通过了。是什么？说不清。那是只可意会不可言传的一种东西，只有当事人心照不宣。

果然。

缪灯灯脸上是微醺的红晕，可她的黑眼睛越发亮得出奇。把玩着手中的酒杯，缪灯灯看定他，阿周。

她叫他阿周。

阿周，我有些头晕。一条雪白的手臂撑住额头，不胜酒力的样子，她垂下眼睛，长长的睫毛在下眼周勾勒出美好的阴影。我在这里有间包房，上去休息一下。声音低得好像自语。

庄周微微一笑，好。

把缪灯灯稳稳地环绕在臂弯。感应着柔韧的腰肢和透过薄薄衣料散发出的身体的热量，庄周心静如水。缪灯灯就倚靠在他的胸前，稍一低头，他就能看到她极具诱惑的低胸的领口。

从电梯间的镜子里看过去，他们像极一对绝佳的情侣。

珠联璧合。相得益彰。

1808是无烟层的豪华套房。服务员帮助庄周打开房门后很懂规矩地悄悄退出。柔和的灯光下，一张华贵到有些恶俗的大床就那么诱惑地坦陈在眼前。

庄周慢慢地、慢慢地把缪灯灯横在臂弯里，一用力，缪灯灯被很准确地抛在那张大床的中间，陷在一片厚重的松软里，缪灯灯轻轻翻个身，很自然地让身体在那片凹陷里呈现一个迷人的S形。

庄周从壁橱里找到一张毯子，刷地抖开，把缪灯灯盖了个严严实实。保时捷的钥匙就放在床头灯座旁，她醒来一眼就能看到。打开房门，庄周看到门把手上挂着“请勿打扰”的牌子，他笑了，翻过来看了看，带着几分恶作剧的心情抽出派克笔，在 Morning Call 里很认真地填上：7 时整。

明天的董事会他可不希望因为缪灯灯的宿醉而打乱他的计划。

看着依次下降的电梯信号，庄周很认真地想，先去前边不远处的特色美食街好好地填饱肚子。住所离得并不很远，他打算就这么走回去。已经多长时间了，他没有在这样初夏的温暖的夜风中散步。

酒店客房里，缪灯灯一点点从毯子里探出头来。

阿周，她试探着轻声呼唤，阿周，你在哪儿？

寂静无声。冰箱制冷发出的轻微的嗡鸣声此刻听去那么刺耳。

转过脸去看到台灯座旁的车钥匙，缪灯灯猛地坐起来，怔怔地待了半天，她抓起身上的毯子狠狠地向门的方向摔过去。

8

庄周很早就起来了。简单地吃了些东西，他走进浴室。晨浴能带来好运，对此他深信不疑。

打开衣橱，拿出提前就准备好的那套西服，是专为今天准备的，包括搭配的衬衫、领带甚至鞋。这是他的习惯。衣橱里他的衣服全部是COSTUME NATIONAL，整列黑色的服饰传达一种丧葬般的异类美感。这是他的深爱。

今天唯一的缺陷是没车。奥迪正静静地泊在公司楼下的停车场。庄周就想起了缪灯灯。不知道她清醒过后感觉如何。他能肯定的是她没醉，她只是被庄周的举动弄得有点晕罢了。他冷笑。这还只是个开始。如果她缪灯灯当庄周和她以前认识的男人一样，那她就错了，大错特错。

看到那辆红色的保时捷，庄周终于还是意外了。

缪灯灯背靠着车门看他一步步走到近前。她打开车门，走吧。缪灯灯换了一身白色的套裙，领高至颈裙长及踝，她的身体被包裹得严严实实。但就是这设计得有些保守的装束却从另一方面展示着女人浑然一体的曲线魅力。这是庄周自见缪灯灯以来感觉最好的一次。

庄周能肯定的是，缪灯灯没在酒店过夜。打开壁橱时他看到有几套衣服挂在那里，但没有这么出色的，绝对没有。

缪灯灯专注地看着前方路面，平静得好像昨天什么也没有发生过。两人之间就放着庄周提交的预案。

在一个红灯路口，缪灯灯终于开口，庄总，你预案里的投资理念，和缪氏集团一贯的宗旨好像有些出入。

庄周看着红灯闪烁跳跃的读秒器，不是有些出入，是完全不同。

缪灯灯迅速看一眼庄周，恐怕，很难通过。

庄周轻轻笑了，只要不是想跟钱过不去，我有把握。

绿灯亮。缪灯灯超过前面一辆帕萨特。那么，今天的董事会上，我会建议由你来解释这份预案。

庄周说，好。简捷的一个回答，只有一个字。

眼角的余光可以看到缪灯灯咬了咬嘴唇。庄周倏然间无比轻松。

拒绝晚餐的邀约。

酒店里的不辞而别。

此刻面对即将参加的董事会议毫不动容。

由不得缪灯灯不恼怒。

庄周要的就是缪灯灯被打击的样子。

和每一个清晨一样，许多人正走进冠宇大厦，步履匆匆却不失从容。没有喧哗，同事间的问候也是浅笑即止，一派小资白领的典型模式。能够进驻冠宇大厦的都是知名企业，不乏外企公司，缪氏占据最高的三层。都知道缪灯灯是缪氏当家人缪老先生的独生女儿，缪氏这座以他父亲命名的大厦从某种意义上说就是她的。缪灯灯声名在外就不难理解。庄周和缪灯灯在走向电梯间短短的一段距离里，引来无数惊羡的目光。以至于电梯到了以后竟没有一个人上前与他们同乘。庄周从这些眼睛里看到一个大大的问号。

他们会知道他庄周是何许人的。

只要一段时间，一段不要太长的时间。

庄周有十足把握。

电梯里两人都沉默着，但心思却各不相同。

庄周看缪灯灯，洞察到她心底的那一点点骄傲和得意。

这就是女人。

9

董事会10时整在会议室召开。11时差5分，冯剪剪急急忙忙地敲门，庄总，董事长请您去会议室。

在会议室门前，庄周停顿了一下，而后很沉着地推门进去。

巨大的椭圆会议桌有着流畅的弧线，深色的桃花心木使整个会议室看来大气而庄重。显然这里有过十分激烈的辩论，空气中还残留着几分热度。庄周的出现让会议室在一瞬间安静下来。片刻，一股莫名的复杂的气氛便如流沙般蔓延开来。

这是庄周早已预见到的。

他沉着地打量一下在座的人。

会议桌上首坐着缪氏集团创始人，缪灯灯的父亲，缪冠宇。庄周看到过一份好多年前的商业杂志，封面是缪冠宇的大幅照片。比较而言缪冠宇没有太大变化，只是面上有了沧桑过后的淡泊，眼神更透出一种长者风范的睿智。一头华发是他的标志，自然而然一派威严和风度。他微笑着抬手示意，庄周就近坐在会议桌的下首，和缪冠宇遥遥相对。左右分列着共八位董事，看他在下首坐了不约而同地收回目光。空气好像有些松动。缪灯灯在右边第一位。

如果说这些人脸上的神色是怀疑和戒备，那么此刻缪灯灯那隔岸观火的表情让庄周有些琢磨不透。她希望今天他有什么样的结局?

庄周提交的预案,在这间会议室里,人手一份。

缪冠宇开口了,年轻人,谈谈你的想法。

庄周站起来,双手按在打开的预案上,他不用再看,所有解说词已经烂熟于心,但他还是凝神静气片刻。节奏,他现在需要把握的就是节奏。

缪氏集团董事会破天荒地直开了一整天。记录在缪冠宇背后,可能从来没有过这么长时间,笔记本电脑直接插在电源上。午餐就在会议室解决,规格较高的盒饭罢了,董事长也一样。记录收掉所有饭盒,庄周要了一杯咖啡。

自毕业答辩以来庄周还没有像今天这样紧张过,集中所有心智,调动一切思想,他捕捉每个董事的每一句话,甚至一个细微的表情变化,从而判断其立场和观点。

董事之间也在激烈地互相批驳。

缪冠宇一只手攥成拳顶在下颌,另一只手在桌上,时而轻轻地叩动几下。可是看不透他的思想,甚至不知道他究竟首肯哪方面的意见。缪灯灯没有参与任何一边。

庄周忽然意识到,缪氏集团正是在这意见相左的不断批驳中开辟出华山一条路。除了耶鲁大学的导师,庄周还没有佩服过谁,但眼下他不得不承认,他有些钦敬这个老人。

窗外暗下来,越显得会议室里灯火通明。会议进行到这时候,已逐渐达成一个初步的共识。每个人脸上都现出兴奋过度后疲倦的红晕。缪冠宇抬手示意,所有人都噤声,等待最后的决断。

缪冠宇说,今天的会议先到这儿。回去休息两天,好好想一想今天的预案，还存在有什么问题，周一上会，盖棺定论。

关上办公室的门，庄周松开领带，接一大杯冰水一口气灌下去，才觉得心底的沸腾平伏了些。他回忆所有的措辞和辩驳，没有什么疏漏。星期一就有结论了。第一炮能否打响至关重要，这决定了他在缪氏的发展顺利与否。

电话响了。他一愣。接起来，是缪灯灯。

我爸爸问你是否有时间和他一起吃晚饭。

放下电话庄周心里一阵激动。

10

一个不大的店，很干净。缪冠宇熟门熟路地在临窗的一张桌坐了，老板娘不用招呼，直接泡了两盅杭菊花。他招呼庄周坐，全没有在公司里运筹帷幄的大气和决断，就是一个平和的老人。

几样小菜，精致可口。白切鸡，清蒸鳜鱼，醉蟹。清淡爽口。

饭吃了很长时间。送缪冠宇上了司机的车，庄周拉开奥迪车门。他想一个人好好地静静地待一会儿。他需要思考。

在这个老人面前撒不得谎，甚至不可以稍作粉饰。虽然庄周能肯定缪冠宇认可他的预案，他更肯定此刻这样近距离面对他所做出的这一判断。所以，庄周直截了当，董事长，他很诚恳地看着他的眼睛，会议上我不能也不便于说得太透，其实我的预案就一句话。

老人夹一筷子鱼肉。你说。

圈地不如圈钱。

虽然只是一秒钟的停顿,但庄周还是注意到了。也许,他等待的就是这一秒钟的停顿。这是一种态度。要想达到这种效果只有一个办法。那就是,直指人心。这不是谁都能做得到的。

老人很细心地择一根细小的鱼刺。但庄周能体会到,他的全部注意力其实在庄周,更精确一点,在庄周所说的话,甚至每一个字。

以加重语气的几个字作为结束语,干净利落,掷地有声,庄周很欣赏自己的这种结束方式。细细回想,全部陈述也不过几句话,但缪冠宇征战商场数十年,他能懂,一定能懂。庄周又感觉到心底里那种儿欲沸腾的激情,他喝了一大口茶,硬生生地将它堵回去。

老人抬起眼皮,很慈爱地看庄周。

——(我也是这样想啊。)

——(具体操作有想法了吗?)

又或者再好一点——(就由你来负责这工作如何?)

来,吃一块蟹,很地道的。

那一刹那,庄周心里涌上的,是一份莫名的怅然。

没有再说别的,任何与预案有关的话题,甚至字眼。

庄周现在想想还觉得脸有些发烧。耳边再次响起导师的话:渴望稳重的猴子。第一次看到庄周导师就做了这样的评价。再正确不过,当时的庄周就是那样一种状态,自信到自负骄傲至狂傲。导师同时送了他四个字——沉默是金。帕克先生收集了不少这样的中国四字警世名言，毕业时亲手写了给每位弟子人手一句。

整整五年，正是这四个字将庄周的心绪攫压得平伏而深邃。

原以为自己已经历练得相当冷静持重，可在这个老人面前却不自觉暴露出浮躁和急于得到认同的渴求。是的，他太想证明自己了。之所以在别人面前没有表现出来，是因为那些人和他不是一个层次，他们不能也不配与他相提并论。可在这个老人面前，他却存在有很矛盾的两种感情。吸引！排斥！不不不，不是排斥，而是，一种想要超过对方急于超过对方的念头。最不可思议的是，这并不影响他被他吸引。

庄周的回忆停在那一刻。

老板娘送上一份汤。缪冠宇脸上现出欣喜的样子，来，尝尝，就是在五星级的酒店你也喝不到这么好的汤。好多年没有喝到这汤啦，幸好呵，让我发现这家店。

庄周不用尝也知道，一定会很鲜美。

老人再添了一碗汤，脸上现出类似于回忆的神色，许久。

等待结账的空隙里，老人像才从回忆里走出来，神色凝重带着少许黯然，灯灯从小没有妈妈，我就更疼她，怕是惯坏了，大小姐脾气可是了得。是时候独立生活了，可我终究不放心，要找一个既能管得住她，又能真心爱她的，怕是不容易啊。说完这话，缪冠宇的眼睛若有所思地望住庄周的脸。

时间不长，但绝对不是错觉。这一点庄周能肯定。

黑暗里，庄周脸上露出微微笑意。

11

在这个所谓上流社会的圈子里，缪灯灯三个字有着致命的诱惑。正式加入家族事业以后，缪灯灯身边的男人如同她衣柜里的华服般换得频繁。没有谁能抱得美人归——她太有理由戒备和怀疑了。是啊，谁都可能因为钱而觉得自己被利用，何况身家亿万如缪灯灯。

作为一个女人，缪灯灯确实足够吸引。

年轻。漂亮。还有，缪氏集团唯一的继承人。

缪灯灯从不避讳对男人强烈的占有欲。女人的体面来自身边的男人——据传这是她的人生哲学。她身边的男人各种类型的都有。并非来者不拒，至少，不能大过她十二岁(35 岁男人鲜有骄人事业而她就是要那种自觉的低她一等)。不能低于一米七五(好身材易于提升人尤其是不以衣饰取胜的男人的气质)。

之所以没有臭名昭著，大概得益于缪灯灯的三段式恋爱。

初次邂逅萌生爱意的男人是缪灯灯恋爱的第一阶段。每三天缪灯灯会打一通问候电话，温柔可人由不得男人不动心。某个周末她会突如其来地出现，驾着那辆红得仿佛就要烧起来的保时捷。即使对富家女怀有天然敌意的男人也无法拒绝因保时捷而骤然变得极有分量的诱惑——呵，缪灯灯很懂男人心。顺其自然的是她的礼物。通常是古驰皮具，偶尔也会有贝鲁吉娜巧克力盒——仅作点缀却充满爱意和温情。

礼物升级到高档衣物和价值不菲的饰物，缪灯灯的恋爱就进入了第二阶段。梅梅、玖势丹、永龙、美陇集、南方商厦那等烧钱的地儿都能看到他们出入成双。然后缪灯灯会带身边的男人一起回去，幽会的氛围很花了些心思。缪灯灯在净安寺有一套小洋房，鲜花遍布，是她最喜欢的铃兰和百合；依不同的男人放不同的音乐，可以是古典吉他，可以是摇滚，可以是怀旧金曲，甚至歌剧！激情过后缪灯灯会在床上和情人小酌几杯冰凉的香槟，长长的高脚杯上凝着一层薄薄的霜……令所有男人陶醉的第二阶段。

但是，最后一段才是缪灯灯的最爱。用她的话说，那是最高境界。她会准备一篇情真意切的分手宣言，感人肺腑；一份厚重的纪念礼物，让人心怀感激；一个含着泪光的长吻，回味悠远……

大多数男人都是在很长时间以后才会有被抛弃的感觉，那多半是见到缪灯灯身边陌生的面孔或是市井又在传缪灯灯新的花边新闻。没有人跳出来说什么，一个都没有。缪灯灯显然是慷慨的。给外企首代的纪念礼物是一块雷达表。给制作漫画的男孩干脆就是一间工作室。不大，30 平米，在寸土寸金的黄海路商业区。

体贴入微。关怀备至。锦上添花。雪中送炭。

“封口费”焉能与之相联系？岂不是俗了！

但缪灯灯从不出让公司的利益，哪怕一丝一毫。

所有这些男人，缪灯灯的情人，和缪氏集团没有任何瓜葛。这大概也是缪冠宇对女儿的作为能保持沉默的根本原因。

12

庄周驾车上路。直到停在冠宇大厦门前,他才发现,自己潜意识里其实是想回办公室的。他急需整理一下今天会议上所有人的发言。周一,他不能保证不出现新的问题。他必须全力以赴。

神气活现的保安穿着蓝色制服四处巡视,派头像美国海军少校。看到庄周从旋转门进来,他们齐齐地站住了行礼。庄总。

庄周点点头疾步走向电梯。

纯粹是无意识地看一眼电梯指示灯。2 梯正徐徐上升。停在35楼——缪氏集团投资公司。庄周看着1 号梯慢慢地闭合,他没上。他很好奇,这么晚了还会有谁在公司?缪灯灯?——通知庄周和她父亲吃晚饭后再也没见她。或者,哪个和庄周一样重视周一预案结论的董事?庄周不猜了。马上就会知道答案。电梯正从35楼下降。

庄周让自己脸上保持一种得体的微笑。门开了。

电梯里外的两个人都是吃惊的表情。

庄总。电梯里的人将迈出的一步收回,向庄周行礼。

庄周认出来,正是今天董事会议上的记录,必是行政办公室的。她行礼的样子看来有些眼熟。这么晚了,才下班吗？他关切地问。

女孩子微笑，是，董事会议记录一定要当天呈报董事长，这是规矩，今天的会议时间长，所以，就晚了。女孩子从电梯间里走出来，很礼貌地站在庄周对面两步远的距离。

她是董事会秘书？庄周心里一动。这就不难解释她为什么没穿和公司秘书一样的制服。

会议记录已经完成了吗？庄周迅速调整一种面部表情——面对董事会秘书应有的表情。

是。女孩子依然交握着两手，点点头。

与会者应该都有一份吧？庄周没把握。严格说来，董事会议记录属公司上层机密，发放范围应该是董事会成员，虽然他参加了会议，可从某种程度上来说，不给他发会议记录也无可非议。

女孩子答道，是。会议记录全部发送到与会人员的信箱，没有您的 Email 地址，我放在您办公桌上了。我给您手机留言了。

庄周猛省，和缪冠宇去吃饭的路上，他把手机关了。

对不起，庄周取出手机重新开通，5 个未看的短消息！匆匆浏览一下号码，是有公司电话，一定是通知他取会议记录。另外四条信息都是一个号码发送的——缪灯灯。庄周把手机原放回去。他看看她，我开车送你回去。不是客套。任何时候任何地方，认真敬业总是让人肃然起敬，况且，天确实太晚了。一个女孩子回家总让人有些不放心，即使她不是董秘。

谢谢您。女孩子绽开笑容，我家不远，不麻烦您了。她再次道谢，交握两手微微鞠躬，目送庄周走进电梯。她含着笑意的面孔在轻轻闭合的电梯门后一点点消失。

今天之前一定在哪里见过她。庄周想。

缪冠宇在这里有办公室，但几乎不来。董事长秘书应该是和他一起办公。第一次见缪冠宇，那么也应该是第一次看见她，可是，她真的看来眼熟啊。

电梯到了。庄周的思路被打断。

13

把自己放在舒适的大皮椅里，庄周打开会议记录。不薄的一叠 A4 纸，双面打印，共 11 页。庄周的目光停在首页。时间、地点、与会人员……主持：缪冠宇。记录：齐子迁。

齐子迁。想必这就是刚才那女孩子的名字。

脑海里又浮现出那种隐约的感觉。齐子迁——庄周回味地慢慢念出声来。他走到文件柜前抽出标注有会议记录的档案盒，打开，齐子迁三个字历历在目。主持：雷竟州。记录：齐子迁。……

一周前。雷竟州的名字消失。一个月前，齐子迁被冯剪剪取代。

原来如此。

庄周只觉有股凛凛的寒气从脚底聚起，慢慢展开蔓延到全身。刚才他甚至没有想一想她怎么就把记录放在了他办公桌上。

——她有钥匙！

雷竟州曾经的秘书，缪冠宇现在的秘书，竟然有他办公室的钥匙?！这很能说明问题。庄周甚至有这种感觉：那个雷竟州，他并没有消失，他不过是换了个办公地点而已。比如说，在缪冠宇办公地拥有一间办公室，比庄周的更大更好更齐备……

不是没有可能！

庄周迅速地打开电脑，两台电脑全打开，他下意识地想要看看自己电脑里是不是有什么不该被别人看到的东西。应该是没有，但是，有些时候，只一个细微的疏漏，你不知不觉时别人已经抓住了你的把柄。其实从一进门他就发现桌上和他离开办公室时不一样，但他忽略了。是她。怕不只是收拾桌面吧。他看了看图腾造型笔插底座上的便笺纸，那上面有他信手写下的一些文字和电话号码。他撕下来，一点点扯成条条缕缕扔在脚下的垃圾篓里。

庄周本想把两台电脑都设置开机密码，可终于作罢，那岂不是摆明了态度给人说"我有防范"吗？他把重要文件做了隐藏加密处理，备份至随身携带的U盘。

直到躺在床上，庄周还为今天的发现庆幸。如果说除心情变坏之外还有什么益处的话，那就是，从今天早晨起就有些起伏的心重又变得冷静而深邃。

饭后请回电。

如方便请速回电。

有事找请速回电。

我在1808。我等你。

庄周在黑暗中冷笑。缪大小姐，你就等吧。

睡意就像个力大无比的巨人，一下子就把庄周扔到梦的深处。

14

庄周被窗帘缝里照射进来的阳光叫醒。整整一周大脑处于高度集中紧张状态，已经很久没有这么累。他立刻从床上弹跳起来。醒了就不赖床。这是庄周从小养成的习惯。

再一次细看那份会议记录，庄周不能不承认，这个叫齐子迁的女孩子比之冯剪剪不知强多少倍。整个记录看过来脉络清晰，心思缜密。最难能的是措词恰当，叙述客观。这和以前看到的枯燥的形式化的会议记录差别岂是一个大字可以形容。

庄周现在能够理解为什么在看到文件柜里公司以往的会议记录后，对冯剪剪在工作中表现出的稚拙很难容忍了。可是，这个冯剪剪才是他庄周——缪氏集团投资公司新任副总经理的秘书。

悲哀有两种。一种是不明真相。另一种是洞察了真相。

很不幸庄周是后者。

临近午时，门铃响了。庄周很意外。新居所少有人知道，甚至这儿的座机号码他都没告诉过别人。会是谁？难道……

没错。缪灯灯。也只能是她。

简简单单的无袖连身裙，蓝底印着白色小花，通身上下清爽剔透，只在左脚腕上一条细细的白金链子。没化妆，唇上仅一抹淡淡的粉色。邻家小妹般清纯可爱。也许，这种精心雕饰出来的随意正是她想要的效果。她带了一篮水果，包装得很郑重。

庄周觉得有些好笑。他也真的就笑出来。

缪灯灯自来熟地四下里看，这房还行吗？

还行。庄周收拾桌面。工作已经完成，他不想缪灯灯在这里久留，他可不想她以为这里的大门随时敞开迎接她这个大小姐。在公司里，她是他的上司，在这里，他是主人——就算这公寓是缪家产业。

他必须有自己的空间，得让她明白这一点。

缪灯灯倚着门框看他忙，你独立生活能力挺强！

庄周看她一眼，如果把你放在国外五年，你也会。

缪灯灯不以为然地，是吗？

庄周说，是的，如果不花老爷子的钱的话。

缪灯灯迟疑了一下，问，你……父母做什么？

庄周一下子停住手里的动作，片刻，他说，都死了。

缪灯灯张大眼睛，都……怎么会这样？

庄周转过来看着她笑了笑，车祸。一场事故。是个意外。

你还有兄弟姐妹吗？

没有。

亲戚呢？

没有。

那，你就一个人？缪灯灯的同情是真实的，女人的天性。

庄周笑笑，不会总是这样。我会娶妻生子，建立一个美好家庭。就像我父亲母亲活着时那样。说这话时他没看她。

两人一起吃午饭。庄周直接把车开去老北京饭庄。就像她不征求他的意见一样，他也不问她。北京烤鸭。香菇菜心。庄周还要了一碗炸酱面。缪灯灯只挑了几筷子，她说吃不惯。庄周不管她。

缪灯灯今天出奇的乖，不抱怨不赌气，全没有一点大小姐脾气。饭庄里的茶她也喝，不过拿餐巾很仔细地抹了半天碗边儿。

庄周带点嘲笑，你可以活一百岁。

缪灯灯从碗边上看他一眼，你是北京人？

庄周摇摇头，读大学和研究生在北京。

缪灯灯点点头，一脸原来如此的表情。她再问，你家在哪儿？

庄周摇摇头，说了你也不知道，西北一座小城，离海最远的地方，连脏脏的青埔江也看不到。

缪灯灯放下碗，看你说的，青埔江蛮好的。脸上是娇嗔的表情。她放松地长出一口气。滨城是个好地方，但是，她摇摇头，我是滨城人，但我还是要说，滨城人，小气。不光指钱，更指度量，最喜欢背后说别人坏话的一定是滨城人。缪灯灯脸色暗下来，缪家在滨城也算是有头有脸，这样免不了遭人忌恨，你现在是缪氏高层管理人员，不要太久，别有用心的人就会在你面前说些是非，尤其是针对我。难道仇富心理也是中国特色吗？她脸上困惑的表情挺真实。

庄周暗笑，她的目的达到了——知道了她想要知道的一切，也终于说出了她想要说的话。为什么不顺水推舟呢？这么好的机会。庄周看缪灯灯，你认为我是那么没有主见的人吗？被他人左右？

缪灯灯笑了，当然不是。第一眼看到你我就知道。

15

缪家住在城南近郊的一幢别墅。有外国电影里才能看到的大片绿地和花园泳池。有家政公司提供的管家（据说都是经过各种技能培训的）、厨娘、杂工——修整草坪维护泳池，加上司机和保镖倒不显得空荡。阳光照着茸茸绿地，两只德国纯种牧羊狗在嬉戏，有和灵犬莱西一样光亮的背脊飘逸的长毛。

缪灯灯看他，进去坐坐吧，我爸爸在家。

庄周摇摇头，不。不合适。

缪灯灯站在缓缓启动的镂花铁门处，看庄周掉转了车头。

奥迪在一个红绿灯口停下来。突然，一张脸扒在车窗玻璃上，猝不及防，他吃了一惊。是一张肮脏的孩子的小脸，脸上有泪的痕迹，眼神却漠然而黯淡，他一眨不眨地看着庄周，两只脏脏的小手抓在车窗上。隔着玻璃，他们对视。

庄周把车窗放下来从衣袋里拿张 100 元，递过去，孩子眼神由坚定变得犹疑，他终于还是伸出手，轻轻捏住那张钱的一角，转而，他迅速将手抽回，那张钱紧紧地团在手心里。他还站着。

绿灯要亮了。玻璃一点点把他和那孩子隔开，奥迪无声地滑出。后视镜里那孩子仍然一动不动。庄周的心变得沉重。100元，够那孩子吃几顿饱饭？他想起缪灯灯家的两只狗，它们吃什么——小牛肉？火腿肠？还是活蹦乱跳的鸡或兔？孩子越来越远，凝固在流动的车河里，像个小小的剪纸。空调开得太久，他觉得冷。

视线收回的刹那，小黑点突然疾速移动，惊天动地的刹车声中，一只断线的风筝在半空里摇摇晃晃挣扎着，最后，扑向大地……

流畅的车流被阻断。空气骤然间升温。庄周只够力气打开车门，虚弱地站在人群的外围，听着嘈杂的人声和气急败坏的咒骂。人缝里有鲜艳的光亮，那是血，缓缓地淌开。出现一个女人，一个衣衫褴褛的村妇。她木然地立在马路边上，满脸的悲苦，紧紧地捂着自己的嘴，就要哭喊出来，可她的眼窝里却干干的，没有一点水。她抖得像一片秋风中的落叶，一点一点滑落在拼成图案的花砖地上。周围是依然匆忙的人群，无数的腿从她身前身后过，没有人驻足。远远的地方，传来警车的呜呜声，由远及近。

担架上白布覆盖下一个隐隐的突起，单薄得仿佛会和白布一起被风吹动。

警车走了。人群散去。村妇不知去向。

路面上鲜红的血迹在变暗，只要一场雨，就什么都没有了。

庄周看看天，亮得炫目的太阳，他眼前一黑。熟悉的黑暗里那种尖锐的痛像钢针般刺入他的大脑，天旋地转。唯一的知觉是那尘封已久的灼热的痛感——竟是那尘封已久的灼热的痛感。本来以为往事早已经淡漠成记忆的灰，谁知竟又鲜活地出现在眼前。

16

庄周家里真正因车祸而死的，是他的哥哥，但并非死于车祸。庄周的父母也不像他说的那样——甜蜜，和谐，温馨，恩爱……事实是，庄周根本没有一个幸福美满的家，从来就没有。

从有记忆开始，庄周就生活在父亲对母亲的谩骂殴打和母亲无声的泪水里。结局惊人的相似：一切结束，家中俨然已成为一个浩劫后满目疮痍的战场。家里没有一个碟子一件家具是好的。因为庄周的父亲拿它们来砸庄周的母亲、庄周的哥哥甚至庄周——骂他们“杂种”。爸爸总是以一只破鞋作为收场的道具——哥哥或者庄周穿小穿破的布鞋，打在妈妈身上再弹回到地板上。天知道爸爸从哪儿找出来的。妈妈从不哭出声，她满脸泪水却神情冷漠，紧紧地搂着两个孩子，就像母鸡护着小鸡。爸爸是老鹰。

爸爸从不打妈妈的脸。他随手抄起的家伙有拖把、扫帚、锅铲、浸了水的毛巾，甚至有一次是一块青砖，那是妈妈用来压腌菜坛子的。可爸爸就有本事不伤着妈妈的脸。

比庄周大三岁的哥哥很疼他。爸爸一开始摔东西，他就背着弟弟躲到外面，他总有办法不让小弟弟饿着，他偷商店里最好吃的糕点，他脸上手上经常有一道道红印——营业员发现后拿鸡毛掸子、苍蝇拍子、秤杆或他们随手能抄起的任何东西抽的，当然还有巴掌。庄周上学的时候，哥哥已经成为远近闻名的小霸王。

好像就是那时候吧，事情有了转机。那时庄周六岁。

搬家以后不久，妈妈终于上班了。那以后，爸爸不打她也很少再骂她，有时候说话还带着笑。妈妈买回漂亮的窗帘桌布、插在花瓶里的塑料花、一个大阿福的储钱罐给庄周和哥哥。家变得干净漂亮，爸爸却越来越少在家，回来也只是伸手向妈妈要钱。街那边剧场外边的大牌子上妈妈的名字写得最大，写在最上头。哥哥说那些画儿上就是妈妈。妈妈像挂历纸上的人一样漂亮，黑黑的人眼睛看着他笑。可哥却拿粉笔和墨汁在上边乱涂。

有时候，妈妈也带哥哥和庄周一起出去，有人过来和妈妈讲话，妈妈就加快脚步。庄周觉得妈妈对人爱理不理的。再长大一些他才明白，妈妈那时的表情叫作紧张——她怕和人讲话。总有人给庄周和哥哥兜里装满糖块和饼干，有时候还有钱。庄周想和哥哥分享快乐，可哥哥却沉着脸把兜里的东西全扔进阴沟。他不再跟妈妈出去，他已经很久不叫妈妈了，他看妈妈的眼神总是阴沉沉的。

庄周读初中时已经知道了，妈妈是演员，比较有名气的演员。

爸爸还是不回家，不过只要回家他对妈妈就很好，争着刷锅洗碗，还送庄周一副羽毛球拍。庄周见过他翻妈妈的包。哥哥高二时因为打架斗殴被学校开除。妈妈把他领回来，含着眼泪想把他搂在怀里，可哥哥拼命挣开。爸爸指着哥哥的鼻子骂他丢人现眼，哥哥冷冷地盯着他，一步一步走过去，你敢再骂一句试试看？每一个字都从牙缝中挤出来。爸爸的手指依然戳在那儿，可嘴张了张，终于没再出声——哥哥已经长得和他一样高。哥哥摔门扬长而去。妈妈要去找，爸爸不让，爸爸说，让他死在外边。这一去就是三年。三年里哥哥没回过一次家。他去学校看庄周，给他许多零花钱。哥哥留着长长的头发，漂亮的小胡子，裤子把屁股包得紧紧的，裤腿迎风招展。庄周说妈妈想他，哥哥扔了烟头说，屁。

最后一次见到哥哥，是在医院的病床上。下半身裹着厚厚的纱布，没有腿——打架的时候他被人推到重型卡车的轮子底下。是妈妈把他从私人诊所一步步背回来。医生剪开包扎得潦潦草草的绷带说，锯了吧，还能留条命。

爸爸不耐烦地坐在另一张床上，拉长脸削总也削不尽的苹果皮。妈妈很忙，只好找来爸爸。爸爸反应很强烈，让我接屎、把尿照顾那个只剩一半的残废?！妈妈把钱包里所有钱都给爸爸，爸爸不吱声；妈妈捋下腕上的表，摘下手上的戒指，还有，脖子上的玉坠——庄周还在妈妈怀里时就玩过这个玉坠。爸爸终于跟着妈妈来医院，一脸的不情愿，你个小杂种真会拖累人，这样半死不活地大家受罪倒不如死了干净……他猛然间住嘴，手里的小刀掉在地上。

对面病床上的眼睛，那是怎样的一双眼睛啊，充满着恶毒的残酷的恨，如果眼睛里能长出刀来，他早就把他剐了！他有些发抖。这双眼睛也曾天真无邪，这个废人叫了他好几年爸爸。

半夜，那个拖着残破身躯的少年不知道怎样爬到了窗上。那是四楼。清晨有人发现了他，冻硬的脸上挂着两行泪。爸爸还在睡。

庄周和妈妈把哥哥送去火化。看着哥哥只剩半截的身躯，他头痛得几乎要吐。眼前闪过一道白光，像有一根钢针刺入他的大脑，尖锐的，冰冷的。慢慢蹲在地上，他的眼前一片黑暗。

这个家变得出奇安静。

庄周却再不敢看摆在他和哥哥房里的大阿福，已经有大半罐硬币，沉得让人意外，就像哥哥单薄且残缺的身体。他要离开。

高考所有志愿庄周全部填的是外地。他如愿以偿。

17

临行前庄周和妈妈之间有过一次谈话。母子间唯一的一次谈话。

妈妈第一次和儿子谈到爱情，谈到婚姻，谈到她，和爸爸。

和那个时代的许多年轻人一样，因为出身不好又因为选择这个职业，妈妈没能和心爱的人结合，最后她嫁给爸爸。

爸爸是粗人，娶到个漂亮老婆很高兴。可是，周围人却像是看一场笑话。爸爸变得多疑而且暴躁。别有用心的人问他，两个儿子怎么没一个像你的？很明显，那是因为他们都像妈妈，可爸爸彻底相信自己上当受骗了。

这样的婚姻从开始就注定会是一场事故，注定会有意想不到的恶果。最对不起的，是你哥哥。别怪妈妈一直以来的怯懦，我身不由己，我活在无望的幻想里，直到绝望。我和你爸爸刚开始相处，他还是挺不错的一个男人，他拍着宽厚的胸脯说，要给我一世的幸福。本来以为到老的时候才能讲我的故事给孩子们听……

庄周不知道，这是他和母亲之间最后一次对话。

庄周刚到学校，妈妈单位就派人来接他。他一下子就明白出了什么事。我和你爸爸的婚姻是一场事故。妈妈是这么说的。

是处理这场事故的时候了。

庄周的父母死于煤气中毒。因为是在睡梦中，走得很安详。没有他杀的迹象。没有自杀的理由。只能算作事故。一次意外。

庄周带走了妈妈的日记。

最后一页写着：恋爱是爱情故事，无谓结局，有过的青春会证明它的存在，让人在不断的追忆里永久地回味。婚姻不同，历经生活的磨难再美满的婚姻也将还原本色——平淡乏味和倦怠，何况没有基础的婚姻，那是情爱事故。故事还能想象，但事故你无法预知，唯一的区别在于每个人对待事故的处理态度和方法。美好的恋情即使留下的只是回忆，那也是可以风干了下酒的，何必柴米油盐地非要毁了它。以至于今天，我终于成了一场事故的悲情主角。

将那三春看破，桃红柳绿待如何？把这韶华打灭，觅那清淡天和。说什么天上夭桃盛，云中杏蕊多？到头来，谁见把秋挨过？……

看尽佳人才子红粉英雄，唱遍悲欢离合阴晴圆缺，一辈子都活在别人的感情世界里，梦醒也是魂断时。妈妈一生最为清醒最为精辟的论断莫过于此。

庄周注意到了日期。就是他和妈妈谈话的那一天。

数额不大的一笔小存款。庄周想不出妈妈怎么把它藏下来的。

庄周注定要走出属于自己的人生轨迹。即便孤独，也要坚韧。

18

周一。庄周的预案得到肯定。他反而没有预想中兴奋。

回到办公室，他揉揉太阳穴。尖锐的疼痛已经化作隐约的钝器般的重击，有些闷，但能承受。

自和缪氏集团和缪灯灯接触以来，他有种奇妙的感觉，好像电视剧的序幕，正演还没开始，但是，会很快。任何一部电视剧主角只一两个，一开场观众就都明白，这出剧不同，一样有许多人物出场，但真正的主角是谁，却是一定要等到剧终才能够揭开谜底。

冯剪剪敲门进来,庄总,周计划完成了吗?

缪氏集团公司规定,每周一上报周工作计划。下级只对自己的主管上级负责。各部负责人的工作计划已经在庄周桌上。

庄周点点头,我自己拿过去吧,有些事情正好要和总经理谈。

预案通过,那么正式方案出台后谁来负责呢?庄周很想知道。

缪灯灯办公室的门关着,庄周敲敲门,缪灯灯可能在讲电话,她的声音向门的方向移过来,口气很严厉。

看到庄周,缪灯灯愣住,脸上表情一下子转换不过来,有些怪。她转过头去很不耐烦,好了,你去吧,单子我签过会交给行政部。

庄周这才看到缪灯灯办公室正中间的空地上站着一个女职员。

齐子迁?依然没穿制服,可就董事会秘书而言,她的着装太朴素了些。虽然合体,颜色搭配也还行,但绝对不是品牌。庄周在这方面还没有过判断失误的时候。

齐子迁眼睛好像亮了一下,缪小姐,那天庄总也在。她转向庄周,庄总,星期五那天,您也知道我是几点钟下班的对不对?

庄周不清楚目前状况,怎么了?他问。

齐子迁低下头,缪小姐认为我虚报加班时间。

缪灯灯两根手指拈起那张单子,加班5个小时?这可能吗?她逼视的目光仿佛看一个小偷。

齐子迁声音很轻，但没有丝毫退缩，打扫会议室后我整理了各经理办公室，还……

那难道不是你的本职工作吗？缪灯灯扬起下巴，加班超过4小时就按一个工作日计算加班工资，也就多个几十一百块，不是不可以给你，但我最讨厌欺骗！如果你告诉我说，实际加班是3或4个小时，因为是周末，可不可以多算一些……我会的！缪氏集团不是那种只知道黑心赚钱的资本家！可你为什么要骗我呢？

齐子迁看定缪灯灯，我没有骗你，是5个小时。她转过头来看庄周，眼睛里满含着希冀和期待。

庄周皱皱眉，缪小姐，如果你这里有事情要处理，我稍后再来。

缪灯灯急忙说，这就好了，庄总你先坐。

缪灯灯伏在桌上飞快地在单子上画几下，拿去行政部吧。

齐子迁接过来。从庄周面前走过，她看了他一眼，庄周把头掉过去——那目光里是深重的失望和悲哀。

缪灯灯关上门，脸上便换了一副表情，阿周，找我有事？

庄周点点头，是。他将手中的工作计划递给她。

缪灯灯瞪大眼睛，让秘书送过来就可以了嘛。飞快地看一眼他。

庄周知道她一定意会错了。但他不想解释。

缪灯灯像是突然想起什么，打开办公室的门，一个秘书模样的小姑娘战战兢兢地候在门口，缪小姐。

缪灯灯和颜悦色，给我把行政总监和冯剪剪都叫来。

庄周微微笑着带点戏谑的表情，小姑娘是应该这样，哪有像你刚才那样厉害的，赶得上王熙凤了。

缪灯灯拿不准地看他，“小姑娘”几个字起了作用，缪灯灯从见庄周以来还是第一次见他这样和她说话，大眼睛飞快地转了转，她是在想，他是不是表示出一种态度呢？

庄周依然是那副认真的样子，如果不是稍显刻薄，你称得上完美。就说刚才，你也说几十一百块钱算不了什么，干什么还发那么大脾气？除非不得已，我想，没有人是愿意加班的。

缪灯灯低低地应一声，好了，我知道了。有些撒娇的味道。

庄周笑笑。缪灯灯很讨厌齐子迁。可齐子迁不怕缪灯灯。很微妙啊。无论如何，他替齐子迁讨了个人情，她会乐于知道的。

行政总监和冯剪剪同时进来。缪灯灯发布指令，庄周先生已经接受董事会的任命，成为缪氏集团投资公司新任副总经理，不存在试用期。姚总监，你去安排欢迎庄总加盟的酒会。冯剪剪，她停下来居高临下地，准备所有公司章程和制度，交给庄总。明白吗？

庄周回到办公室，需要的所有文件已摆在桌上。行政总监姚海英立刻站起来，行礼姿势点头哈腰的，庄总，您看还需要什么，让秘书打电话给行政办，我会亲自送来。她等他来就为说这句话。

庄周点点头，谢谢。他和这位行政总监在办公区也打过一两次照面，那时候这位姚女士脸上的微笑与其说是客气不如是说是冷淡。不过以后她再也不会了。庄周看她毕恭毕敬地退出并小心地带上门。

如此迅速的转变是因为她从缪灯灯的态度里看出了什么。

对这样的人,庄周厌恶之极。

19

酒会就安排在当天。董事们都前来祝贺。缪冠宇出席并做了简短的欢迎致辞。缪灯灯说,这是从来没有过的。

庄周相信这一点。

今晚最活跃的就是缪灯灯。她穿一条酒红的短旗袍,饰有梅花图案的刺绣,腕上佩一只玉镯,带出些古典的味道。董事们陆续告退后,活动进入高潮。都是年轻人,玩起来花样百出,十分投入。

缪灯灯挽起庄周的手臂,宣言般致辞,有庄总这样优秀的人才,相信缪氏会有更为辉煌灿烂的明天!他们跳第一支舞,她附在他耳边轻轻说,我开始留长发好不好?庄周不解。她有些羞涩地笑。

台上的歌手在唱:谁把你的长发盘起,谁为你做了嫁衣……

整晚都没有见到董秘,那个叫齐子迁的女孩子。

20

缪灯灯是方案的负责人。这在庄周的意料之中。缪冠宇是想让女儿有些实战经验和成绩。对庄周而言这是个绝对的利好消息。作为方案的制订者，他必将配合缪灯灯完成所有工作。

庄周的目标很明确：转售手中囤积的所有未开发土地。缪冠宇很支持。他也嗅到些味道。商界和政界原没有界限，一通百通。当一个又一个巨富因土地出现这样那样灰色和黑色的问题纷纷中箭落马时，缪氏集团早已置身事外，洗得干干净净。

接下来注资控股几家企业。庄周已经选定目标。一个在滨城很有些知名度的化妆品公司，因管理不善，销售大幅下滑，可在十年前，“菲霞”是中国第一品牌。庄周坚持先从它开始。他清楚，这个品牌蕴藏有很大的潜力，它将迅速产生利润。这最有说服力。实现控股后将其冠以生物科技的名衔，含金量就大大提高。另外控股的有一家濒临破产的药厂，一家不很大的网络公司，再有一间典当行。

庄周在和缪冠宇的私下会晤里很明白地说，上市是缪氏的必由之路，借壳重组是最佳捷径，这在中国股市已成为不败神话。选定这几家企业，就是要打生物科技牌，医药牌，IT牌，这都是股市的不倒翁。一旦实现上市至少能圈数亿资金，加上一定比率的股权转让和政府返税的优惠政策，凭着缪氏的口碑，一定跟进大批股民，再配股再增发，好比多米诺骨牌，那时候的缪氏足以傲视群雄。至于典当行，庄周一带而过。很多时候就当养着它，但必要时它很却能发挥意想不到的作用——洗钱。这是从正宗资本家身上学到的。

一切开始步入正轨，庄周觉得非常充实。

他和缪灯灯的接触变得频繁密切。这时候他发现，缪灯灯的那点精明不过是女人的小聪明罢了。难怪缪冠宇这么忧虑女儿的未来。他能理解，漂亮女孩子绝少拥有智慧，更别说缪灯灯这样一个打小就养尊处优的大小姐。缪氏有今天，是倚靠缪冠宇独到的眼光和过人的胆识，还有他那一帮出生入死的好伙伴。至少缪氏集团的董事会是庄周目前看到的最为团结也最为无私敬业的一个集体。

如果缪灯灯作为缪氏唯一的继承人掌管大局以后呢？

谁都不能保证会出现什么样的后果。

所有的事情都按照庄周制订的计划有条不紊地进行着。

只是始终没有再见到那个叫齐子迁的女孩子，周末的业务会议做记录的是冯剪剪。她交上来的会议记录都要庄周大改过才能下发。庄周虽然觉得累，但目前他打消了换人的念头。

至少，这个冯剪剪看来没有城府，和公司其他人也没有牵连。

21

飞快地到了周五。庄周没去吃午饭。他为下午的会议做准备。化妆品公司顺利控股后更名为“菲霞生物科技有限公司”,采用庄周 OEM(外协加工)生产模式取得意想不到的效果,生产和经营成本得到有效控制。在这方面,国内和欧洲国家相比差距太大。

缪灯灯兴冲冲地跑进来,阿周,OEM 第一批产品按时完成,你看呀,她离庄周很近地,看我的唇膏,就是用的菲霞,一点不比 CD 差。一高兴,她顺势坐在庄周皮椅的扶手上,双臂攀着他的肩,我想给公司所有女员工发一套菲霞产品,像唇膏、洗面奶、润肤露这些常用的,想想看,咱们公司那么多员工,岂不是活广告?

缪灯灯还能想出这么个好点子。庄周笑,好啊。送去日本加工的产品,虽比不得 CD,但比国内知名产品毫不逊色。他能肯定。

门就是这时候被突然推开,推开得很彻底,庄周和缪灯灯还来不及反应,一部体积很大的机器已经出现在地毯上。门外的人一只脚迈进来,就愣住了。

长长的胶手套。过膝的胶靴。牛仔蓝的套头布围裙。两只装有淡蓝色液体的桶。一缕被汗粘在颊上的发丝。

保洁员。来做午间清洁。

庄周把缪灯灯的两臂从肩上取下来。

缪灯灯反应过来，气恼的神情立刻取代了刚才的笑容，她迅速离开庄周，慢慢走到保洁员面前。

保洁员已经深深地低下头去。对不起。她转身想要退出。

站住。缪灯灯看似漫不经心。

保洁员慢慢地转回身来。看不清她的表情，只见两只手有些紧张地扭绞在一起。对不起。她再次道歉。

缪灯灯扬起手臂，狠狠地甩出去。谁都没想到。

保洁员一下摔在地上，桶被碰翻，里边的液体迅速在地毯上蔓延开来。

庄周站起来，灯灯！情急之下，他来不及多想，住手！

缪灯灯不依不饶，她指着地上的人，说，为什么进副总办公室？

地上的人一点点抬起头来，掩着半边面孔，她迎着缪灯灯严厉的目光和手指，周五洗地毯，您规定的。声音很小但很坚定。

庄周看过去，竟然是……齐子迁?！他愣住了。怎么会是齐子迁？穿着保洁员的制服？

这回答让缪灯灯一时气结。转而她再问，为什么不敲门？

齐子迁慢慢站起来，她放下手，我以为这时间不会有人在。熟悉的声音和目光。她笔直地立在缪灯灯眼前。

缪灯灯抓住把柄，你以为？你不会敲门呀？长手做什么的？

齐子迁再次埋下头，对不起。

缪灯灯的手臂转个方向按住自己的心口，给我出去！

齐子迁蹲下来收拾地上的桶，吃力地拖起那台笨重的清洗机。月白的短袖衫洇透了蓝色的地毯液。

缪灯灯情绪变得恶劣，最讨厌这个人！整天摆出一副逆来顺受的面孔，专会讨男人喜欢！如果不是爸爸，我早就开了她，离开缪氏，我保证滨城任何一家公司都不敢再用她！

庄周冷冷地看着缪灯灯，看到她住口为止。

缪灯灯停下来，阿周？

庄周说，我从来不知道缪大小姐的脾气竟然坏到这种地步。

缪灯灯辩解，阿周，我只是气急了嘛。

庄周抬手制止她继续往下说，你的心够冷，手够狠。他拉开门，你可以做一个很出色的商人。径自走出去。

22

下午的业务会议缪灯灯来了。远远地看庄周和各部门负责人交换意见，偶尔大家发出会意的笑声。庄周交给菲霞生产部门主管一本管理手册，通知他做准备给员工发产品套装。大家很高兴。庄周站起来，要谢就谢缪小姐，是她的提议。

所有的目光都集中到缪灯灯身上。缪灯灯的心总算放下来。

缪灯灯想去庄周办公室，可不知为什么，有点怯。她拨通他的电话，听到是她，庄周很客气，有事吗？

在缪灯灯听来，这是冷淡。她脾气上来了，没事不能打电话吗？

庄周很平静地，这么说，你是以总经理的身份在查岗？

缪灯灯咬了咬嘴唇，终于还是先让步，我……不是，现在和你讲电话的是缪灯灯，一个，做错事的小女人，行了吗？

她终于听到庄周笑了，然后他说，我真不知道缪董怎么会有你这样一个女儿，你哪一点像他？以你的修行作为，缪董毕生打造的事业怕是后继无人。少顷，他语重心长，灯灯，你一定要学着做人，首先要学做一个女人。女人生来是要被人呵护而不是让人害怕的。信不信由你，庄周说，我是为你好。

放下电话，好半天，缪灯灯一动不动，脸上带着那种错愕的表情。从来没有人跟她说过这样的话。今天之前，她听到的全是好话看到的都是笑脸。明知是些奉承，甚至虚情假意，不过讨她欢心罢了，可是，她习惯了赏心悦目。很奇怪的，这回，她不生气，非但不生气，还有一种很奇妙的感觉不断生长。就好像小时候在外边闯了祸，妈妈忍不住在她屁股上打几下，她放声大哭，妈妈又急忙把她拉进怀里，亲她的小脸和小脸上的泪花，我是为你好。

已经太久没想到妈妈了。缪灯灯的眼里涌上泪水。我是为你好。

此时庄周正站在窗前，他看窗外，许久。落日辉煌，这时候的天空是最美丽的。

哲人说，庸人的毛病是太居高临下。智者从不煞有介事。王者的天分在于稳操胜券。缪灯灯显然不是王者，甚至连智者也算不上，她只能是一个庸人，一个活在俗世的小女人。

冯剪剪送来了他要的东西。

员工档案。

很快他找到他想要的。

齐子迁。本市户口。大专文凭。加入公司一年半。做过企划部文案，行政部秘书，副总经理秘书。她从来都不是董事会秘书，也没有资料说明她如何成了保洁员。

家庭成员一栏，她只填了父亲。

履历表上齐子迁淡淡地微笑着，眼睛里很干净。

向电梯间走的时候他看到她，拎着一桶消毒液，手上拿着抹布和刺刷——正从男卫生间出来。看到他她站住，庄总，您的办公室能整理了吗？他才知道，等他走了她才可以打扫。他不安了。你可以提前进来。她摇摇头。他沉默。她不能，因为缪灯灯不允许。

齐子迁从前台柜子里取另外的用具，换了手套。庄周第一次这么关注地看她，于是，他就看到她左边脸颊上那些明显的泛红的指痕。她的脸纤弱地藏在柔软的头发里也不能全部遮住。他说不出话。她从口袋里掏钥匙，一大串，很熟练地找到其中一把，开门。

电梯飞快地下降，庄周觉得有些失重。

23

庄周的车泊在大厦不远处的空地上，他看着齐子迁走出来。

白色短袖衫，窄窄的七分裤，黑色，露出纤细的脚腕，细细带子的凉鞋，手上拎一只黑色帆布包。像个高中生。她走得很快。

在一棵很粗的法国梧桐树下，她停住，伸出手臂。再看到的就是两个人，依靠在一起，继续顺着街道往前，走得很慢。是个老人，肢体僵硬，行动迟缓，架着一支拐，重心全在她身上。

她叫他爸爸。

庄周去了水晶宫，把高华带回住所。

一进门，他就把她推到墙上，用力地吻她，一只手粗暴地在她胸前撕扯，她怕他撕坏衣服，费劲地抽出手来解开衫上的纽。她被他紧紧地抵在墙上，贴着冰冷的墙壁。他迅速除去自己的衣服。拥在他的怀抱里，她觉得他身上很烫。他带着她往卧室的方向移动，脚下不时绊着他或她的衣服，从头到尾，他们都没开灯。

两个人在黑暗中做爱。沉默的。激烈的。一次又一次。

高华由惊到怕。她不知道身上的这个男人发生了什么事。她不敢问。她能做的只是尽量地配合他。有一会儿，她觉得自己爱上他。

她摸索着想穿上自己的衣服。他握住她的那只手，留下来。

她不敢相信自己的耳朵。

他用毯子盖住她裸着的肩和手臂。睡吧。他在她身边躺下。

她很快就睡着了。睡得很熟很踏实。

庄周醒着半个夜。闭上眼睛，可脑筋却清醒得好像强力洗衣粉洗过。已经很久没有这种感觉。忽然间，他很想试着去关心一个人。

等他睁开眼时，一屋子亮堂堂的阳光。高华不在身边。

厨房里有轻轻的动静，他闻到香味，很淡的，若有若无，很温暖很柔软。那是家的味道。

他在厨房门前站了好一会儿，看到她先摆上一个人的餐具，然后想了半天，下决心似的她再摆了一个人的餐具。

坐下来吃早餐，两个人都没说话。

门铃响。他示意，去，开门。

好长时间没动静，他出去看，两个女人门里门外地发呆。

缪灯灯和高华。

高华低着头走回到餐厅，庄周让缪灯灯进来。

这是高华。这是缪灯灯。从任何角度看，他的态度都不偏不倚。你可以坐下来一起吃早餐。如果你愿意的话。他看缪灯灯。

缪灯灯紧咬着嘴唇，身体僵硬得仿佛不是自己。高华添了一副餐具，她低垂着眼帘在缪灯灯面前摆了一碗粥，脸上是一种深重的自卑。

即使目前这样有些混乱的局面，缪灯灯带出的气势依然慑人。

高华轻手轻脚地给庄周添牛奶，像训练有素的保姆。餐桌上只听见碗碟轻微碰撞的响动。缪灯灯一口口啜着杯中的奶，眼睛盯在高华脸上。高华的脸愈发白了。

庄周送高华出门，缪灯灯气定神闲地，走好啊。像这屋的女主人。高华留给庄周一个匆匆而去的背影。

这是怎么回事？缪灯灯理直气壮地质问庄周。

他看一眼她，什么怎么回事？

她逼到近前，她到底是谁？

他迎着她的目光，她是谁和你有关系吗？

缪灯灯语塞。突然她发出一声尖利的叫，吓了庄周一跳。

她捂住了脸。

他看着她，慢慢地，有泪水从她的指缝中渗出来。他沉默着把手从她脸上移开，此刻的缪灯灯满脸是泪，她就势伏在他胸前，嘤嘤地泣，如雾升起将他笼罩。许久，她抬起眼睛，今天，本来是想带你一起去看我妈妈……

悲哀是真实的，缪灯灯脸上有一种受伤的表情，纯洁而生动。

他这才注意到她一袭黑裙，素着一张脸。轻轻揽一下她的肩，他问，现在你改变主意了吗？

24

路过一家花店，庄周停了车。他买下所有的马蹄莲。缪灯灯取了三枝玫瑰。火红的。碗口大的花朵丝绒般的花瓣极具质感。

庄周在墓前鞠了三个躬，把一大捧雪白的马蹄莲轻轻放在墓座上。墓碑上有照片，灯灯妈妈平和的笑容很亲切。是个长相平平的女人，却因着母性的温柔脸上焕发出一种光彩。缪灯灯半跪下来擎着三枝玫瑰，妈妈，这是爸爸给你的，他永远不会忘记你——放下一枝；这是我给你的，我爱你，永远永远——再放下一枝；只剩下一枝玫瑰。妈妈，她双膝跪好在墓前，表情肃穆语气坚决，妈妈，我带我爱的人来看你了，把最后一枝玫瑰轻轻放下，你在天有灵，保佑了女儿这么多年，就请再保佑我，得到我爱，和，他的一切。

她站起来面对他，你刚才不是问我，那个女人是谁和我有什么关系吗？那好，我告诉你，你是我的，是我一个人的，我不会允许任何人和我分享，甚至不能有一丁点抢的念头。今天的事情，是第一次，也是最后一次。缪灯灯重申一遍，我不希望再有这样的事情发生，因为，你是我的，你只能是我的。

庄周被气笑了，气得简直说不出什么好。

缪灯灯不笑，沉着地取出墨镜来戴好，你不信？要不要我召开发布会？

庄周冷笑，如果你愿意。他转身就走，缪灯灯你是你妈妈的女儿，我庄周是我母亲的儿子，除此之外，我和任何人之间都不存在从属关系。任何人。

缪灯灯在身后大声问，包括缪氏集团继承人吗？

庄周停下来转过身，一丝讥讽的笑意爬上嘴角，当然。他看着缪灯灯，如果我没记错的话，请我来缪氏是你们的决定而非我的。如果愿意，我随时可以走，如果你把我和以往拜倒在你裙下的男人混为一谈，他的脸色变得很冷漠，你大错特错。

听不到她在后面喊些什么，他已掉转车头绝尘而去。

缪灯灯紧紧握着双手，身体因激愤而在发抖，她颤抖着然而是决绝地对着远去的庄周的方向，我以我妈妈的名义发誓，我，缪灯灯，一定要把这个男人弄到手。不惜一切代价。

25

周一。庄周从踏出电梯开始就感受到一种异样。

冯剪剪进来倒茶，连她看庄周的眼神都不同以往。

营销部总监来送周计划。庄周请他坐。他再一次感受到那种类似于被偷窥的不自在。他抬起头对面的人迅速将目光移开。

行政部、业务部甚至企划部总监叶兰——那个复旦的才女都亲自来送周报表，庄周之前一直以为她是特立独行的。一干人走后，庄周懊恼地推开面前所有文件，真是见了鬼了。

他在心里暗骂。

再晚些时候，庄周接到缪冠宇的电话。

庄周啊，你来缪氏时间不长，但你的才华得到大家一致的肯定。我说句倚老卖老的话，缪氏需要你其实和你需要缪氏是一样的。缪氏有了你，可以再创商界奇迹，而加入缪氏，也给了你拓展才能的最大空间。年轻人，这样双赢的例子并不多见，双赢英文怎么讲？——WinWin，就是稳，稳，双方都稳才可能赢。无论缪氏还是你个人，我觉得都应当把握这次机遇。我坚信，缪氏和你，彼此会因着对方而相得益彰。做大事者，最忌心浮气躁，以走为要挟，也许可以逞一时意气，但若以长久论，却是犯了大忌。缪氏旗下的投资公司，虽然在我女儿灯灯名下，但她年轻幼稚，商战经验几乎为零，所以，差不多是我在亲自打理。如今她加入缪氏也有四年，多多少少接触到了一些商业本质的东西，可积累经验依然是她的首要任务。在业绩方面，我对她没有要求。现在你来了，而且事实证明，你确是青年才俊，那么，灯灯就拜托你了，多教教她，不要因为她是缪冠宇的女儿，是缪氏集团的继承人，就当她是个普通人，一名普通的管理者，不很称职的管理者，教教她。

这一席话，比缪冠宇以往对他说过全部的话加起来还要多。而且语重心长，情之切切。庄周哑然一笑，把缪灯灯当作一个普通管理者，还要是不称职的？那怎么可能！依缪灯灯的脾气，她会把整个投资公司一层楼都震塌的。

缪冠宇这些话显见的是有感而发，事出必有因，这“因”，当然就应在那句话上，“做大事者，最忌心浮气躁，以走为要挟，也许可以逞一时意气，但若以长久论，却犯了大忌。”只在缪灯灯面前他提及走的话题，那是一天以前，在缪灯灯母亲的墓地。可那是作不得数的，他很清楚，那不过是因着缪灯灯的嚣张跋扈。他心里从没动过离开缪氏的念头。最坏的打算，即便缪灯灯因爱成恨逼他出局，他也还有缪冠宇做后盾——他不至于昏庸到不辨良莠的地步，除非他不想缪氏发展壮大。当然，这是不可能的。庄周对此深信不疑。在缪冠宇眼里，缪氏集团更像是他生命的延续。怕是缪灯灯都无法替代。

现在要做的，就是消除缪冠宇心中的疑虑——“以走为要挟是大忌”，缪冠宇知道，庄周岂有不明白的道理。这不难，只要实话实说就行，自己女儿是什么样想必缪冠宇也是清楚的。

刚刚整理好思绪，有人敲门。

进来。

是缪灯灯。

庄总，缪灯灯表情平静。这是董事会决议，你看完签字后让冯剪剪拿去行政办归档。说完她就走了。

庄周接过来。《关于任命庄周为缪氏集团投资公司总经理的决议》。套红的大标题十分醒目。

这确是让庄周没有想到。他成为缪氏集团投资公司总经理，接替他副总经理职务的，是缪灯灯。两个人的职务做了个对调。看决议的日期是昨天。他来到缪灯灯的办公室。她正整理文件柜，你来得正好，她说，有些文件正准备给你拿过去。

这是怎么回事？他问。

缪灯灯停下来，我为我昨天的行为道歉，她看着他，就当这是对你工作业绩的肯定和奖励吧，缪氏集团确实需要你。她坐下来，我爸爸说，我需要学习的东西太多，总经理这个职务我是担当不起的，与其挂着副总经理的名做总经理的事，倒不如名正言顺放开手脚地让你做。至于我，她笑了，是不是总经理，甚至有没有职务都无所谓，我对经商没兴趣。如果不是生在缪家，我也就是一个普通女孩子，过着平凡的日子，没有现在富足，但一定更快乐。爸爸正是看透这一点才做出决定。他虽然年纪大了些，但不乏革新精神，有朝一日，他这个董事长让贤也说不定呢。

看起来庄周得到了答案。可这非但不让他轻松反让他更加沉重。

不是因为缪冠宇，而是，缪灯灯。仅仅过了一天，缪灯灯判若两人。安之若素不是缪灯灯的风格。除非，除非她有着更充足的理由，充足到她可以，忍辱负重。缪灯灯一个人做不到，可是，如果借助同缪冠宇的合力呢？缪冠宇是她父亲。

可如果不是这样呢？如果是自己多心，如果缪冠宇真是以缪氏集团利益为重才有了这般举措——如缪灯灯所说，那庄周岂不是庸人自扰？就好像最初对齐子迁的判断失误一样。这样的错误一次足矣。庄周索性不再去想，反正不是坏事，至少目前看不出有什么不好的迹象，何不顺其自然？况且，一个副总经理的位置自己原也不肯屈就太久。比预想中计划提前了些。庄周忽然觉得，他真是离不开缪氏了，不是吗？自加入缪氏以来，顺风顺水。

26

作为缪氏集团投资公司总经理，庄周在一些重要商务场合露面。缪灯灯以缪氏集团投资公司副总经理的身份陪同左右。她表现得大方得体，总是将庄周首先介绍给他人——这是我们缪氏集团投资公司的总经理，庄周先生。她很注意不让自己的风头盖过他。遇到有政府大员参加的场合，她会提前将对方的官衔职务年龄爱好及大致经历告诉庄周，使庄周得以从容镇定应对自如。

还不止于此。缪灯灯现在准时上下班，而且尽量加入到公司的事务中来，帮不上什么大忙也从不添乱。有一天业务会议时间长，不知不觉天就晚了，她不声不响地安排了送餐，盒饭饮料一人一个大苹果。不知谁打趣，说，爱情的力量真大，足以改变一个人。庄周听了一笑，再看缪灯灯，脸都红了。

时间长了，连庄周都觉着缪灯灯洗心革面重新做人了。男人要想改变女人并不难，尤其这女人还爱他——如果不是发现那件事。

27

那天夜里落了一场雨，庄周有些着凉。他就想很久没去水晶宫了，也没再见过高华。想起那次她和缪灯灯不期而遇似乎是很遥远的事儿，他的心里就有些内疚，那次，她心里一定不好受，可光顾着忙，竟然没想去看看她。车一拐弯直奔水晶宫。

可是，高华走了。

那种不好的感觉突如其来。

高华走得很突然，她的同事们都这样说。那天还上着班，而且看不出她有什么异常，像是在接了一个顾客之后，前后不过十分钟，她就提出要走，工资甚至押金她全都不要了，那情形就像是有什么在后边追着她。没人知道她去哪儿。"反正不能留在滨城了"，她对合租屋的女孩子说过这样一句话。

庄周头痛得厉害，他眼前不断浮现出高华的面容，温顺的眼睛，有时会用一种近于绝望的眼神看他。不错，他不爱她，他给她钱，因为他索取的只是她的身体和她的身体带给他的慰藉，可他从来没想去伤害她，从来没想过会因为他让她受到伤害。

停车的时候庄周看到缪灯灯在等他。换了一条长裙，吊带的，裸着细腻的肩背，飘飘的裙裾在夏末的晚风中摇曳多情。他一声不响地从她面前走过，无视她灿烂的笑容和迎上来的手臂。

进了门他扯下领带随手扔在沙发上。她紧随其后，怎么了？出了什么事？她小心地问。

他站住。房间没有开灯，淡淡的暮色里他的背影像山一样。她屏住呼吸，眼睛一眨不眨地盯着他，她的大脑飞快地搜索。

他转过身来，那目光里有淡淡的厌恶，你把高华怎么了？

她一惊，本能地想要否认，在脱口而出的一刹那她改变了主意。我让她离开滨城。停了停她又说，原来你是为这个生气。

他冷冷地看她，谁给你权力这样做？

没有谁给我权力，缪灯灯吐字清晰，是我自己要这么做的，我不想缪氏集团一个高级管理人员和……她好像在找一个恰当的词语……和一个卖春的女人有什么瓜葛，如果传扬开来将有损缪氏的形象，我没觉得有什么错。况且，我给了她钱，一笔足以让她也让你吃惊的钱，所以，她立刻就答应离开滨城。那种女人，不过是图钱罢了，她能和你做交易，当然也能和其他人。她就是鸡。庄周如果你是为她把我叫来兴师问罪，她笑了，那你也太没品位了。

庄周也笑，她是鸡？好，就算她是，那么你呢？你花钱请人玩，是不是比鸡还不如？最后这句很恶毒。

缪灯灯愣住了，好像不相信自己的眼睛和耳朵。她不敢相信自己的眼睛和耳朵。由惊而怒而恨，她从来没有遭受过这样的污辱，还这么直接！难道，他知道她的过去她的一切？她几乎是恼羞成怒地扑向他，她用最大的气力撕扯他，发出近似于母兽般的咆哮。

忍了这么久，她终于忍不下去。

庄周衬衫纽扣被扯脱，落到水晶烟缸上发出清脆的声响，而后滚落到地毯上。缪灯灯尖尖的指甲在他胸前留下醒目的划痕，她已经疯狂，抱住庄周她狠狠地咬住，用力，细密的牙齿可以感受到切入的快感。她是想吃了他吗？极度混乱中她下意识地想，是的，她就想吃了他。只有把他吃到肚子里，他才会完全属于她。

庄周完全没有预料到缪灯灯会有这样过激的反应，胸前剧痛，可是他无法挣脱，她就像疯了一样。因为疼痛，因为愤怒，他只觉得一股火从脚底升起，迅速扩展到全身，他抱紧缪灯灯，拖着她往卧室去，她的一只鞋掉在地毯边上，另一只被门框挂脱，他用脚重重地关上卧室门，以绝对压迫的姿势和她一同倒在床上。缪灯灯终于松口，眼睛里还残留着狂热的光亮。他伏在她身上，胸前触摸到一抹湿润，沉沉暮色里看不清，但他知道，那是血。无须思索，他挥动手臂狠狠掴在她的脸上。一下又一下。她尖叫着哭出声来。

他让身体离开她一些，昏暗中她满脸亮亮的水迹，她捂住自己的脸，委屈惧怕的表情和刚才的歇斯底里判若两人。他摸摸她的脸，烫烫的，她的头发湿湿的，是挣扎时的汗水和泪水，有几绺头发短短地贴在脑门上。她在抽泣，身体一抖一抖。

他的手在她胸前停了一秒，突然用力，长裙和她一起发出嘶喊，他像没听见，抽出那块变形成衣料的纱，轻轻一抛，曾经是她心爱的长裙就无声无息地蜷缩在床脚边的空地上。他的手从背后扯开她胸衣的挂钩，专注地看了一会儿她的胸，她呼吸都要停住。他迅速地除去她最后的遮掩，现在，她完全暴露在他的面前，一览无余。

他站起来，适应了黑暗她看见，他的衬衫敞开着，胸前一小块半月形的血迹已经凝固，他就这样站着，散发着不羁的性感的魅力。她闭上眼睛,心里是有着一丝耻辱的,越来越多的,却是一种快意,一种受虐的快意。我是不是疯了?她在心里问自己。当然不是,她只是从来没有感受过这样的刺激。

起来。庄周开口。缪灯灯迟疑地睁开眼睛。没错,是他叫她。起来?面对他?就这样?她终于还是为自己裸着的身体不安和难堪。她下意识地双手交抱在胸前,慌乱地看他。

他粗鲁地抓过她两只手腕。给我脱衣服。

她抬起头,他看着她,面无表情。她咬紧嘴唇,伸手过去脱下他的衬衫。继续。他命令。她的手触到他的皮带,上面带有他的体温。裤子堆在他脚下,他一动不动。她只好蹲下去,抽出他的一只脚,再一只脚。

庄周进入的刹那,缪灯灯尖叫出声。

胸前的伤口随着用力被牵引得阵阵刺痛,他咬紧牙关,带着复仇意味剧烈地动作。她开始退缩,他不理她,她在他身下尖叫咒骂,他充耳不闻,最后,她哀哀地哭泣,她开始求他,他依然不为所动。他的目的很明确,打击,重创,一开始就打垮她。因为他知道,只有这样,才能得到她,和她的一切。

缪灯灯猫一样偎在庄周怀里。她抚着他胸前的伤,对不起。他转过来看着她,真的想做我的女人?她用力地点头。他笑了,其实我对女人要求很简单。她期待地看他。第一,善良。她呼吸停顿了一下。第二,他看着她的眼睛,忠贞。很快意地感觉到她的身体剧烈地抖动一下。他赢了。

28

头发再长一些，缪灯灯密密地别了许多卡子，用发带在脑后低低地绾个髻，整个人的感觉完全变了。原来女人可以因着爱一个人做原本想都不能想的事情。缪冠宇开玩笑地说，“与时俱进”是新发明的词，可这四个字好哇，我家灯灯都开始跟阿姨学煲汤了，这也是与时俱进的一个表现嘛。一屋子人笑，庄周也笑，他知道，老缪这话是说给他听的。缪灯灯现在和他住在一起。

缪灯灯退掉了酒店的长包房，爱情公寓也不去了，她来那天没打招呼，庄周开门就看到她站在门前的台阶上，脚边是两只硕大的皮箱。他让开一些，她就吃力地拎着大皮箱走去卧室。

阿周，还有衣架吗？她大声问。

有钟点保姆来做一日三餐，收拾家务。房里陡然间添了许多花花哨哨的小玩意儿，缪灯灯还不断地往进搬。那个立在墙角黑乎乎的金刚，大得吓死人，她说那是门神。原来的清静被打破，取而代之的是一种倒也不坏的氛围。庄周很快也就习惯。刮脸时看到浴室墙上的大镜子一角，有个完整的妩媚的吻痕，不用说，又是缪灯灯的杰作，这方面她总能不断创新，她的灵感全都体现在这上面。大理石台子上井然有序地放着剃须刀、剃须泡沫，甚至自己惯用的 Clinique 洁面皂和 Chanel 乳霜都添了新的——缪灯灯在最短的时间里掌握了他的生活习性，不能不说这也是一种本领。

缪灯灯在客厅看电视，穿着短短的丝质睡裙，显山显水风光毕露。看庄周过来她立刻换台，陪他看《财经报道》《时事要闻》。再晚她也要等他一起睡，有时候看她在沙发里蜷成一团，他也有不忍。但他很快地把这种情绪压制下去，这种时候他就故意一连许多天碰都不碰她一下。体味着自己的心一点点静下来，他对自己说，不能沉溺在女人的温柔里，你还有事要做。大事。

29

缪灯灯的改变导致最直接受益的是公司的女职员。冯剪剪告诉庄周，以前公司里的女孩子个个像活死人，从来不敢开玩笑，哪怕讲话都小心谨慎，生怕有人传到缪灯灯耳朵里，她总能从字眼里挑出毛病。那些男上司的女秘书更难做人，和上司关系稍近些就被缪灯灯一通教训，骂得要多难听有多难听。要不是公司福利待遇好，要不是现在就业这么难，冯剪剪扁扁嘴，相信好多人都忍不下去。

齐子迁就是缪灯灯“杀一儆百”里的那个“一”。

齐子迁初来公司是做企划部文案，因为文笔好，做得挺顺，无意中被当时的行政总监发现她打字速度奇快，就调去行政部，做些辅助管理工作，看来很有意思培养她做办公室主任。人力资源部部长姚海英上任后不久就全面颠覆了行政部，原来的行政总监觉得新任副总经理雷竟州人品不错，离开前力荐齐子迁做他秘书，就是怕姚海英为难她。雷竟州对齐子迁很满意，她是公司唯一一个具备听打能力的秘书，在他的举荐下，公司董事会有时也由她来做记录。缪冠宇对齐子迁就有了印象。有一次会后不到半小时，就看到齐子迁上报的会议记录，他很高兴，奖励了齐子迁1000元钱，那以后，乔子迁就成了董事会议专职记录。雷竟州偶尔在加班时会请齐子迁吃饭或送她回家，有一次出差回来带了小礼物送她，这就彻底激怒了缪灯灯。雷竟州是缪灯灯亲自挑选来公司的，他是她的人。

缪灯灯把齐子迁发配做保洁员，工资不变，董事会议记录也还要做，就一点，绝对不许她离开。如果你敢走，我就能让所有的公司都不用你。这是缪灯灯亲口说的。事实却是，齐子迁根本无法辞职。她递交过辞职信，缪灯灯不点头没有人敢签批同意。如果一定要走，根据合同，齐子迁将付一大笔罚金。就算齐子迁能拿出这笔钱，缪灯灯也还有别的办法——齐子迁不是做董事会专职记录吗？相信不难找出个出卖公司机密的罪过吧。那时候齐子迁丢掉的恐怕不仅仅是工作了。缪灯灯一定会这样做，对此没有人表示怀疑。

雷竟州为此和缪灯灯闹翻，当时冯剪剪已经来接替齐子迁做秘书，她听到一声巨响，而后缪灯灯摔门而去。养在水里的百合被踩得稀烂，花瓶当然破了，一地的水。再以后，雷竟州走了，可大公司都不接收他，混得挺惨。缪灯灯对齐子迁特别苛刻，说好工资待遇不变，可齐子迁没有一次拿全，缪灯灯总有理由扣钱，多则上千少则三五百块，齐子迁常常偷偷坐在消防通道的楼梯上掉眼泪，冯剪剪都看到过。可是没人能帮她，公司好多人甚至都不敢跟她说话。怕缪灯灯知道。背后大家叫齐子迁“毒药”，语气充满着同情和无奈。

冯剪剪看庄周，庄总，您去说个情，让齐子迁回总经办吧，哪怕做个文员呢，她真是很惨哦，早来晚走不说，中午必须做清洁，等她去餐厅都已经停餐了，剩下的饭菜都是冷的，夏天也就罢了，冬天她就往饭里倒点热水……庄总你帮帮她吧，缪小姐只听你的。

庄周第一次听到人讲齐子迁的事情。冯剪剪两个眼圈微微发红，庄周可不想看她哭，他就问，缪小姐讨厌女员工，那公司里怎么那么多女的？她完全可以全部招男生来嘛，岂不少许多后患？

冯剪剪撇撇嘴，庄总，那您就不懂了吧。缪小姐说了，女人善妒，就是要女员工多多，才好互相监督互相制约，这是女人的天性。

庄周真的笑出声来，缪灯灯呵，原来你的心思全在这儿。他看冯剪剪，你刚才说的事情我会考虑，但在动以前，不许告诉任何人。

冯剪剪拼命点头，我知道啦。

在她临出门的刹那，庄周问，你和她是好朋友吗？

冯剪剪摇头，也不是，没人的时候说说话，也只能这样了。

庄周点点头，没事了，你去吧。

庄周让财务部拿来工资报表，找到齐子迁，2000元整，是秘书的基本工资没错，可没有职务津贴，没有任何补助，误餐费、交通费、电话费全部是零，这就差许多，如果缪灯灯再扣钱……

多则一千少则三五百块。冯剪剪说得很肯定。

庄周大笔一挥:因工作需要,齐子迁兼司董事会会议记录,特设岗位津贴 1000 元。即日执行。交给主管会计,请相关部门签批意见。

庄周只想知道缪灯灯看了他的批示会做何反应。不错,现在他是总经理,但那帮家伙从他这儿走开就会跑去对面办公室,他的一举一动缪灯灯尽收眼底,何况在这样与钱有关的事情上。

就看缪灯灯的态度了。

下午财务部主管会计打来电话,各部均表示同意。

庄周说,好,执行吧。

看来可以考虑冯剪剪的请求。想到齐子迁,庄周眼前就浮现出那双眼睛,带着深重的失望和悲哀。

30

在知道高华离开的消息时,庄周心里是满满的愤怒,这愤怒不只是冲缪灯灯。时间久了,他的这种情绪随之消失,他甚至记不清楚她的脸,高华对于他来说蜕变成两个字的音节,一个纯粹的内容。他不爱她,她带给他的是身体的需要,仅此而此。那和渴了喝水,饿了吃饭没有任何区别。本来以为她唯一留下来的一夜会成为他心底的一抹隐痛——她最后的背影是孤独的单薄的孱弱的隐含着屈辱和自卑的。没有。有时候他甚至觉得恍惚，他和她真的有过那一夜吗？客观上是肯定的，也因此她离开滨城，而且永远不再回来。可感情上他好像不愿正视这一点，他唯一能记得的，就是那一夜突如其来的一个念头：这么久了，第一次，他想试着去关心一个人，一个女人。可这个女人不是高华。往工资报表上签批给齐子迁加薪的决定时，他再一次感觉到那个念头的存在，强烈的，不容他细细思量，促使他在第一时间做出决定。他明白了，这念头自产生再没有消失过，它一直隐藏在他的意识里，在等待一个合适的时机，破茧而出。

这结果令庄周猝不及防。

这太意外，这太荒谬，尤其是，这又太真实。

他这时候才想，他甚至没有正面地仔细地看过齐子迁，看到这三个字他脑海里浮现出的就是那双眼睛，带着深重的悲哀和失望。

承认不承认其实无所谓，男人骨子里都有着英雄救美的情结，有时候，这想法只是可笑的一厢情愿。如果说，庄周对高华是有过救红尘的愿望，那么之齐子迁，他却有些惶惑，他亲眼看到缪灯灯大施淫威，那种情形，但凡是人都会对那女孩儿动恻隐之心，可是……他记得她站起来，在缪灯灯的逼视下，站得笔直；他还记得，那天，他看到她的感觉是，一种压力。

她给他一种压力，一种无形的来无出处去无踪影的压力，逼他做出选择，或仰视或逃开……

也许都不是，只是因为齐子迁的那份简单的个人履历。在家庭成员一栏，她只填了父亲。这让庄周想起跟母亲相依为命的日子。

31

庄周见到了雷竟州。在一个商务酒会上……

酒会正值高潮阶段，经过之前虚情假意的相互吹捧和言过其实的大力恭维，每个人都找准了自己想要接近的对象。庄周从香脂艳粉的包围中脱开身，抬眼看缪灯灯，她正稍稍欠身在一个肥佬殷勤擎着的打火机上点烟，背后看，那肥佬年纪显然不小，谢顶的脑袋不知是汗还是灯光照射，锃光瓦亮。在这种场合，年纪不代表什么，钱是决定尊卑的唯一标准。缪灯灯面前总有太多不吝惜的笑容。

又有人往他这边来，脸上是明明白白的目的，庄周急忙往门外去，今天的酒会有些偏离主题，这让他有些烦。出了宴会厅，他长出一口气，走廊上铺着厚厚的纯毛地毯，若隐若现的大堂音乐让人安静下来，走廊的另一端是贵宾专用的卫生间，门前的罗马式镜台上摆着硕大的一瓶花，盛到极致。

庄周站在卫生间明亮的灯光下，看洗手台镜子里自己的脸。

就在这时候，他看到另一个人。

显然不是酒会上的客人，因为他穿的虽然庄重(或者极尽庄重)，但他脸上表现出来的却是一种疲倦和失意。他在微笑。

庄周一惊，他甚至没有察觉他什么时候来到身后，那一瞬间，他联想到许多社会传闻，仇富心理已经不局限于某些人某些地区，它几乎成了这个竞争激烈时代的特殊产物，当富者越富穷者越穷时，它就是一条导火索，杀伤力极强，比两败俱伤还要惨烈，鱼死网破，玉石俱焚。迅速审视双方的优劣，他稍稍放下心来的是，对方尽管不弱，但没有他强，他绝对肯定。而且，看来对方并无恶意。

没错。

庄总，您好，选择在这样的地方见您实在不得已，请见谅。对方很坦诚地开门见山。我是雷竟州。他的敬重相当诚恳。

雷竟州。

庄周伸出手来，您好。

雷竟州迟疑一下，握住庄周的手，他有些不太敢相信似的。

庄周重新回到酒会。他安排雷竟州去楼上酒店客房。不知道他要对他说些什么，他能肯定的是，和缪灯灯有关。他无法想象，他为了见他竟然用这样的方式只能用这样的方式——从酒会开始他就躲在卫生间，他说，贿赂贵宾洗手间的侍应是他目前唯一能做到的。

这个人曾经也是缪氏集团投资公司引人注目的副总经理。

庄周看缪灯灯，远远地看她隔着人群向他遥遥致意，他说不上什么感觉，或者，他并不了解这个女人，在他以为他了解了的时候。

缪灯灯再回到他身边时已经取了手包，我们走吧。她说。缪灯灯从来不会等到最后一刻，这也是表现身份的一种方式。

庄周举起酒杯向斜对面一位老者示以敬意，转向缪灯灯，华侨基金会新任理事，我导师的朋友，我想和他聊一聊。

缪灯灯转过头去冲老人笑着点点头，她看庄周，我陪你？

庄周摇摇头，这老头儿典型的清教徒，太阳落山就和女人保持至少三十码的距离，别想去挑战他的这个习惯，已经有人试过。

缪灯灯有些倦意了，那我等你回来？

他在她脸上亲一下，你先睡。我们也许谈得很晚。

她狐疑的表情，你不会是想要红杏出墙吧？

他认真地注视缪灯灯的眼睛，如果我想要其他女人，我会告诉你。一定。

她看了他足足一分钟。站起来一言不发地走了。

32

雷竟州陷落在客房宽大舒适的圈椅里，沉沉地睡着。

庄周站在他面前，不知道是否该叫醒他，心里面五味杂陈。

雷竟州典型的南人北相，四肢修长，骨骼粗大，脸上五官精致线条粗犷，肤色稍暗，肤质却细腻，秀气的长睫毛，带钩的鼻子霸气十足。庄周断定他没有过太多历练，怕是才知道世事险恶。他注意到他支着前额的那只手，指甲很干净。这人不坏。如果他也是缪灯灯众多情人中的一个，庄周没有恶意地想，那缪灯灯还算有眼力。

雷竟州突然间惊醒过来，对不起，他站起来用手抹一把脸，见到了您心一下子放下来，竟然不知不觉睡着了。

庄周让他坐，从小冰箱里拿一听功能饮料打开递过去，你现在哪儿高就？

雷竟州苦笑，高就？我是高不成低不就，但凡有点名气的公司，口径一致地不要我，太野鸡的公司，我又心有不甘，一咬牙拿出所有积蓄成立了一间小公司，我只想凭自己的能力赚钱，谁想还是……

他说不下去，眼睛有些潮，掩饰地端起饮料喝一口。

庄周问，我能帮你什么吗？

雷竟州犹豫一下，能。

雷竟州在离开缪氏的时候还是做好了各种准备的，求职屡屡碰壁也没气馁，自己给自己打工你总管不着吧？他这样想。他很明智地没有选择和缪氏相同的业务，甚至不沾一点边儿——他开了间小印刷公司。可是开业一个月，连一笔像样儿的业务也没拿到，他才知道，他还是把缪灯灯想得简单了。公司最大的业务是印了一批马路小广告，就是一些药厂保健品厂雇人在马路上往行人手里强塞的那种，结果被市容管理办公室狠罚了一笔——刚刚好把利润一分不少地倒出去。手下的几个人也陆续走了——人家没理由等死。

我现在连房租都付不起。雷竟州自嘲地一笑。他想让庄周给他一笔印刷业务，名片、信笺或者报表都行，只要别人知道缪氏肯和他做生意，他相信，事情就会向好的一面发展。

就一笔，我不收一分钱，我只要那个效果——不想离开滨城，又找不到其他出路，雷竟州别无选择，他热切地看着庄周。

怎么想到找我？庄周心底知道这事对他来说不难，可是，他想知道一个确切的答案。而且，他还想知道些别的，雷竟州费这么大劲来见他不会仅仅是为这一件事，庄周甚至能肯定，他后面要讲的才是重点。

果然，雷竟州此时的目光只能用一个词来形容：肃然起敬。因为，你是唯一一个不为缪灯灯左右的男人。

庄周看着他，笑了，你说的是不是太绝对了，至少，缪冠宇也该算一个——就算我是的话。

雷竟州不笑，我说了，你是唯一一个不为缪灯灯左右的男人，这范围包括缪冠宇。

哦?! 这多少有些出乎庄周的意料。

雷竟州很坦率地说，我知道是因为……我，曾作为缪灯灯的准未婚夫在缪家生活过一段时间，不短的一段时间。

庄周知道，这才是主题。他不掩饰自己的兴趣，噢？那后来……

雷竟州两手紧紧握着饮料罐，陷入沉思。

33

雷竟州确是缪灯灯独具慧眼亲自选中的。在各大报纸的招聘专版，缪氏“诚聘英才，长期有效”的广告备受青睐，缪氏有一个人才储备库，但有幸入库的资料并不多，进缪氏就和离开缪氏一样，极其艰难。适逢缪氏旗下投资公司成立，许多人都把这当成进军缪氏的一次绝好机会，可副总经理一职始终空缺。缪灯灯亲自坐镇，从雪片样的求职信中选人来见面。没人清楚她的用人标准，只看见应试者全是男性。这些人流水样地来了去了，缪灯灯的脸一天比一天阴。雷竟州就是这时候站到缪灯灯面前。她正焦躁地来回踱步，想着怎样尽快结束这疲惫的一天，看到雷竟州进来，她慢慢坐下。

三天后，雷竟州出任缪氏集团投资公司副总经理。

雷竟州对缪灯灯最初的印象还是不错的，虽然有大小姐脾气，但总体说来也算才貌双全，他当然也知道缪灯灯是缪氏唯一的继承人。人总有虚荣的一面。三个月后，缪灯灯结束了对雷竟州的全面考察，她把他叫来办公室，直言不讳，要他做她的男朋友。雷竟州当时就一个感觉，天下掉了个大馅儿饼，不知怎么就砸到他头上。

这以后，缪灯灯还原本色。最让雷竟州讨厌的就是，她进他的办公室从不敲门，好像鬼子进村。这是小事，他没往心上去。缪灯灯带他去她家，也是事先没跟他商量，招呼都没打一个，陪缪冠宇吃完饭她带他上楼，就住这儿。不容置疑。

大约一个月后，雷竟州才知道那个被称作梅姨的女人，是缪冠宇的……她已经和缪冠宇生活了十年！因为缪灯灯，外界甚至根本不知道缪家有这样一个人。他问过，她的回答让他心下一寒，爱我爸的女人多了，那是爱我爸吗？那是冲钱！缪灯灯死活看不上梅姨，虽然她照顾她从中学到大学，可在这家里别说地位，尊严都谈不上。缪冠宇曾立过遗嘱，他死后给梅姨10%的资产，缪灯灯硬逼着缪冠宇改了——以每年6万计（缪冠宇说10万，缪灯灯说2万，最后折中），在缪冠宇百年之后一次付清梅姨所谓的“生活费”。缪灯灯恨恨不已，真是抬举她，一年挣6万！梅姨泪人一样，当时就要走，缪冠宇硬拦下，那是缪冠宇唯一一次坚持自己的意见。

再看到梅姨，雷竟州不免心下黯然。他突然想到，缪灯灯从来没提过去他家，没提过见他的父母家人。试探着挑个话头儿，缪灯灯一棒子就把他打晕了，我要的是你，与你家人何干?！还有，不许给人说你是岗巴宁（苏北人）！他真想骂，你是人生父母养的，我是从石头里蹦出来的？你投胎前就知道你是千金大小姐吗？但他终于没敢。订婚被提到日程上，他下意识地拖延，缪灯灯大光其火，就在这时候他外婆病逝。雷竟州是外婆一手带大的，感情特深，不吃不眠守了三天灵。回到公司缪灯灯第一句话就是，怎么搞成这种鬼样子？怎么带你出去见人？他怒吼一声，那就不去！缪灯灯刚要翻脸，一眼看到他臂上的黑纱，忍了半天，终于走了。她甚至没说一句安慰的话。他能想到。她有什么做不出来？可这心却是灰了。以外婆病逝一年内不论婚嫁为由，他拒不同意举行订婚仪式。

彻底绝了和缪灯灯结婚的念头，却是在看到那一摞病历以后。厚厚的一摞病历，性病。最严重的一次是一年前，医生甚至建议缪灯灯切除子宫！当然，缪灯灯的子宫是留下了，大概就像聋子的耳朵作摆设一样罢。雷竟州心里的感觉没法详述。他越来越多地留在公司，加班到深夜也不愿回到那个什么都有却又什么都缺的豪宅。

他爱上了他的秘书，齐子迁。好像顺理成章地。

34

雷竟州垂下眼睛，我害了她。缪灯灯发疯了，指甲、鞋跟、牙齿……能用的她全用上了，我赶到的时候齐子迁倒在地上，嘴角淌着血，臂上全是伤，衣服上有拽掉的头发，那么多人，周围那么多人眼睁睁看着她被欺负，没有人拦一下，甚至没有人说一句话。

缪灯灯指着雷竟州，我告诉你，想和我玩这一套，你还欠火候！

缪灯灯坚持把齐子迁留在缪氏，让她干最脏最累的活。同时她加大了对雷竟州的压力，要么娶我，要么永远别想找女人！

雷竟州无计可施甚至恶毒地想，好，我和你结婚，结婚二十年我把公司败光，那时候你又老又丑，再没有了钱，我跟你离婚，我让你再也没人要！

可没等到我的计划付诸行动，雷竟州看着庄周，她就轻松地让我出局了。一点预兆都没有，星期五我还开业务会，星期一就接到一纸通知，我被免职了。我的东西都收到一个小箱子里，只等着我开路走人。后来的事，就是今天这个样子了。

庄周面无表情，心里却像平地起风。竟然会是这样。

雷竟州看庄周，以你的眼光看，缪灯灯是个怎样的女人？

庄周一笑，我也就当她是个女人。

雷竟州轻出一口气，你还能把她当个女人。

庄周以问询的眼光看他。

雷竟州很认真很肯定地，她心理有问题。她暴力倾向的疯狂和突然的歇斯底里都是一种病态，只不过没人敢说罢了。就说她爸爸立遗嘱给梅姨资产那事，她说要自杀，别人会以为她不过摆摆样子，可我看得清楚，她拿着那把刀，刀刃就切在动脉上，她对缪冠宇说，改，还是不改？缪冠宇脸灰灰的，缪灯灯的刀毫不犹豫就切下去，一条血线刷地挂下来。缪冠宇立刻喊，改，我马上改！缪灯灯扔了刀，没事一样拿块餐布把腕扎紧，谁也不看就上楼了。

缪灯灯的右手腕上从没有空过。手表。镯子。或饰物。

雷竟州说，梅姨私下里告诉过我一件事儿，缪灯灯还很小的时候，抢院里孩子的小猫，她爸爸说了她几句后，发现她在房间里拿锯条锯手指，身上到处都是血，到医院包扎时都看得到骨头。后来她爸爸花钱买了那猫，谁都猜不到，缪灯灯把那只猫塞到卫生间马桶里用水冲，一遍遍冲，猫就卡在管道的弯口处，一声声地惨叫。她爸爸再找人来砸了马桶弄出那猫，已经死了。

房间里静得仿佛将人窒息。

想象一个小女孩儿拎着一只猫硬塞进马桶，冲水，猫的惨叫，小女孩儿脸上得意的满足的笑……庄周只觉得背上一凛。

你真应该在缪家住一段时间。雷竟州不是随口说说的，看他的表情就知道这一点。

庄周给自己倒一杯酒，你和那个女孩子，还有来往吗？

雷竞州摇摇头，有些难过，我以为是因为缪灯灯她不同意，我想离开缪氏和她恋爱就很自然了，可她还是说，我们不合适。

雷竞州走的时候脚步轻松了些。庄周让他周一去找他，缪氏需要印制一批菲霞妆品宣传单页，他会交给他，以后的业务也由他做。

这一夜睡在酒店，庄周做噩梦。一个小女孩儿，像光明牛奶广告上那个小女孩儿，拿着一把巨大的剪刀，兴高采烈地剪自己的手指头，脚边已经有一堆，白白的嫩嫩的，就像从布娃娃身上掰下来的。小女孩儿还在笑，在剪，突然间到处都是血，小女孩儿抬头看着他，分明的，那是缪灯灯的脸……

庄周醒来一身汗。

如果说雷竞州的话对他没有影响，那是骗人。

35

缪灯灯打电话给他，说她去美容院。这是除交际外她最热衷的一项活动。她有理由比别人更重视她的美丽。她很关切地叮嘱他，我开了车你不用接我。

其实庄周从来不去美容院接她。这一点她很清楚。可他还是很给面子地应了，那好，自己开车小心。他判断，她是在缪家别墅。

对于庄周来说，这是自由的一天。

把车送去爱车行打蜡，庄周信马由缰。他喜欢走路，这是在国外养成的习惯，走一走会让紧张一天的身心放松下来，而且，还能想许多事情。回国以后，还从没有这样深入地感受这座城市，满眼高楼耸立，人流密集，第一感觉是有点像盛夏季节的纽约。每个人脸上神色也是紧张过度的倦怠和淡漠，这让他有些吃惊。很久远的记忆里，滨城男人和滨城女人脸上总是带着有那么一丝优越感的笑容，也有急急忙忙的时候，通常这时候他们手中或提着一吊小鱼，或拈着一刀肉片，或托着一块豆腐，要急着赶回家去准备丰富(不是丰盛)的晚餐。更多时候，他们是舒适闲散的，走着走着会遇见个把坐婴儿车的毛毛头，停下来，和孩子的父母聊几句，再捏捏毛头的脸蛋，摸摸毛头的小手；会兴致盎然地驻足在围观的人群里看中间两个男人细声细气地吵架。人人脸上都仿佛写着满足两个字，连浑浑的青埔江反射出的都是温吞吞的光亮，而不是眼下这般青冷冷的刺眼的光斑让人觉得它深极远极。

他没能找到那个叫作平安里的弄堂。一个孩子五岁的记忆全部留在那儿了。他最后得出的结论是，青埔江治理得不错。

走累了，在街边拦一辆的士，他去了滨城书城，去了图书馆新馆，买了几本斯蒂芬金的小说。他曾去缅因州想要拜会这位恐怖大师并索要他的亲笔签名，没能实现，金先生因为长期精神紧张酗酒过度去戒酒了。他看看手上的书，《黑暗的另一半》。封面是一个人的脸，一半是微笑着的，好像天使般温暖；另一半却是邪恶的，阴毒的目光令人悚然，俨然魔鬼代言人。

他原本不错的心情起了变化。

黑暗的另一半。其实每个人心底何尝没有这黑暗的另一半呢？

本来还想再走走，他放弃了，去了那家北京老店，在窗角拣一张最小的台子坐了。半份烤鸭。他不否认滨城菜的精致可口，可他抵制，他固执地认定，这样的菜吃久了会让他变得和十足的滨城男人一样小资情调，会讨女人喜欢和喜欢女人，这是万万不行的。北方菜味重料足更适合他目前的需要。

一个人吃饭很悠闲。他饶有兴致地看大玻璃后面厨师翻转鸭子。空气里弥漫着淡淡的松木香味。

服务员推着小车给客人添葱丝和小饼，到这儿他再要了一碟酱。有个黑制服匆匆过来，手里拎一只保温筒，厨师长说了，这筒汤是他送的。服务员应一声推着小车走了。

庄周准备回去，他站起来往收银台方向走，只迈出一步。

收银台处围着几个人，服务员，黑制服，一个坐轮椅的老人。推轮椅的是，齐子迁。一个胖大厨师笑眉笑眼从玻璃后面冲她挥手。

轮椅上是个枯干老人，一只显然不听使唤的手臂生硬地曲在胸前，紧紧搂着一只保温筒。周围人帮他们很小心地从台阶上下去。

已是黄昏，晚风浸透着粉色的夕阳光亮，让这个忙碌的城市难得显出几丝安逸，偶尔会有一两个行色匆匆，腰板挺得笔直的 OL 擦肩而过，衣纽当然系得一丝不苟，突然停下，手包里拿一支香水出来飞快地在腋下或颈后一喷，细细的鞋跟敲击在路面上的节奏变快变急。迎面的夕阳并不很刺眼，可庄周还是取出墨镜。

推着轮椅的齐子迁显得很轻松，她不时俯下身去好像和轮椅上的老人说话，夕阳给她的轮廓镀一层光影，她的头发尤其动人。

一直到老智园路，齐子迁慢下来。

这是滨城为数不多的老街区了，穿过一条窄窄的弄堂，齐子迁停在一幢旧楼单元门前。那楼应该是红砖砌成，经年累月日晒雨淋砖已看不出色，许多地方风蚀得酥朽了，一根指头都能钻出个洞。有邻人出来帮忙，齐子迁将轮椅折叠起来，走进门洞。

庄周倚着一棵大树。他清楚地记得，那一次，他想送齐子迁回家，她说，她住得挺近。挺近？如果没猜错，上次她爸爸是来接她。一个架拐的老人要走到公司附近该花多大气力。

庄周沉默地转过身往来路走，他觉得很累。

36

缪灯灯和他脚前脚后回到公寓。

她边换鞋边讲电话，灯光下小脸儿容光焕发完美无瑕。

庄周问，谁的电话？

缪灯灯不觉察，姚总监嘛，总是加班到很晚，周日也不休息，她老公儿子在大厅等她去吃饭，原来今天是她结婚周年。缪灯灯心情绝佳，让我想想看买件什么礼物送她比较好，她对公司事务很上心，这样的管理人员我们应当大力推崇才好。

庄周冷笑，他记起来，每次加班记录报上来，行政部总是最多，她真有那么多事情要做吗？而且一定要放在下班以后甚至休息日？

缪灯灯不解地，咦，你好像不以为然哦？

庄周没接茬，他问缪灯灯，你知道英国首相布莱尔怎么获得连任的吗？不用缪灯灯回答，他清楚她不知道。布莱尔竞选连任把握并不大，一度他的选票甚至远远低于竞争对手，最关键的一次演说中，布莱尔接到妻子电话，他的小儿子发生意外。布莱尔立刻中断演讲赶去医院，直守到儿子脱离危险。结果，他以绝对优势获得连任。英国民众一致认为，一个热爱家庭、热爱子女的人必将热爱他的国家他的人民，因为他有爱心，更有责任心。

庄周看着缪灯灯，你懂了吗？

缪灯灯张着大眼睛，我知道你的意思，可是，国内一直这样，我觉得，应当肯定姚总监出发点是好的，你也说过，除非不得已，没有人愿意加班。

庄周有些不耐烦，那也要视情况而定。如果有些人在工作时间磨洋工，就是为了摆花架子做样子给上司看，邀功请赏——比如姚海英，一个行政总监手下那么多员工，我想不明白她有什么工作一定要放在下班甚至休息时间？作秀！

缪灯灯这时候总算是知道庄周心情不好，她讨好地，你是留学回来的，当然了解不少国外的先进机制，这样好了，你是总经理，可以对行政制度做些改革，再说，这也是大势所趋，就听你的。

37

庄周说到做到。晨会上他宣布，今后公司所有加班必须填报申请单，总经理审批同意方可执行。他看着全部管理人员，这样做是为提高工作效率，当天的事情当天完成，当天的问题当天解决。在国外，加班会让人嘲笑，说明你工作能力不强，老板就会考虑换人。

企划部叶兰快人快语，我双手赞成。加班？谁不知道那是做给上层看的，现在什么年代了，还拿老国营那套当法宝？害得大家不得不跟风，怕给上司怪。让我说，加班申请制度好，至少挤去水分。

财务部摆事实讲证据，截止到目前，公司支付的加班费用相当于全部人员工资的1/8，这是个很惊人的数字。不否认有些人是认真工作，但也不排除部分人为加班费。加班申请制度可以将这部分费用支出降低一半还多。很有效的节约开支。

大部分人都表示赞同。庄周注意到，姚海英一言不发。

她跟他到办公室。在会议室不说并不等于她没话说。她满脸堆笑，庄总，您留学归来，又是管理方面的精英，一定有不少先进的管理经验值得我们学习和借鉴，您目前取得的成绩就证明了这一点。

庄周摆出一副认真听的样子，暗笑，高帽子先给戴上了。

姚海英观察他的表情，只是，国内外毕竟国情不同，咱们的管理机制、办公条件甚至人员素质，就目前看，没办法和国外公司比较，所以，加班呢，一是体现员工的奉献意识，再就是一个人责任心和忠诚度的直接表现……

庄周耐着性子，姚总监，您就直说，不同意是吧？

姚海英赶紧放大笑容，不，不是不同意，只是，这加班申请制度，还是请您仔细考虑，选个适当时机执行。有些人，就让他加班也还完成不了工作，何况要申请，这会助长部分员工的惰性……

庄周打断她，公司竟然有这样的人？他震怒的样子，告诉我他们的姓名，我会立刻让他们去财务部领三个月工资走人。

姚海英有些慌，不不不，我就是打个比方，打个比方。

庄周重重地合上文件夹，姚总监，我只说一句，如果真有谁完成本职工作那么难，你来告诉我，我会立刻换人，说到做到。

姚海英退出总经理办公室时一头细汗，她暗自庆幸，没在会议室表明观点看来是对的。她隐隐担心，这个庄周总经理很有谱呀，比以往接触到的任何一个上司都难琢磨，怎么才能搞定他呢？

回到办公室秘书迎上来，姚总监，缪小姐刚来过，放下一只礼品盒，说是给您的。

姚海英看到桌上一只包装得相当精美的礼品盒，拿在手上并不重，她关上门急急拆开，姿蔓婷调整型功能内衣！3000多块呀——宫廷红色！心下一阵狂喜，她匆匆赶去缪灯灯办公室，大脑飞速运转，有什么新近发生的事需要告诉她吗？对了，有。

姚海英谦卑地连声道谢让缪灯灯很受用。可她不想只听这些。姚海英总是能第一时间告诉她所有她想知道的事情。这一点，她清楚，姚海英更清楚。除了行礼总也学不像韩剧里的女职员——她总是哈腰撅屁股像打上“老国营”三字商标，这一点很让缪灯灯看不上，其他的她还真没什么毛病好挑。今天也一样。讲完该讲的，缪灯灯挺满意地以为听完了该听的，可姚海英没走，一副欲言又止的样子。

缪灯灯问，你还有事儿？

姚海英期期艾艾地开口，您对庄总今天宣布的制度怎么想？

缪灯灯皱一皱眉头，这种事情，他说什么就是什么喽。缪灯灯的态度是，只要大是大非上没有剧烈冲突，那就庄周说了算。她突然盯着姚海英，我劝你不要违背他的意志，他，好像不大喜欢你。

姚海英的脸多少还是有些变色，她强装镇定地讪笑，怎么会呢。

缪灯灯不看她，信手翻着桌上的文件，他不喜欢也不是太要紧，还有我嘛，怎么说我也是缪冠宇的亲生女儿，缪氏唯一的继承人，虽然名义上只不过是这家投资公司的副总经理。你说呢？

姚海英急忙应着，当然当然，这是谁也改变不了的事实。

缪灯灯继续埋头在桌上，那你知道该怎么做啦？

姚海英直点头，我明白，明白的。

庄周是棵大树不假，可是，缪灯灯才是这棵大树的根。

38

姚海英先去财务部，她要求扣除她个人当月的加班工资——我要为庄总加班申请制度的推进做个表率。她知道，工资报表已经完成，若改动必将通报总经理。庄周未必会同意，就算同意了在自己不过损失一点钱，可至少向庄周表明了立场和态度吧。

安排停当她去见庄周，当然不是为这事，这事得别人讲才会出效果，她要讲的是安排一次郊游，目的是让员工们放松一下身心，再组织一些小活动体现集体的凝聚力。公司有这笔费用预算……

完全在意料中，她还没讲完，主管会计来了。庄周在新的工资报表上签了字，姚总监能有这样的觉悟让人欣慰。他看来很高兴。

姚海英这才觉得有些心疼，近2000元呢。可她还得笑，应该的。

郊游活动倒是很快定下来。就这周五。

静泉山上最著名的当然是静泉寺，远远地看到斑驳的有些陈旧却越显古老的庙门，浸淫着浓重的香火气味，庄周的心一下子空了静了。他轻轻按一下左胸，西服暗袋里有一只小小的玉坠，妈妈曾经戴过很多年的那枚，这也是唯一留下来的纪念，她的遗物。他想知道，为什么这枚在静泉寺开过光的玉坠没能给妈妈带来福佑。

企划部策划的小活动很有意思。当进行评比“最佳礼仪奖”时，不知道谁喊出齐子迁。缪灯灯爱死了韩剧里女人行鞠躬礼的模样，用她的话说，不像小日本卑躬屈膝，也不像老国营虚情假意，韩国人行礼体现的是文化、礼貌和风度。在她的要求下，公司女职员都学会了像韩剧里演员一样标准的行礼。没有人比得上齐子迁做得那样自然那样完美。至少庄周这么看。

齐子迁没有来。

39

周二是发薪日。庄周听到冯剪剪悄悄打电话约人去步行街。庄周笑，怪不得商人都说女人的钱好赚。有点钱就贡献出去了。

有人轻轻地敲门，进来，他以为是冯剪剪。

进来的是齐子迁。

庄周愣了一下，他迅速做出反应，你坐。

齐子迁站着，她看着他，谢谢你，庄总。深深地行礼。

庄周明白她是为给她加薪的事，这是你应得的，他平静地说。他想起郊游，就问，为什么没去？大家玩得都很开心。

齐子迁低了头，家里，有事。

庄周第一个想到的就是她爸爸，是你爸爸生病吗？

齐子迁显然一惊。

庄周解释，我看了你的档案，而且，看到过你和你爸爸一起。

齐子迁点点头，我带他去医院检查。

庄周站起来，若需要帮助，我会尽力。我正考虑让你做回秘书。

齐子迁抬起头来，庄总，不用，真的，现在这样作息我正好有时间给爸爸做饭和陪他复查，而且，她声音低下来，工资也不低。

庄周无言以对，他只好说，如果有困难，你就说。

齐子迁飞快地看他一眼，谢谢。

齐子迁走后，庄周好一会儿没法集中精力，他在想，没有泛滥的加班，齐子迁回家应该能够早一些吧。

40

缪灯灯正式对庄周提出去她家里。她强调说，这也是她爸爸的意见。阿周，我们交往这么久了，于情于理也该去我家走动走动嘛。如果你有家在这里，你父母健在，我早就去看他们了。

庄周笑着说，是吗？

缪灯灯面不改色，当然，我们是很严肃地恋爱，是要考虑婚嫁那种的，放在一般人家男方父母早就该提出上门认亲啦。

庄周不想在这上面和她纠缠，不过，去缪家倒是应该的。好啊，他站起来开始换衣服，选日不如撞日，就今天吧。

缪灯灯喜出望外，真的？那我通知我爸爸。

没有挺括的西服撑着，在家穿着纺绸衫裤的缪冠宇更像个面善的老头儿，举手投足间也显出些迟缓，快 60 岁的人了。不管你曾经如何地意气风发过，甚至蔑视过世间一切，可最终时间会来蔑视你。

四个人坐在长长的橡木餐桌旁，庄周对面，应该是雷竞州所说的梅姨。她沉默地存在着，偶尔撞见庄周的目光会展现一个恰当的微笑。她极力维护着在缪灯灯抑或是所有人面前的自尊，但眼角那一抹寂寥和萧瑟却挥之不去。

庄周拿餐布擦擦嘴角，梅姨，您让我想起一个人。

缪冠宇想要夹菜的手突兀地停在空中，看庄周的眼神像惊奇。

我小时候特别崇拜的一个女演员。不过您比她当然年轻多了。

缪灯灯不满地瞪他一眼，你们那时候就流行追星啊？

庄周笑一笑没出声。

缪冠宇喝了茶早早回房间休息，梅姨也悄没声儿地跟着去了。缪灯灯带着庄周楼上楼下前后左右看了个遍。阿周，她的声音里满怀憧憬，我们以后结婚，就住在这里好不好？爸爸年纪大了也很寂寞，他就我这么一个女儿。何况，这里什么都有。

庄周看着窗外美国中心公园才会有的茸茸绿地，你爸爸有他自己的生活，比如梅姨，我想，他未必希望由你来安排他的晚年。不要干涉老人的自由和情感，辛苦了一世，他们挺不容易的。

缪灯灯愤愤地背过身去，可那是我爸爸。

庄周正色道，没有人说他不是。

缪灯灯不出声，庄周扳着她的肩膀强迫她面对着他，孝顺老人不是时时刻刻挂在嘴上，你对梅姨好一点，对你爸爸就是个安慰。

缪灯灯眼底迅速聚起泪光，可他从来没这样对过我妈妈！

夜很深了，庄周坐在泳池边的沙滩椅上。夏天快要结束了，天也显得空远了些，在灯红酒绿的闹市难得一见的星星和池里的影子捉迷藏，有风吹过，水面泛起深深浅浅的涟漪。

41

早餐桌上的气氛有些异样，缪冠宇精神有些差，而且真的开始咳嗽。梅姨悄悄看看缪灯灯的脸色，小声解释说她爸爸晚上没睡好。缪冠宇急急摆手，没事没事，晚上多喝了些茶水，不当事的。

回到客厅缪冠宇拉庄周下棋。

缪冠宇举棋不定的样子。听灯灯说，你父母都过世了？

是。庄周简短地回答，车祸。

也没有兄弟姐妹？缪冠宇终于落子。

庄周迅速回马，没有。

你父母生前做什么的？缪冠宇连失两卒。

普通科员。庄周沉着冷静，目光紧盯在棋盘上。

那，缪冠宇的手犹疑地伸出去，没有目标。你，多大啦？

31。这盘棋庄周占据了明显的优势。

31，比灯灯大6岁。缪冠宇喃喃自语着。

这之后他们没再说什么，但集中心智的缪冠宇出手不凡，庄周觉到明显的压力。各胜一局，平一局。最终不分伯仲。

缪冠宇哈哈一笑，后生可畏呀。

庄周也笑，您承让了。

午餐时缪冠宇恢复过来，谈笑风生。缪灯灯亮了一手做汤的手艺，逼着大家作评。缪冠宇称赞说，不错不错。庄周也连连点头。

缪灯灯端一只小碗放在梅姨面前，你还没说呢。语气依然倨傲，但毕竟这是她头一次主动。

梅姨有些慌乱，哦，她用匙探到碗里浅浅地盛了去尝，真的挺好，挺好。她的眼圈有些红了，急急地站起来，我去全端来。

庄周告辞出门时，缪冠宇在他肩上重重拍一下，什么都没说。

庄周想，缪灯灯说的对，是该常来走动走动的。

缪灯灯没提订婚的事情，但是庄周看到她用信用卡付账的一张底单。4万多，Diamond baby的一对情侣钻戒。

42

九月下旬，庄周作为缪氏集团投资公司的总经理被邀去珠洲参加一次贸易洽谈会。缪灯灯当然同行。可当天夜里，缪灯灯病了。这病来得突然，早晨再看缪灯灯，瘦了一圈。知道自己实在坚持不了，缪灯灯挣扎着来到公司。她坐在庄周办公室的沙发里，护理员在一边小心地举着吊瓶。司机握住滴流管不让它晃动。

冯剪剪进来倒茶。缪灯灯的机票是她去退的。这个洽谈会非去不可，作为缪氏集团投资公司最高行政长官，庄总不会一个人前往。冯剪剪想，会不会让她随行呢？许多公司老总出差是要带着秘书的。冯剪剪忘记以往公司里男上司的女秘书如何难做了，和庄总一起出差的念头鼓舞着她的心跳和呼吸。

缪灯灯盯着她，吐出一个字，笨。如果不是生病，她会狠狠地骂她一通，她想起姚海英说的，那个丫头看到庄总就喜眉笑眼，还和人说，庄总了不起，改变了公司以往倍感压抑的精神面貌……只看看眼前她的表现就知道这些话并非杜撰。喘了一阵，她说，给病人能喝茶水吗？你爹妈真是会调教啊。

庄周递矿泉水给她，生病休息嘛，怎么还往公司里跑？

缪灯灯闭着眼睛在沙发上靠了一阵儿，不能让你一个人出差，总得有人照顾你，就让……齐子迁去吧。

庄周整个儿愣住。有一刻他甚至以为缪灯灯是故意这样说。

缪灯灯显然误解了他的表现，她虚弱地抬抬手，去找人把她叫来。对庄周勉强做一个笑容，她劝他，这时候再从各部门总监里挑一个陪同怕是来不及，家里的事没法安排，更重要的是得有人照顾你，就齐子迁吧，她做过秘书。别嫌她寒酸，我会让她去买一套衣服，带着她吧，这些女孩子里能帮得上手还不多事的也就她了。

齐子迁穿着保洁员的制服，有些不安地看看病怏怏的缪灯灯，再看看庄周。缪灯灯让财务拿 5000 块钱来，明天，你和庄总去珠洲，拿这钱去买套像样的衣服，想了想，她又补充，还有鞋。

齐子迁吃惊地抬起头来，缪小姐，我，我不能去。

缪灯灯撑着额头，像支持不下去了，别废话！明天要是飞机上没有你，你就找人嫁了养着你吧，不用再想做事。

庄周用眼神制止齐子迁——她还想要说什么。他扶起缪灯灯，行了，我会跟她说。他转向护理员，照顾缪小姐，让她好好休息。

庄周走到齐子迁面前，我知道你放心不下你爸爸，请人照顾他几天，就几天。这样的机会很难得，就当散心吧，别错过。庄周拨内线叫冯剪剪速去买齐子迁的机票，听到电话那头惊讶地啊了一声。庄周把钱递到齐子迁手上，去大西洋百货吧，把这些钱都花完。

43

公司的车来接庄周，齐子迁已经在车里。在机场他注意到齐子迁穿着新买的衣服。白色上衣，中袖，松松地系一条长长的黑白插色丝巾在胸前。配一条黑色长裤，窄窄的腰身，以下部分却相当洒脱，质地轻薄，晨风一吹，有些衣袂飘飘的感觉。看到庄周的目光齐子迁有些窘地低了头。

庄周乘坐的是头等舱，齐子迁在经济舱。中间他过去看了看，她闭着眼睛像是睡了，眼轮有些发青。他没叫她。

飞机准点到达。酒店是预订好的，庄周是无烟层的豪华套房。齐子迁住较低层的标准间。收拾停当，庄周拨齐子迁房间电话，好半天，她才接了。庄周说，去会场看看。齐子迁说，是。

滨城女孩子走在哪里都那么打眼。齐子迁走在庄周身边先还有些局促，庄周的态度很自然，她也就不那么拘谨了。看过会场后他们找了间生意火爆的排档，味道极好，庄周看见有人排队。

回去的路上庄周买了水果和牛奶，齐子迁下电梯时他递给她。

44

会议日程是五天。庄周立刻进入角色。缪氏要想做大做强仅仅固守滨城是不可取的。好在缪氏在珠洲也很有名气，经过了第一天的考察，接下来的两天庄周成竹在胸。齐子迁做助手，他省心不少，她能及时地洞察他的想法，在文字表达上很容易地分出轻重缓急。他们经常工作到深夜，在庄周高层的豪华套房。

第三天，缪灯灯电话打到庄周房间。齐子迁从庄周接电话的语气里辨别出是谁后小心地不发出一点声音——她正在录入有合作意向的企业资料。缪灯灯的病好多了，恢复的不仅仅是她的声色。齐子迁在哪里？不会是在你那里吧？玩笑一样的问话里包藏着其他。庄周看一眼腕表，已经凌晨一点钟。他镇定自若，当然在她自己的房间里。你想说什么？他换一种语气。他知道缪灯灯怕这个。

电话那边静了一会儿，缪灯灯说，我打她房间没有人接。

庄周的回答打消她大半疑虑——总有人打骚扰电话，珠洲的酒店你不会不清楚吧。我让她把电话插头拔了。

缪灯灯把矛头指向他，那你怎么没拔？

庄周笑了，我用座机上网查资料——这才是你想问的吧？

缪灯灯好像放下心来，她开始问起会的情况。

挂电话前，他叮嘱她继续吃药，说正换季，好不利索容易复发。

放下电话房间里安静下来。

庄周和齐子迁互相看看，突然都笑了。那一瞬间，他们好像拥有了一个共同的秘密。

第二天再见面，两人之间多了分熟稔和亲近。

45

会议进行到第四天，就有公司陆续撤展，一大帮当地的摊贩在空出的展台上摆出花花色色的服装百货，动作和表情迅速到位。

洽谈会到此宣告结束，中午庄周离开会场。他不打算参加闭幕式，但下午有一个酒会还是要去，会上的几十家大公司都来，如果顺利，明年初缪氏就要同他们中的某些结成生意伙伴。

齐子迁这两天换了一套裙装，永恒不变的黑白配。青果领，公主袖，精致的腰线，一粒粒玛瑙般晶亮乌黑的纽扣让外套过渡到窄窄的一步裙，浑然天成。庄周不能不称赞齐子迁的眼力，她还买了鞋，她竟然还能退回 500 多块钱——交发票的同时。

庄周来酒会是为进一步拉进与目标合作人的距离。他做到了。

选个适当的时候退场，齐子迁通知酒店订好次日的返程机票。时间还早，他们去了海边，车在情人大道庄周就让司机停下来。这儿的空气依然潮润润的，但远离市区便少了那些燠热。庄周看看齐子迁，她走在他身边始终没出声，有时候他步子大些她就落在后面，听她走路的动静，让他想起很远很远的以前。那时候，跟在哥哥背后的他，是不是也一样迈着细碎的步子，努力地不让自己的脚步变得凌乱，因为有着前面的依靠而觉得安慰。

他停下来等她。风吹乱她的发丝，偶尔的，她转头的刹那会有一缕擦过他的颊，带给他极大的柔软感和安全感。他很久没能这样放松过自己的身心。在一片洁净的沙滩上，他们坐下来，看天边太阳缓缓投入海的拥抱。海水一地碎金般晃眼。

庄周看着身边的女孩子，你的名字很耐回味，好像……

齐子迁转过头来，眼睛里有一种类似回忆的神情，我爸爸取的。

庄周点点头，你爸爸很有见地。只是，为什么是这两个字？可以是“紫芊”，可以是“梓纤”，都很好，而且写出来很女人味，为什么要是这两个字？

齐子迁抱膝坐着，因为，本来是“燕子乔迁”。

噢？燕子乔迁？庄周头一次听到这么美丽生动的词。

生我们的时候，刚刚好可以搬去住楼，爸爸很高兴，就为我们取名为“燕子乔迁”。我们——我和我姐姐，我们是双胞胎。她叫燕乔，我，就叫子迁。

哦。庄周不能不感叹，多美丽的名字，有意境也有意义。可是，他想起履历表上，齐子迁在家庭成员一栏，只填了爸爸。

齐子迁看着远远的海天交接的地方，我们还很小的时候，爸爸妈妈就离婚了。妈妈带走姐姐，我就和爸爸一起生活。

那，你和你妈妈你姐姐，没有联络过吗？

齐子迁摇头，爸爸说，妈妈决定走就是不肯回头了。她很漂亮，她就是太漂亮了，最初嫁给我爸爸她还是很满足的，家里有老照片，他们笑得很幸福，可是，后来……知道怀孕后她甚至不想要孩子。爸爸说，妈妈说过的一句话很伤人，她说，我已经赔上我的青春，可是我不能赔上我的一生。她摘了结婚时奶奶送她的金戒指。爸爸很爱妈妈，可是他不明白为什么他的爱在她看来好像害她。他舍不得姐姐，他说，两个粉团团的毛头齐齐摆在床上就像并蒂开着的花儿。爸爸把戒指拿去打了两个一模一样的金环，齐子迁从领口轻轻扯出一条红丝线，取下来给庄周看，小小金环刻着四个字：燕子乔迁。姐姐也有一个，齐子迁收回去小心地挂回颈上，爸爸说，一旦有一天姐妹相见，也好有个信物。我们现在住的房子差不多可以算作危房，邻居都换了几茬儿，可爸爸依然不肯搬家，他是怕妈妈有一天回来会找不到我们。爸爸没想再和其他女人组成家庭，他一个人，承担所有，直到负重不起。他没有倒下，只不过，他再也不能好好地站立行走，不会跑不会跳，不会说话……

晚霞映红了整个天空，和海水形成壮观的景色。

沙滩上两个人沉默着，听风的声音，浪的声音，太阳沉没的声音。齐子迁的脸被映红，还有她的衣服，她的头发反射出橙色的光泽，眼睛亮得出奇。许久，她说，小的时候，爸爸照顾我。我长大了，他老了，我来照顾他。人生好像轮回。

回到酒店夜已经深了，两个人沉默地站在电梯里，齐子迁的楼层到了，她轻轻道声晚安，庄周站在电梯口看着她在空无一人的走廊尽头消失。他的心从来没有这么乱过。

把自己放在莲蓬头下，他打开冷水。冰凉的水打在身体上，他觉到肌肤下血热热地翻腾，甚至，他能听到嘶嘶的声音，他想他能看到水和身体接触时生出的热气，只要睁开眼睛。除了冷水浴，他想不出其他办法，他只能站在水里等，等着身体里心底里那种冲动释放出去。好像又回到沙滩上，齐子迁说，人生好像轮回。那一刻，他想拥她在怀，他想对她说，让我来照顾你。终于没有。因为心底里有个强硬的声音，你将要照顾一生的人，是缪灯灯。

水刷刷地击打在身体上，他还在等，无望地等。

46

庄周一眼就看见前来接机的缪灯灯。怀里捧着好大一把花束，望眼欲穿。庄周把缪灯灯连同花一起拥在怀里，久久的，他沉沉地坚决地对她说，我要照顾你，照顾你从此以后的全部人生。他怕稍一迟疑会就此失去说这话的勇气。缪灯灯被感动了，脸埋在他怀里，阿周，我爱你，真的非常非常爱你。

人群后面，刚刚下来的齐子迁清清楚楚地看到这一幕。

红色保时捷疾驰而去，齐子迁默默地跟着行政部司机走向车场。

在缪家二楼缪灯灯的闺房，庄周扔下手中的行李箱，他紧紧抱住缪灯灯，长久的，用力的。他的激情感染了缪灯灯，她回吻他，热烈到几欲窒息。两个人互相撕扯着对方的衣服。

午后阳光无遮无拦地从明净如洗的玻璃窗里溜进来，温暖地抚慰沉浸在欢爱里的人。不知道过了多长时间，缪灯灯睁开眼睛，庄周在距离不到一寸的地方很专注地看着她。多么迷人的眼睛，缪灯灯被突如其来的激情淹没，她愿意陷在这双深深的眸子里，沉沉地陷进去，醉过去，哪怕永远不再醒来。

47

缪氏集团唯一的继承人缪灯灯的订婚仪式让看过的人永生难忘。单是那只玫瑰花球——999 朵法国香水玫瑰当天空运到达滨城，花瓣上还萦绕着法兰西的浪漫和多情。代表一心一意的 11 层芝士蛋糕，全部选用瑞士奶酪由 6 名高级西点师亲自制作。缪冠宇笑得最为舒心，他不是嫁女儿，他根本就是多了个儿子啊。他给新人的礼物是一对限量发售的劳力士。梅姨伴在他身边。庄周坚持这样。

缪灯灯感受着所有的荣光，还有嫉妒，来自女人的嫉妒应当是今天不可或缺的一部分吧，她想，她的心像要飞起来，已经飞起来。

我终于得到了。她幸福地仰望身边挺拔英俊的男人。

她不知道，他和她的此刻的想法其实一模一样。

48

庄周加入董事局顺理成章。他似乎是陡然间忙起来。

合作建议得到缪冠宇的首肯，任何时候进到庄周的办公室，他都在和珠洲方面通电话。经过几个轮次的商榷，他开始频繁地往返于滨城和珠洲之间。随行有时是营销总监，有时是业务经理，偶尔是他一个人。缪灯灯主抓菲霞妆品的质量和销售，在这方面她有优势。菲霞的销售节节上升，缪灯灯得到董事会的一致赞扬。缪冠宇把这些归功于庄周，庄周很谦逊地说，这完全是因着灯灯自己的努力。

那家本来快要破产的药厂在庄周斡旋下和美国一家医疗机构共同生产一种新型小儿抗感药，已经取得突破性进展，不日将举行产品订货会。IT 业迎来明媚的春天，以网易为首的几支股票一路飙升，缪氏控股的网站人气猛增，承接了滨城近十家知名企业在网上高速公路的广告。那间典当行庄周依然一带而过，缪冠宇并不过多询问，董事局看出来他对东床快婿的满意和信任。

很快地，商界将步入缪氏时代。没有人怀疑这一点。

这一天，庄周无意中看到齐子迁，她来找冯剪剪。看到庄周她行了礼就走了，什么都没说。

珠洲之行以后，庄周和齐子迁之间突然变得冷淡下来。偶尔在办公区照面，齐子迁默默地行礼，庄周点点头，两人擦肩而过。就像背道而驰的两部车子，只在会车时互相致意。齐子迁会觉得自己前些日子是做了一个梦，梦醒之后，黄粱已熟，朱颜不再。可是，她明明看到过他眼底的光亮啊——他是缪家的乘龙快婿。齐子迁笑自己，你以为你是什么，是灰姑娘吗？等待王子的拯救——“那以后，王子和灰姑娘一起过着幸福的日子。”呵，那只是童话故事而已，现在是二十一世纪，相当现实的物质天地。如果王子换作一个牧童，世界上就不会有《水晶鞋与玫瑰花》了。

49

齐子迁来找冯剪剪借钱。

庄周诧异地抬头。借钱？

冯剪剪看着庄周，她这个月又被扣3800块。

为什么？庄周的眉头蹙起来。

郊游齐子迁没来，行政部报缪小姐批示，就这样，按旷工扣三天工资，您不是给她加薪了吗？就按100元/天计薪，再加上500元全勤奖，小一千就没了。我还听说，行政部正考虑要不要按月扣除齐子迁去珠洲时的置装费……

庄周只觉得气往上涌，他打断冯剪剪，去，把行政总监请来。

姚海英坐在庄周面前，他们之间隔着阔大的班台，黑色的桌面在她面前铺展开来，像一块巨大的黑绸子。她的眼皮急速地跳了跳。

庄周放下电话，和颜悦色，姚总监，你现在月薪多少？

姚海英本能地脱口而出，全部加起来，不过5000。

庄周点点头，明年我们将改革薪资制度，行政总监应该可以拿八到十万年薪。他看着姚海英。

姚海英飞快地计算，十万年薪合每个月8000还挂个零头！就算八万，每个月也有近7000元呢。她一阵狂喜，那就用不着费尽心思熬加班费了。

有人敲门，庄周说，进来。是财务总监。庄周请他坐了。

姚总监，庄周看着她，现在你可以去财务部领3个月的工资，我按一个月10000元发给你。你还可以再领6个月的基本工资，我想，这足够你求职期间的所有用度。

姚海英有些发怔，3个月工资？每个月1万？6个月……一股寒气从脚底蹿起，她的眼皮剧烈地抖动，跟着的还有嘴，下巴，全身。

庄……庄总，我不明白，您这是……

庄周站起来脸上没有任何表情，你被辞退了。

姚海英只觉得大脑一片空白，然后是严重缺氧时才能感受到的呼吸困难。为……为什么？我做错了什么？

庄周脸上很明白地写着厌恶两个字，做了什么我想你自己心里最清楚。他转向财务总监，带姚海英去财务部办手续。

姚海英几乎是夺门而出直奔对面缪灯灯的办公室。她的脸煞白着，前台接待对她行礼她视而不见，她眼睛里只有怒火，如果观察得仔细一点，怒火下面是深重的恐惧。

缪灯灯不在。手机没应答。秘书说是去卖场做调研了。

姚海英掉头折回自己办公室，她不会乖乖缴械俯首就擒，你说办手续就办手续？哼。她冷笑一声。笑声还没冲出喉管就噎住，行政办公室门前立着四个保安，脸上都是铁板一块，冷若冰霜。

冯剪剪站出来，姚总监，请。

交出钥匙的刹那，姚海英再也忍不住，她放声大哭，没有功劳还有苦劳，怎么能这样过河拆桥，总得给我一个说法吧……

玻璃幕墙后每个办公室的人都在关注着这边，但没有一个人走过来哪怕安慰她一句，她真正感受到孤家寡人的含义。

庄周沉着脸走过来，他看着姚海英，你一定要我给个说法吗？

姚海英心虚地避开庄周的目光，明显的底气不足。

庄周将手中的东西重重地摔在她面前，这就是说法！

姚海英只看了几页就面无人色。她无话可说。

我给足你面子，出于对缪氏集团公众形象的考虑！可惜，你不领情。那好，你即将支取的3个月工资就按你现在的月薪标准，多一分钱我也不会给！

姚海英哭着求他，庄总，庄总……

庄周不为所动，是你逼着我这么做的。我奉劝你赶紧离开，他一指她手上的那几张纸，就凭这个，我可以起诉你。

姚海英知道一切都已无可挽回，她收拾起眼泪，走去财务部。

庄周看着外面灰蒙蒙的天，要下雨了。

拿掉姚海英是迟早的事儿，但计划应该是在年底，他提前了。前前后后细细审视一番，他觉得并不影响什么。况且，他出手也达到预期目的。

冯剪剪进来，手中拿着盖章的通知：行政部总监姚海英因工作严重失职予以辞退。庄周签了字，说，立即下发到各部门。

50

雨下得越大了，庄周在车里待了近一个钟头。已经有人家亮起灯来，庄周看了看表，心里有些失落，他发动了车。

齐子迁请假，说家里有事，下午的清洁她明天一早来做。

车子慢慢地驶出，他向马路的两边张望，他想等到她。

十分钟以后他看到她。

她从一家药店出来，撑一把退色的花布伞。薄薄的白毛衣，黑白格的布裙子，隔着雨幕看过去单薄得让人心疼。她低头在想心事，他隔着车玻璃看她。秋风秋雨里不时会有一两片落叶轻轻飘落。

有人穿着旱冰鞋起劲地踩路面的积水，行人避之不及。眨眼间，一群少年呼啸着冲过来，齐子迁被裹挟着忽左忽右，手中的伞撞翻过去，什么东西掉在地上，她惊叫一声，不良少年们一声呼哨顷刻间四散逃开。她急急拎起地上的一只塑料袋，旋即慌乱地四下里张望，除了匆匆而过的路人，哪里还有那帮少年的影子。片刻，她徒然地放手，那只袋子从她手上轻飘飘地落下。

她一动不动地站在雨地里，脸上看不清是泪还是雨，头发水淋淋地贴在脸上，地上的伞被风轻轻推着离她越来越远，她浑然不觉。

慢慢地慢慢地，她捂住自己的脸。她是在哭。

庄周只觉得太阳穴在蹦跳，紧握着方向盘的手骨节青白。他推开车门，他要下去，他不能让她就这样站在雨里哭。

她突然间跑开了。

他站在她刚才哭的地方，那只水淋淋的塑料袋里是一只扁扁的巴掌大的纸盒，活脑素冻干粉剂，拎起来一阵碎响，不用看他也知道里面的东西报废了。他看着前面，她进去的地方——典当行。

她向柜台里伸出手去，她已经问过，这东西他们要。

他冲进来，一把抓住她的手连同她手里的东西。

她不相信地看他，你……

他对柜台里说声对不起，拉起她的手向外走，她想挣开，你干什么？他把她握得更紧，跟我走。

两个人湿淋淋地跑进药店，店里的人吓一跳。

他指着柜台里，活脑素冻干粉剂，问，一个疗程需要多少盒？

营业员奇怪地看他再看她，很清楚地记得她刚刚才来过。一盒 2 支，一个疗程 10 支。通常医院都用 2 个疗程。

拿 4 个疗程的。他掏出钱夹。

不，不行，她拦着他，怎么能……

他不容拒绝地将卡递上去，快。

他打开车门，她依然立着，他下车来转到她这一边，上车。

她摇头，我，我会把座位弄湿的。她浑身上下雨水淋漓。

他不容分说硬把她塞进车里。她脚下迅速积起一汪水。她紧紧抱着装药的袋子。他看到，她白毛衣的袖口磨损得厉害。他把紧握的手掌摊开，那只小小的金环散发出暖暖的光泽。他展开红丝线，轻轻地从她头发上套下去，红丝线坠着小小的金环醒目地垂落在她胸前。想了想，他小心地把它放进她的领口，指尖不经意轻轻触及她突出的锁骨间的肌肤，她全身一抖。那一瞬间，他真想把她拥在怀里。他的手终于只停在她肩上，他说，你怎么那么傻？

车开到一家诊所门前停下。他跟她进去，很简陋的诊疗室，靠墙摆着一张床，床单和被褥是洗不出的发污的白色。她爸爸睡在那里。她拿出一只药盒交给赶来的医生。

他去附近的超市买了一大堆吃的放在门诊。

后视镜里他看到她站在诊所的门前。

51

缪灯灯晚上才知道姚海英被辞退的事儿，正焦灼地来回踱步，庄周湿淋淋地回来了——他说车在路上抛锚。她赶紧拿了衣服送去浴室。庄周擦着头发出来，她端一碗汤看着他喝，问，今天发生什么事？她不喜欢姚海英但绝不讨厌她，她指着她当一个灵醒的耳朵罢了。可这样的结局好像无法让人接受。

庄周从公文包里取出一只牛皮纸袋，自己看吧。

几份人员资料，还有病历，有盖着大红戳的公函——派出所证明？

缪灯灯不解，这上面的人名字她全部陌生。

庄周说，这些都是缪氏的员工。他拿过那几张纸，这个，大厦保安员，入司一年零两个月，是他服刑期的四分之一——入室抢劫；这个，菲霞化妆品仓库的保管员，只在农村自办小学上过三年，人事档案上学历是大专；最可怕的是这个，员工餐厅杂工，入司一年，他有七年的肺结核病史！

缪灯灯大惊失色，天哪天哪，那，他们现在……

庄周的声音和神色都很沉重，已经让他们递交辞呈。不说开除是怕招来不必要的麻烦。这些事情一旦传扬开来，对缪氏极为不利。多年以来建立的公众形象、企业声誉可能毁于一旦。要是有个把别有用心的人招来媒体介入，不要多，只一天，缪氏就完了。

缪灯灯恨得咬牙，这个姚海英，枉我对她那么信任。

庄周皱了皱眉，我接着要说的就是这个，你为什么信任她，因为她投其所好，把一些原本平常正常的事情添油加醋地讲给你听，而你呢，听得兴致勃勃。有你做后盾她才敢这样胡来，从某种角度讲，事情的症结还在你。我说的对不对？

缪灯灯只有默认。她问，现在怎么办？

庄周说，简单，重新找一位行政总监。最好是男的。

缪灯灯说，你决定好了，看人方面你比我强。

公司里很快就传开了姚海英为什么被辞退的原因。大家一面快意姚海英的走，一面佩服庄周做事决断，有人觉得庄周应该痛打落水狗，就有人站出来说庄周是为大局着想——他毕竟是缪氏集团投资公司总经理，董事局成员，他必须为缪氏考虑。

所有人好像都忽略庄周是缪氏集团继承人缪灯灯的未婚夫。

庄周心无旁骛地做自己的事情。最快时间安排全体员工做了一次体检，他说从今以后这也是员工福利待遇中的一部分。

一周后，新的行政总监上任。真是个男的。

52

这一年的圣诞，缪氏终于和珠洲泰力公司正式签订合作意向书。签约仪式就在冠宇大厦，各路新闻媒体争相报导，庄周很低调地尽量不引人注意，回答记者提问时将全部成绩归功于缪氏集团董事会的决策英明。他把自己完全隐藏在缪冠宇的光芒背后。很多年了，缪冠宇没再喝过这么多酒，他蒙眬着眼睛拍拍庄周的肩，好样的。庄周自始至终保持着清醒，他搀着缪冠宇，关键是您打的基础好。

圣诞夜是狂欢夜。回到缪家已近黎明。缪灯灯余兴未尽，在浴室里好久，出来时她已经换上一条紫色镂花真丝睡裙，短得稍一迈步就有走光的危险，裸着葱白一样的臂和腿，她妖娆地走去卧室，脸上画了那种性感的烟熏妆。

庄周和衣横在床上，房间里弥漫着淡淡的酒气，混合着缪灯灯闺房的脂粉香水气味，营造出诱惑的氛围。缪灯灯轻轻推庄周，阿周，可以去洗澡了，阿周？庄周已经睡熟。

费劲地帮他除去衣服，缪灯灯香汗淋淋。庄周依然酣睡着，好像梦中也在思考，他皱着眉。自珠洲洽谈会之后不过三个月的时间，庄周明显地消瘦了，原本硬朗的脸此刻近乎清癯。缪灯灯又爱又怜，她伸出手轻轻抚平庄周的眉，吻他的额，他的眼睛，他的唇，他宽厚的胸膛……她不能自持。庄周发出一声沉沉的叹息，好像累极，他翻身过去留给缪灯灯一个后背，缪灯灯看着他，一时间竟有些百感交集。她就这样坐着，一动不动。

他们已经很长时间没有做爱，往往他回来时她已睡下，她醒了他也要走了，她想他，想他爱她的每一个夜晚、每一个动作甚至每一个细微的表情。她当然不能怪他，甚至不能有一丝一毫的怨气，他的作为有目共睹，他是在为缪氏，为她的父亲，为她缪灯灯拼命劳作。有一刻，她恨自己是缪灯灯。

天刚放亮时她终于依着他躺下，紧紧地抱住他，下巴抵着他的胸，手臂环着他坚实的腹部她才会觉得踏实。

缪灯灯醒来已是近午，身边空空的，她跳起来冲进浴室，镜子上还残留着淡淡的水汽，庄周的剃须泡沫盖子忘记盖上，可他的人却不见了。缪灯灯打开衣橱，他的公事包和旅行箱都不在。急急换了衣服下楼，缪冠宇和梅姨已经在餐桌旁等她下来吃午饭。

阿周呢？她问。

和泰力的老总一起飞珠洲了。

她其实也能猜到答案，可一经证实却还是失望到极点。我不想吃饭。她怏怏地往楼上走。背后缪冠宇问她，灯灯，你的脸怎么了？昨晚精心描画的烟熏妆让她的脸此刻看上去真像被烟熏过一样。

站在浴室的镜子前，她褪去身上的浴袍，朦胧的镜子里玉一样的身体啊，她伸出手臂轻轻擦去雾气，难道我不够吸引他吗？

53

庄周两天后回来，对方的第一笔款已经入到缪氏账上。

缪灯灯得到消息驱车回家，庄周在浴室，换下来的外套扔在地板上。缪灯灯一件件捡起来，她是想送到楼下交给阿姨拿去干洗。然后，她就看见了那抹口红。在衬衣领口侧面。她当时就不会动作了，一股强电流击打得她浑身麻木。好半天抖着手再看，在衬衣的胸前还有一个清晰完整的吻痕，艳冶的炫紫色，泛着荧光，正是美宝莲新推出的璀璨系列，各电视台黄金时段里都在播这条广告。还有，陌生的香水味道，不是庄周的古龙水，也不是她的夏奈尔5号，一种坦白的有着侵略性质的香味儿，几乎把她打倒。

想象，只需想象，庄周和一个艳冶的涂着闪光的紫色口红，染着金色的头发，穿着紧身开衩的裙，媚眼如丝风情万种……

缪灯灯血脉贲张，她冲向浴室破门而入。

庄周正擦身上的水珠，他吃惊地转过头来，缪灯灯拎着那件衬衣扑到他身上，极度愤怒使她已经说不出话，她拼命地叫，她想撕碎这个男人，这个让她爱极恨极的男人，可她却紧紧地抱住他……

在那缸逐渐变冷的水里，缪灯灯耗尽她全部力量，她软软地伏在庄周的身上，你有我啊，怎么可以去爱别的女人？

你怎么可以？他们的身体紧紧地贴在一起，好像一条连体的鱼，缪灯灯真希望他们就是一条连体的鱼。庄周轻轻地搂着她，把她的脸贴在他的胸前，他什么都没说，扯过一条大浴巾裹住她把她抱去床上。她不肯放开他的手，发出呓语般的声音，阿周，就像刚才那样再爱一次，我们有多长时间没这样在一起了，你能记起来吗……犹豫一下，庄周默默地躺在她身边，她只够力气搂住他，就沉沉地睡去了。

庄周又走了，这一回他带了营销总监同行。他不回来过元旦。

缪冠宇头一次走进缪灯灯的房间，他坐在床边看着昏昏沉沉的缪灯灯——庄周走后她就这样躺着不吃不睡已经两天。缪冠宇轻轻拍拍女儿的肩，灯灯，涉足商场你是知道的，生意上的应酬不以人的意志为转移。庄周已经告诉我了，那是泰力的老总安排给庄周的歌厅小姐，入乡随俗嘛，他总不能拂了地主的面子，他说他和那女人根本没事发生，我相信，你也应该相信，一起这么久了，他是什么人你最了解。灯灯，男人不算什么，可一个好男人却是凤毛麟角，想要抓住他就要给他相对的空间。

缪灯灯慢慢起来，她颓然地抱住自己的头，她觉得她完了。

54

一年最后的工作日，庄周不在，缪灯灯强打精神来公司。

桌上端端正正放着一只文件夹，打开来一看，辞呈——财务总监递交了辞呈?! 缪灯灯的头立刻大了，她急急忙忙来到财务办公室，财务总监恭恭敬敬地请她坐下。他终于拿到梦寐以求的国外一所著名大学的奖学金，实现了他多年以来的夙愿。

财务总监真诚地感谢缪氏这两年来对他的重视，特别感谢缪灯灯对他工作的支持和理解，一定是肺腑之言，他的眼睛里闪着泪光。年终各项审计报表都已经完成，他说他会认真配合继任完成工作交接，这样对双方都负责，这也是财务人员必需的职业道德。

缪灯灯无话可说。他的合同刚刚好到期，他是不会再续约了。她脚步沉重。他只给她一周时间，他急于飞往大洋彼岸。

缪灯灯通知了庄周，也向父亲通报了这一突发事件，两下里都很震惊。庄周搭乘最早一班机回来，与缪冠宇交换意见，立即着手寻找新任人选。财务总监推荐了他的大学同学，他能够出国深造这位同学出了大力气，投桃报李，他希望能够由这位同学来继续他的工作。财务总监是个重要职位，董事会也很慎重。鉴于前任财务总监入司以来兢兢业业，对投资公司颇多贡献，大家决定见见他这位同学。看来各方面都无可挑剔，财务总监更是对其人品打了保票。庄周珠洲方面的合作正是紧要关头，缪冠宇最后拍板，就是他吧。

庄周连夜飞回珠洲，带去了叶兰，说珠洲方面有些企划事项需要缪氏派员参与。

缪冠宇告诉缪灯灯，庄周带着叶兰在应酬上就可以避免上次那样的事情发生。他感慨，阿周用心良苦，灯灯你不能不体谅啊。

元旦揭示着新的一年开始了，缪灯灯却高兴不起来，没有庄周的日子她觉得都一样，无所谓新年不新年。很久没购物，眼下的心境倒是很适合花钱。她收拾停当出门。

心情一定会好起来，这方法她试过，而且屡试不爽。

车的后座很快堆满，可缪灯灯还觉得不过瘾，但是她累了。

找了一间酒吧，她径直走进去。昏暗的灯光，暧昧的音乐，不大的空间混合了咖啡和爆米花的香气。挑一个角落坐下来，她叫了一支法国红。晶莹剔透的高脚杯，装满着殷红的酒，像一抹弃妇的红唇，妩媚而寂寞。她喝着，想着，不知不觉酒已下去一多半。

她没有注意到什么时候对面多了个人。

一只手伸过来握住她的，灯灯，你不能再喝了，会喝出病来。

他叫她灯灯？缪灯灯努力张大眼睛辨认着，呵是你呀。

她认识，岂止认识，在那间专属她的酒店包房，他们有过缠绵的夜。但他并不是她众多情人中的一个，他来去无踪，只在他想出现的时候她才会看到他，这也是到现在她还能记得他的原因。

他有着一种贵族气质的苍白，特别是那双媚惑的眼睛，总能让她有种触电的感觉。他整个人隐含着某种危险的气息，却又让她跃跃欲试。在床上他带给她的感觉也是新鲜的奇妙的，让她难忘。她看着他，他脸上写着关切和怜惜，他握着她的手，你怎么了灯灯？

她的泪像断线的珍珠，今天晚上，你可不可以陪陪我？

55

缪灯灯以陈智（他叫陈智？）的名义重又把1808包下来。

珠洲方面捷报频传，缪灯灯也能安心于滨城方面的工作，一切看来都恢复了正常和平静。

一名董事的突然辞世让一切失衡。

这个叫董孝义的董事跟随缪冠宇多年，缪氏表示承担一切医疗丧葬费用，而且给家属数目不小的一笔钱。

可对方并不领情。

对方提出的条件是：1.安排其子女来缪氏工作，且必须选定一人加入董事会；2.将其父生前所做贡献计作无形资产作为参股由子女继承。一句话，他们不想一时得利，他们想要一世受益。

缪冠宇半晌无言。

缪氏成立之初，是靠一班弟兄打拼才有今天，但始终都是缪冠宇一人出资。公司壮大这些年他没有亏待他们，安排要职辅以高薪，也因为这样，大伙儿依然对他忠心耿耿。可现在他不能不想，今后呢？一旦有一天他撒手人寰，灯灯面对的会是怎样的局面？

既然这一天迟早要来，倒不如早做打算的好。

庄周被紧急召回，缪冠宇在书房等他，甚至缪灯灯也不能听。

缪冠宇递给他一份文件，上面写的清楚，一旦缪氏上市成功，庄周将持有公司10%的股份。庄周无话可说。因为缪冠宇的亲女儿缪灯灯也不过11%的份额，只比他多一点点。除却这两人，他持有的股份最大。缪冠宇很认真地遵循着证监会的规定——任何个人持有的公司股份不得超出28%。其余各董事拥有6%到9%不等的股份，甚至包括已经死了的董孝义。

缪冠宇是个好人，可要做好人就意味着牺牲和付出比别人多。

庄周说珠洲方面需要一份资料，他要回公司查看。

缪灯灯没留他，只把他送到门口，甚至没有吻别。

缪冠宇召回庄周的前两天，她早上醒来特别不舒服，就好像一只猫在身体里抓抓挠挠，去医院做检查，没拿到结果，医生的表情有些怪，让她第二天再来一次。就在今天，她终于拿到检验单，紫色的印戳是她不懂的字眼，医生看她的眼光有刺，隔着厚厚的口罩，声音听起来很远，不懂？这是说，你的体征表现出很强的毒品依赖。

毒品依赖?！缪灯灯眼前一黑。媚惑的笑容，他说，这是助长性趣的，能让你欲仙欲死，体验前所未有的高潮。他做到了，她偎在他怀里浑身无力，可快感依然像浪一样冲击着她，一遍一遍，她开始盼望每个和他一起的夜……

她疯了一样冲进1808。房间里安安静静干干净净。没有陈智。和以前一样，他来去无踪，除非他想出现，否则她不会再看到他。

她绝望地扑倒在床上，死死咬住枕套，疯一样地撕扯着；她抄起床头的台灯，狠狠砸在墙上；她冲进浴室，手能抓到的任何东西都将粉碎……台子上静静地躺着几个细细的玻璃瓶，装着近乎透明的白色粉末。然后，她看到手臂上几个淡淡的针孔。

缪灯灯靠在电梯的镜子上，手在口袋里紧紧攥着那几只玻璃瓶。

56

庄周陷在黑暗里，已经很久。10%，这不是他要的结果。就算加上缪灯灯的11%，就算再加上缪冠宇的28%，也不过49%！他站起来，不，这绝对不是他要的结果，他倾注了那么多的精力和心血，为这一天他等了十五年——难道就是为了这11%又或者49%?！11%和49%在他眼里没什么区别，因为，另外的那部分是51%！

庄周一件件脱掉身上的衣服，他又看到胸前那只玉坠。

最后的王牌，本来他不想出的。庄周看着镜子，对不起，他说，是你逼我这样做。

他的手机响了。他接起来，对方只说了两个字，搞定。

庄周也只简短地应一声，我马上到。

一间昏暗的录像厅，屏幕上是不堪入目的色情画面。最角落的一只沙发上，庄周看到那个人。

他走过去，将手中的一只黑塑料袋交给他，这是剩下的十万。

对方接过来，黑暗里，他展现一个苍白的笑容。

庄周厌恶地看着那张脸，他毫不掩饰，这种人从某种程度上讲，已经不再是人。立刻给我消失，他说，否则，我会让你永远消失。

放心，我懂规矩的。媚惑的眼睛诡秘的笑容，鬼影一样隐没了。

庄周看着浓雾深处。毒品毁灭一个人真是太容易。现在他敢肯定，拿了十万的这个人，活不过半年，甚至更短，他忘了还有之前的十万。二十万的冰粉足以让他逍遥 40 天，如果他的命够硬，如果他没有疯狂到一次注射双倍甚至更多。

庄周坐在车里又打了两通电话。

不管最后事态如何发展，那帮老家伙都要滚蛋！缪氏将不再和他们续约，不过会给他们一笔钱。至于这以后，他们何去何从就不是庄周该关心的事了。如果他们敢逆势而为，那么，等待他们的将是大牢。哪个人敢站出来说自己身上没毛病？财务上恭候大驾。

庄周重新回顾一下今天，该做的做了，即将做的也安排好了，他放下心来。这些日子他太累了，他急于寻找一份安宁和温暖，就像冬夜里窗口透出的灯光，指引着回家的路。

轻轻敲门，他听到走动的声音，灯光从门缝里倾泻出来，谁？

门开了，他再也无法控制心底的冲动，他紧紧地紧紧地把她拥在怀里，轻轻的一声惊呼，那种柔软的安全的感觉，瞬间袭击了他占领了他。他一字一句地说，我要娶你，我可以娶你了，齐子迁。

57

很简陋很狭小的两间屋子，可是很干净。

本色天蓝的绣花桌布洗旧成粉蓝色，古旧的家具，表面的漆补过，那间开着门的屋子应该是她的，窄窄的床，薄薄的花被子，窗帘同一个颜色，太阳底下开着的简单快乐的小花。

她父亲在医院。他当然知道。

她被动地牵在他手里，他看她，她低了头，露出一小段白白的颈。他的手伸去她的胸前，解她睡衣的扣子，她吃惊地抬起头来，不，她说，她的手抓住他的手腕。他看着她，一眼不眨地看着她，仿佛被催眠，她慢慢放开手。一粒，两粒。她微微颤抖，肌肤由玉白变成奶油色再变成透明的粉红，他轻轻摩挲着她的颈，她突起的锁骨，他的手轻轻滑过她的胸前。他抱起她，慢慢地，轻轻地，像抱着一个婴儿，他把她放在床上……

从来没有这样爱过一个人，他吻她，用全部的感情和爱，她干净的眼睛，干净的笑容，干净的身体……他想，这是他一生都想要拥有的，一定是。

你恨你的妈妈吗？他问她。他恨他的父亲，因为他，他的哥哥、他的妈妈从来都没有幸福过，而今，他们都去了，包括他的父亲，可是他依然恨他。妈妈让他走得很平静，如果换作他，他会让他生不如死。当然，他更恨另一个人，那是一切错误的根源。

她摇摇头，怎么能恨她呢？无论如何，她都是我的妈妈，这是无法改变也无可替代的。而且，每个人都有追求自己幸福的权力，她想离开那么她的心就已不在。我爸爸也不恨她，他很感谢她，感谢她给了他一段幸福。圣经说，都是虚空，都是捕风。我爸爸说，要善待人生，要有一颗感恩的心。

要有一颗感恩的心。一直以来钢铁般坚定的意志似乎在那一瞬间动摇起来。不不不，他告诫自己，这是不一样的，不一样。

58

一家叫作“SEE”的不知名的小网站忽然间访客如云，点击率高达 10 万次，以至于服务器停止工作，中断了所有链接。

但是许多人都看到那影像，一男一女极尽狎昵。人物面部不很清晰，印证了偷拍的可能，但这也更能说明其真实性。画面在人体敏感部位做过相应处理，带有酒店特征的客房所有标识全部隐去。有人认出，影像中男人曾经在一些三流歌厅做 DJ，是圈里出了名的瘾君子，偶尔客串午夜牛郎。至于女的，观者讳莫如深地一笑，但网上已经有人赫然发难：缪家天下，声色犬马。

缪氏名下那家网络公司于某日清晨收到一封带有附件

的电子邮件，标注为最高优等级别，想是怕被当作垃圾邮件处理掉。附件是经过压缩的影音文件，好像 AV 小电影，制作粗糙感觉却很真实。能确认的是，画面中的女人，就是缪氏集团的缪灯灯。

有人出面及时制止了事态进一步发展，但收件是在网站对外公开的信箱，许多人都看了，于是种种传闻在公司内部不胫而走。缪氏上层对此保持缄默。庄周长驻外地不见首尾，缪灯灯已经很少来公司，有人猛省，有一段时间了，没见两人同时出现在众人面前。

一波未平一波又起，某小报爆出猛料，那个曾经出现在影像中的神秘男人暴毙，警方怀疑该男子由于注射毒品过量导致心衰死亡，在他身上发现有艾滋病检验报告单。艾滋病病毒携带者。

缪氏上下一片哗然。

周一的例会，大家都坐到会议室，主持的位置却空着。这是从来没有过的现象。不安夹杂着一种莫名的骚动迅速弥漫，正当众人议论纷纷时，会议室的门被推开。

出现在门口的是，庄周和缪灯灯。

庄周面无表情，却有一种震慑人心的威严，缪灯灯一脸苍白，神色是从没有过的冷漠。他们身后，是缪冠宇。

会议室里一时间鸦雀无声。

庄周和缪灯灯在会议桌右边上首坐下来，他紧紧地握住她的手。缪冠宇走到主持的位置。和以往所有晨会没有任何不同，对于沸沸扬扬的影像事件，缪冠宇没有只言片语的解释。

不需要任何人的任何解释，庄周和缪灯灯双双出现在众人面前就是最好的回应。缪冠宇宣布，由于身体原因，他要休息一段时间，由庄周代理董事长一职全权处理相应事务。

再一次，会议室里寂静无声。

缪冠宇说，散会。所有的人都看到，董事长一下子苍老了许多。

59

昨天，庄周请缪冠宇一起去水晶宫。在一间贵宾房，他将所有服务生打发出门，一个也不留。

缪冠宇看着庄周，无言以对。生平第一次，他动手打了灯灯——养大女儿到 25 岁，他还是第一次对她动手。庄周是搭乘夜航班机返回滨城的，他一定是什么都知道了，可在他眼睛里他没有发现痛苦，却有一种深重的、无可名状的快慰，和一种就此解脱的如释重负。

闪念之间，缪冠宇只觉得心脏一阵绞痛。

庄周递过来清心丸和救心丹，没有丝毫离开的表示。缪冠宇知道，对方完全是有备而来，除了听天由命，他别无选择。

庄周取出浴袍递一件给缪冠宇，他开始一件件脱衣服。

缪冠宇陷在沙发里，看着庄周的背影，宽阔坚实的肩背，随着动作，一块块肌肉有节奏地律动，年轻意味着无穷的力量和蓬勃的生机，缪冠宇忽然就觉得很累，但心底的那一分怕却不翼而飞。如果命运安排必将如此，如果命中注定他避无可避，如果这一生他其实就是等待这一天——既然在劫难逃，他只能面对现实。

庄周站在镜子前，久久地注视另一个自己，如烟往事其实好比硬伤后遗症，总是在身体和记忆深处千回百转地纠结缠绕。都是虚空，都是捕风。这是谁说的？哦，是子迁，她说这是《圣经》上写的。庄周不看《圣经》，就是在国外的那些日子他也不看，普度众生到最后却被钉死在十字架上，他厌恶这种牺牲，他觉得不值。他看到过一幅圣子像，圣子躺在一个藤条编的篮筐里，铺着的紫色褥子上有矢车菊花图案，褥子上有破洞还有缝缀的痕迹。圣子右拳拄着小嘴，左臂放松地搁在自己身上——和任何一个出生不久的婴儿没有区别，即使代表的不是耶稣，也给他一种平和纯洁的光辉感觉。如果这孩子知道长大后他所要经历的一切苦难，知道他要被钉在十字架上流血而死，他还愿意来这世间吗？如果让他选择，如果他能选择？

庄周缓缓地转过身来，目光中有一股冷飕飕的清澈。在他胸前，那枚玉坠映着灯光散发出温和的光泽。

缪冠宇哀叫一声捂住眼睛。他高估了自己的承受力。

庄周半跪在他面前，很仔细地为他换衣服，扶着他走进御蒸房。

乳白的雾气大团大团地升起，缪冠宇浸淫其中仿佛追思，他的目光看得很远，洞穿了迢迢来路一切风尘。时光倒流。

60

这一生，缪冠宇只爱过一个女人。那时候的她正如一朵含苞欲放的花朵，恣意享受着阳光雨露。太多人追随着她的身影，她却对他情有独钟。他们相爱了，世间的一切都变得那么美丽，太阳的影子，风的声音，蓝蓝的天上掠过鸽群……

他们坚信，前生有缘，今生有幸，来世依然有爱。

她住剧团的大宿舍，他的那间小屋养了几盆花花草草，每天她都来看它们，看他，他喜欢她对它们的样子——无论花草一视同仁，给花一勺水，给草一勺水，全不管它们喜水还是厌水。她对待植物的天真态度就像她对人一样。他就想，呵护她，永生永世。

春夜，和万物生灵一样，他们结合，水乳交融。他们没办法知道，门外的那个世界却开始分裂。她来找他，是在一个深夜，散乱着长发，赤着脚，脸上是纵横的泪水。她扎在他怀里痛哭失声，她的头发被剪了，她引以为傲的乌黑长发，无论扮作铁梅还是喜儿，那一袭乌油油亮闪闪沉甸甸的长发总能引来一片赞叹，她从没想过发出赞叹的人会有一双残酷的手。

他们被带到一间空屋，跪在一片利剑样的目光和手指里。

皮带劈头盖脸铺天盖地，他紧紧搂着她，用自己的身体保护着怀里瑟瑟发抖像落水的小猫一样楚楚可怜的她。他们被分开关起来，三天三夜，滴水未进粒米不沾。走出黑洞洞的小屋，他几欲跌倒。

她被扣上所有罪名，挂了破鞋游街。他看到她脸上的泪，她的头发被齐齐剪去，像失去尾巴的凤凰，只剩母鸡的蠢笨。不是没有自责，可一想到前些天那一双投井自尽的青年，泡得变形的身体紧紧地搂在一起，掰断了手臂才把他们分开，踏上一万只大脚让资产阶级狗崽子永世不得翻身……他跟着人群挥动手臂。

在一扇充满未知之数的门前，最终不是柔弱的她捍拒，而是自认坚强的他足将进而趑趄。殷鉴不远，人人自危，他想好自为之应该没有错，他也知道这是自欺欺人。再以后，她很快地把自己嫁了。

他才知道她原来有了自己的骨肉，也就知道她境况的尴尬和窘迫。可是，他无能为力。他以为，漫长的时间定可以让他忘却，郁郁中娶进一个相貌平平心地善良的女人，有了一个女儿。这时候，他们已经分开近十年。可是，他想她。想她和她的孩子。这感情来得那般强烈和坚决。他找到她，第一次，他从她的严肃、决绝和从容中印证了她的完美，但是晚了，她已从他的生命中离去。她说，我会带大儿子。啊，他有一个儿子。然后，他再没见过她。她离开这座城市。远远地，决绝地，再不肯回头。

他从没见过自己的儿子，他能做的只是远远地关注她，以卑微的景仰的目光。他唯一能肯定的是，她不幸福。他惩罚自己，他发重誓，如果上天再给他一次机会，让她回到他身边，他愿意付出任何代价。她却不肯原谅他，就像稍纵即逝的流星，她走了。她的死对于缪冠宇来说始终是个谜。失去生命中至爱的女人，缪冠宇一夜白头。几乎是同时，他的妻也离开人世。

多少年过去了，他常常忆起那刻骨铭心的短暂恋情，禁不住双泪长流，她谜一样在他的生命中彻底消失，他才发现他是那样爱她，她又是那样值得他去隽永地爱，因为她的美丽一点都不单薄，不简单。

对妻的赎罪体现在女儿身上，他给她双倍的爱用以补偿，他不知道，他这是害她。

有一种感觉丧失之后，做法就会越错越离谱。

61

缪冠宇战栗着伸手过来，把那枚玉坠捧在手心，这是我送给她唯一的礼物，她的生日，我们一起去静泉寺，我把母亲家传的这枚玉坠拿出来，在佛面前许下心愿，我说，让我们永世不要分离……

一滴混浊的老泪终于爬出眼眶，缪冠宇瞬间苍老。

我知道你要什么，从见到你的那天起，我就有这种感觉。如果这也算一种报应的话，那么，我认命。缪冠宇从没有过此刻这般的平静。财务总监突然离开，我就知道，我必须认命——他要去的正是你就读过的学校，他的担保人是你在美国的房东，天下不会有这样多的巧合。可是，你还要什么？

庄周冷笑，我要什么？他一字一句，我要我妈妈而不是什么小店老板娘亲手做的一碗汤，就要那一碗汤，你能给我吗？

缪冠宇被击中要害，他恻然无语。

庄周微笑再问，你想知道我的哥哥，你儿子，他是怎么死的吗？

什么？缪冠宇全身颤抖，他死了？我儿子他死了？

庄周的眼睛里满满的恨意，是，他死了。没有双脚双腿，他就用两只手爬上窗台，把自己像一只麻袋样扔到楼下的水泥地上。从小到大，我和哥哥都被人骂，野种，杂种，拳打脚踢是家常便饭，那个男人还往我妈妈身上扔破鞋，那时候你在哪儿？搂着老婆抱着你的宝贝女儿享受天伦之乐！有没有想过，一个女人生了你的儿子活在另一个男人恩赐的婚姻里该是多么的艰难和辛酸！哥哥懂事以后再没有叫过爸爸，他不叫那个男人他也不会叫你！他恨那个男人他更恨你！不然他怎么会只剩半截身体，就像残缺的布偶一样悲惨地死掉！妈妈好不容易盼到我们长大，好不容易看到生活向她绽开笑容，只一天，这些全毁了！都是你都是因为你！钱算什么，缪氏集团算什么，就算再加上缪灯灯又算什么，全部加起来也抵不上我妈妈和我哥哥两条命！

缪冠宇惊悚地看着庄周，潮水般的恐惧让他几乎窒息，他不能不怕，你说什么？灯灯？你是说，灯灯这样子是你，是你故意……

庄周弯下腰来眼睛直直地盯在他脸上，是，你能怎么样？

缪冠宇哆嗦着嘴唇，好半天，他说，你太狠了。

庄周一脸冷漠，狠？是你教我的。是你让我懂得，杀死一个人不一定要亲自动手，他举起自己的双手，至少，我留了她一条命，而且，他柔声细语，我会照顾她从此以后的全部人生，就算她老得惨不忍睹，我也不会弃之不管。你大可以放心，我从来说到做到。

缪冠宇仰天长叹，报应啊，作孽！灯灯，是我害了你，我对不起你和你妈妈，都是我害的……他软软地溜到滚烫的地板上。

回到缪家已是黎明。梅姨心神不定等候整晚，她迎上来扶住缪冠宇，惊讶地感觉到怀中的人像是失却水分的枯树，轻飘得无可倚靠。缪冠宇极力抓住梅姨的手，梅，我们走，离开这里，生命对我们来说已近黄昏，我不想一个人看着天黑。

庄周找出一套衣服扔在缪灯灯身上，起来，他一把扯起她，洗脸化妆换衣服，跟我去公司。他找出订婚戒指，很认真地给她戴上。

62

缪冠宇选择悄悄地离开，他甚至不能够和女儿道别。看着熟睡中缪灯灯憔悴的脸，他知道，他已铸成一生的大错，无可挽回。

庄周跟着他来到书房，董事会上宣布了他代行董事长职责，但他需要一份文字来证明一切。缪冠宇接过庄周递过来的笔，在早已经准备好的文件上最后一次签下自己的名字。

庄周说，一路顺风。我很忙，就不送了，需要用钱尽管说。

在他背后，缪冠宇完全是一个风烛残年的老头儿，从事业的宝座上被拉下来，唯一的女儿和宣判死缓没什么区别，没有立刻倒下庄周觉得他已经足够坚强。

你不是你妈妈的儿子。这是缪冠宇在说话。

庄周缓缓地转过头来，他看着缪冠宇，有一刻他以为老头儿精神失常，如果是这样倒很正常。

没有。缪冠宇目光坚定，神色安详。

你不是你妈妈的儿子。缪冠宇又说了一遍。

庄周一点点扬起脸，他从眼皮底下看着这个老头儿，他最好住口，在他还没开始发怒之前。

你继承的是你父亲的骨血，你的身体里流淌着和他一样的冷血，你有和他一样冷酷的心。你不是你妈妈的儿子，你没有一点地方像她，从头到脚都不像。如果你是她的儿子，至少，你不会这么狠毒。她是世界上最单纯善良的女人，她选择牺牲自己。而你相反，你牺牲他人，只为成就自己，你做的一切都不是为了别人，不是为你妈妈也不是为你哥哥，你只为你自己，你自私可是你不承认。

缪冠宇牵着梅姨的手，自作孽，不可活，这是对我说的，也是对你说的。他拎起地上的行李箱。我走了，只希望你能兑现给我的承诺，好好地照顾灯灯。她没有错，错就错在她是我缪冠宇的女儿。

缪冠宇和梅姨从庄周面前走过去，很坦然很无畏，他们相互扶携着，像一对恩爱多年的夫妻，相濡以沫，荣辱与共。

庄周对着空旷的大厅暴叫一声，滚！永远别让我看到你！

缪灯灯站在二楼，看着爸爸消失的方向，她泪流满面。

63

缪氏集团的上层人事变动犹如一场前所未有的大地震，硝烟散尽后已是面目全非。董事局彻底变脸，所有老面孔荡然无存。

想知道一个人的身价，看他的对手。庄周面前全是敬畏的目光。

雷竟州来请庄周参加他公司的周年庆典，他已经开了第三家分店，他说没有庄周就没有他的今天，他是真心的。

缪灯灯的目光停留在雷竟州旁边的女孩子身上，那是他的女朋友，小鼻子小眼小嘴，倒也秀气，他们很快就要结婚。

缪灯灯略带矜持地说，我们可以去。

雷竟州看一眼她，尽量客气地说，对不起，我并不想占用您的任何时间。

缪灯灯的脸刹那间变得灰白。

这一晚，缪灯灯把自己锁在二楼的房间，她翻开床垫找出一支偷来的针管，那是给家里的狗打预防针用的。拿着小玻璃瓶，看着里面莹莹放光的白色粉末，带着亢奋的激动，她挽起衣袖。

64

齐子迁的爸爸已经卧床不起，庄周送他去了最好的医院，叮嘱医生用最好的药。他在医院附近为齐子迁租了一套小公寓，好让她照顾她爸爸，他牵着她的手打开房门，他已经叫人布置好一切。

齐子迁不敢相信自己的眼睛，她拉开冰箱的门，牛奶，水果，里面什么都有；她揿亮卫生间的灯，洗脸台上整整齐齐地摆放着洗发水、沐浴液、洁面乳；她走进卧室，粉色的窗帘，粉色的床罩，粉色的壁灯，床头的水晶花瓶里养着粉色的玫瑰……

她转过头来看着庄周，我不是在做梦吧？

他拥着她，喜欢吗？

她在他怀里使劲点头，喜欢，谢谢你。

他紧紧地把她搂在怀里，这种简单的知足让他感动。

范可打来电话，珠洲方面所有款项均已到位。

庄周说，好。

如果没有意外，缪氏公司上市犹如探囊取物。

肯定没有意外。怎么可能有意外呢？

所有的障碍已经扫清，前途一片光辉灿烂，庄周不再隐瞒任何。财务总监范可，行政总监陶必清，都是他大学同学。他和范可和已经死了的齐瑞强在耶鲁大学被并称为“东方三剑客”。

65

庄周刚走出电梯，冯剪剪就迎上来，庄总，有记者想采访您。

庄周皱了皱眉，已经不是多事之秋，可他也不想在这节骨眼上生出什么事端，他素来对这些被称作是无冕之王的家伙们没有好感——他们自我感觉也太好了些。不见。他抬腿想往财务办公室去。

晚了。

两个人挡在面前，庄总，您好。其中一个已经伸出手来。

讨厌归讨厌，庄周知道也不能开罪他们，翻手为云覆手为雨一向是他们的强项，在美国，多少政要不都是被这些人赶下台的吗？况且这两个都是重量级的名记。想到这儿他接住那只手，您好。

他带他们去办公室。

先唱了一通赞歌，庄周耐着性子陪着笑脸。他们等了他一下午，不是为给他捧场抬轿带吆喝的，他们巴不得找到颗炸弹，好把这座大厦和整个缪氏连同庄周一起，像礼花一样亮给全滨城人民看看。

庄总，有传闻说，缪氏在不久将改作庄氏集团，有这回事吗？

这就来了。庄周暗笑，脸上却表情一紧，纯属无稽之谈！希望媒体帮助缪氏辟谣。缪氏能有今天，那是前辈打下的江山，在我手里，可以发扬光大，但决不允许改弦易辙！

一番话义正词严无懈可击。俩名记互相对视一眼，其中一个慢条斯理地接着问，那么，缪老先生休整得如何了？

老人家早有意愿下放权力，再说，由我接班他很放心。我毕竟是缪冠宇钦定的驸马爷，他宣布缪灯灯属于我的那天，她的一切就都是我的了。当然，这些话他是不能够说出口的。

您所说的权力下放是否可以理解为包括人事上的重大变动？

疑人不用，用人不疑，这是老人家给我交的底儿。

财务和人事上是你的人对吗？你应该不否认大权独揽吧？

任人唯贤是中国古人就明白的道理。至于大权独揽，在中国，权力集中才能统筹全盘。而且，总要有一个人最后说了算。

那么，作为缪氏集团唯一的继承人，缪灯灯小姐近况如何？她是缪氏集团投资公司的副总经理，是否已经辞职？据可靠消息，她已经不参与一切公司事务，而且新一届董事会会议她从没有出席过。你们的婚约是否还有效？

庄周朗声大笑，缪灯灯小姐依然是缪氏集团投资公司副总经理，是缪氏集团董事局成员，即使不参与任何公司事务，这些原本属于她的也永远都是她的。至于说到婚约，庄周站起来，这是我的个人隐私，请恕我无可奉告。他忽略了对方用词中那个“唯一”。

他摆出一副送客的架势。

两名记者站起来，庄总，前些日子社会上流传有关于缪小姐和一个吸毒者有染的消息，那名吸毒者已经死了，而且据可靠人士透露，这人确是一名艾滋病病毒携带者，那么，您能告诉我们关于缪灯灯小姐的健康状况吗？大家都很关心这个问题。

庄周说，可以。缪灯灯小姐健康状况良好。如果你们想问的是她是否感染艾滋病病毒，那么我可以明确地告诉你们，绝对没有。如有必要我可以出示医院证明给你们看。退一万步，假如缪灯灯感染艾滋病病毒，作为她身边最亲近的人，我将是第一个受害者，可我一直好好地在这儿——你们不觉得荒谬吗？

庄周打开套间的门，冯剪剪，替我送送两位大记者。示意冯剪剪取出两只菲霞的礼品盒，他说，一点小礼物，两位辛苦了。

其中一个记者紧紧追在庄周后面，庄总，最后一个问题，您对缪灯灯小姐的影像事件想说什么吗？您能保证没有牵涉到其中？

庄周警觉地回过头来，斩钉截铁地答道，是的，我当然能保证。

电梯缓缓地关上，庄周看到两个人的各半边脸，上面挂着笑容。

刚到停车场，手机响了，是司机打来的，他说缪灯灯注射剂量已经是前些天的两倍，他问还要不要满足她，她已经难受了一下午。

庄周说，看着她那么痛苦难道你好受吗？

司机有些犹疑地，那剂量，会不会，出什么危险……

庄周啪地合上手机。

66

齐子迁在医院门前向远处张望，看到他的车她跑过来。

庄总，我妈妈有消息了，还有我姐姐！她脸上是从来没有过的神采飞扬，我姐姐已经在电话里和我爸爸相认了，她叫他爸爸……

庄周扳过她的肩膀，傻丫头，这是好事，哭什么？

齐子迁抹去眼眶的泪花，我知道，我就是太高兴了。

他揽着她的肩走进医院大门，吃晚饭了吗？你爸爸怎么样了？

她走在他身边，微微仰起头来看他，庄总，你那么忙还……

他站住，不是说了，叫我庄周，或者……总之不许叫庄总。

她低了头，轻轻地应一声，我知道了。

特级病房在住院部的东南角，要穿过一条花园中的小径，园里的桃花开得正好，榆叶梅更是抢尽风光，整树整树的粉色就像天上飘下的一块云霞。漠漠春日里，草儿却显得有些娇弱，从湿湿的泥土里露出稚嫩的带着些鹅黄的新绿，星星点点的小花开得倒盛，一副没心没肺的快乐模样。

庄周看到齐子迁的爸爸果然精神了许多，他用那只略灵活些的手示意庄周坐下，嘴里含含糊糊地说什么，从眼神看，应该是感谢。

齐子迁说，爸爸在谢你，还有，姐姐也说谢谢你。

庄周笑笑，总算了却您的一桩心愿，您安心养病，把病养好，子迁她妈妈和姐姐回来一家四口团圆了还有大把好日子过啊。

护士过来提醒他们，病人该休息了。

庄周半夜醒来，看身边齐子迁眼睛还睁得大大的，他把她搂在怀里，怎么还不睡？

她把脸贴在他胸口上，我睡不着，一想到可以见到姐姐和妈妈，我激动得要命。她把他的手放在自己胸前，是不是？我的心跳得多快呀。她的声音忽地沉下去，可是，我有点怕。

他把她搂紧一点，怕什么？怕见你妈妈？当初她带姐姐不带你？

齐子迁慢慢摇头，她看着他的眼睛，带着梦一样的神情，我是怕，这些都来得太突然，你，妈妈，和姐姐，好像全天下的好事一下子全落到我头上，我真怕，怕这些都要我付出代价。

傻话。他的手伸进她的睡衣里面，吻住她。就是要全天下的好事都落到你头上。如果一定要付出什么代价，就让我来好了。

67

缪氏集团上市前的整合工作已近尾声，庄周在会议室听取各部门工作汇报。他显得有些心烦意乱。他没法不心烦意乱。今天的报纸所有的焦点都指向他和缪灯灯曾有过的婚约，隐隐约约影射他和缪灯灯现身的影像带有关联，更麻烦的是，从市府方面传过来的消息，缪氏前董事局全体成员联名上书，要求对他操纵缪氏进行彻查——他不能不承认，自己的步子迈得是太急太大了一些……有一份报纸甚至直言不讳地指出，他身边出现了新的女人……

舆论的力量有时候很可怕，再这样下去，他们一定会找到突破口，而且顺藤摸瓜到子迁，不，他不能让她受伤，哪怕一点点。

如果缪灯灯死了，那么一切都另当别论。这个念头一闪而过。

假如缪灯灯消失，凭着缪冠宇的亲笔授权书，他执掌缪氏就名正言顺。缪灯灯第一天死，他第二天就举行婚礼也没人敢说什么了。

他看着面前的人嘴巴一张一合，却根本不知道他讲些什么。

手边的电话剧烈地振动，和桌面碰撞发出一阵嗡嗡声。庄周看了看，放在一边。不到十分钟，手机再次发出振动，庄周示意大家继续，他拿着电话稍稍背过身去。

缪小姐出事了！司机惊慌失措的声音大得仿佛在他耳边喊。

庄周一愣，他本能地站起来，怎么回事？

您快回来吧，我们已经收拾不住了。电话里一片嘈杂。

庄周回过头来，所有的目光都集中在他身上，每张脸上都有着复杂的表情，这复杂里有一点是一致的，就是担心，为缪灯灯。庄周深深吸一口气，心底泛上一股寒意。他刚才还在想，假如缪灯灯死了……这一刻，他想的却是，缪灯灯，她最好没事。

68

缪灯灯的房间里一片狼藉，窗帘扯下来拖在地上，满地打碎的化妆品，粉白黄红乱得热闹，床上滚得像狗窝，枕芯里插着半截半截的香烟。缪灯灯倒卧在一大堆碎布里，凌乱的头发披散开来遮着脸，身上裹着看不出颜色的睡袍，还是冬天时候穿的。窗户外面蓝天明媚阳光和煦，可缪灯灯房里空调却开到最大，她伸到床沿外边的一只手臂神经质地抖动着，地板上，手指垂下的方向有一小片新鲜的血迹。司机和保姆还有厨娘束手无策地堵在门口，厨娘用围裙擦脸上的泪，灯灯啊，孩子，你不能再毁自己啦……

庄周分开众人走进去，他把她翻过来，她的身上血迹斑斑，两条手臂嵌满细碎的亮晶晶的玻璃片——她敲碎两只保温瓶，然后拿着那些内胆的碎片满身乱划，她右手腕上有条旧的伤痕，现在绽开着新鲜的皮肉，血像缓缓涌出的泉，爬满肌肤的每一条纹路。

他手里是她的手，已经不能够叫作手，就像包着小动物的蛇皮。他眼前闪过握着汤匙的纤纤玉指，指上一枚细细的白金指环。他的手停住，在她左手的无名指上，戴着那只已经显得过大的钻石戒指。

缪灯灯呼吸时急时缓，眼皮剧烈抖动着，她终于睁开眼睛。

阿周！她翻身跪倒在他面前，阿周，她扯着他的衣服，可怜巴巴地看着他，阿周，我太难受了，给我一支吧，就一支，我难受得要死了，有一万只蚂蚁在我血管里到处钻，她佝偻着腰伏下去，头上是豆大的汗珠，整张脸扭曲着，嘴里发出野猫一样的嘶喊……

司机凑过来，庄总，这个月缪小姐已经晕倒过好几次了，我不敢再加大剂量，我是怕，我是怕会出人命……

厨娘扑通跪倒在庄周面前，庄总，你救救灯灯吧，你救救她，她才 26 岁，没爹没妈的只剩你一个亲人了，你一定要救救她……

缪灯灯再一次晕过去。昏迷中，她的脸慢慢舒展开，隐约可以看到一点以前的影子。庄周轻轻抱起她，她瘦得只剩一张薄薄的青白的皮，从手腕一路上去是一溜密密的针眼。

此时的缪灯灯就像一朵凋落的残花，散发着糜烂的死亡的幽香。

缪灯灯再次醒来已是下午，庄周叫人清理包扎了她的伤口。保姆给她洗了脸换了衣服。她平平地躺在那张阔大得无边无际的床上，可以清楚地看到从皮肤底下耸起来的骨头，撑着薄薄的睡衣。

庄周坐到床边，灯灯，好些了吗?

缪灯灯慢慢地慢慢地转向他，发黑的眼窝里是两只空洞的大眼睛，阿周，她盯着他看，阿周，你知道死亡有几种原因吗？

庄周看着她，灯灯，别胡思乱想，你不会有事的。

缪灯灯摇摇头，死亡不外乎这几种原因，人为的，医疗的，事故的，她的眼神很平静，我想，我可以都试试。

庄周不许她再说，灯灯，你是在怪我。

缪灯灯嘴角边漾起一个惨淡的笑容，我没有。她看定他，阿周，我从来没求过你什么，现在，我可不可以求你帮我一个忙？

庄周轻抚她的脸颊，她的头发已经很长了。

你可不可以给我注射一针，最大剂量，让我快乐地死去。

灯灯，你胡说什么？我要你活着，好好地活着。

活着？好好地活着？大颗大颗的泪从缪灯灯眼角滚落，我还能好好地活着吗？你看我现在活得还像个人吗？我已经没有人样儿了，我觉得我还不如一条狗……

庄周突然听到缪冠宇的声音。

希望你能兑现给我的承诺，好好地照顾灯灯。

她没有错，错就错在她是我缪冠宇的女儿。

自作孽，不可活，这是对我说的，也是对你说的……

自作孽，不可活，自作孽，不可活……

庄周抱住她轻飘飘的身体，我们这就去医院，一切都会好起来。

庄周坐在走廊冰冷的椅子上，缪灯灯就在他对面的房间里，隔开他们的是一扇铁门，上面有一个不比透气孔大多少的小窗口，带有嵌入金属丝的玻璃。他只能从这里面看她。

医生说，如果你真想救她，就放心地把她交给我们。

他不想她死。他到现在才明白，他心底里原来不想她死。

69

庄周急急赶往另一所医院，齐子迁的爸爸今天做 CT，他得去帮她。想到齐子迁，他的心情更加沉重，车速慢下来。

在病区的走廊入口处，他被一群记者围住。

庄总，听说缪灯灯在家里自杀？

庄先生，您如何解释缪灯灯的举动？

您经常来这里，能告诉大家是什么原因吗？

缪冠宇大权旁落至今下落不明，缪灯灯是否也成为历史？

缪灯灯成为明日黄花已是事实，而您另有新欢？

庄周愤怒地盯着这群无孔不入的家伙，他只能强作镇静，缪灯灯小姐身体欠安，现在已经没事，自杀纯属造谣。行动是我的自由，来这里当然有原因，但我没必要告诉你们。不存在下落不明，明日黄花这样可笑的字眼……他突然停住，他看见，齐子迁正推着轮椅从电梯里出来，她爸爸看见了他，脸上现出含义模糊的微笑。

敏感的记者们一下子将目光聚焦在电梯门口。

庄总，请问这是否传言中您新的恋人？

所有的声响在这一刻都静下来。

不是，这是我公司的员工，因为家境困难，公司特殊照顾。

庄周从来没有听到过这个陌生的声音从自己嘴里发出来。

人群拥到电梯口。

这位小姐，真的是庄周董事长说的那么单纯吗？还是另有隐情？

好像一个世纪那么长，庄周听到齐子迁的声音，庄周先生，是我的……老板，非常感谢他对我们的照顾，我，和我爸爸……

齐子迁一步步来到他面前，庄总，她深深地鞠一躬，庄总，谢谢您对我和我家人照顾，给您添麻烦了，对不起。

庄周不敢看轮椅上的老人，他的眼睛死死盯着他，就像两块布满灰尘的石头，沉甸甸的。那只不灵便的手臂曲在胸前剧烈地颤抖，嘴里发出含糊的声响，这一回，他想他能听懂老人想说什么在说什么。齐子迁推着他走出去好远，他仍坚持着执拗地转过头来盯着他。

庄周只觉得脑海里一片轰响。

有一种错误，也许真的永远都无法弥补，而有一种悔悟，终其一生也再不能化解……

眼前一片熟悉的黑暗，一阵尖锐的刺痛。他慢慢地蹲下去。

70

齐子迁和她的爸爸离开了医院。

庄周疯了一样驾着车在这个城市四处游荡，可是他知道，他再也找不到她了。在那间粉色的小屋里，他看到她的那枚金环，小小地醒目地闪烁在红丝线的一端。她留下它，是因为这是属于她的最值钱的东西，她是向他说明，她在尽全力偿还他给她的一切。

一张字条上写着，都是虚空，都是捕风。

他的心碎了。只有他自己知道，那是爱，确实是爱，真正的爱。

他在各个城市发行量最高的报纸上登大幅的寻人启事，他后悔没有问她，她妈妈和姐姐到底在哪里。

71

落第一场雪的时候，缪灯灯可以回家了。

庄周开着那辆红色保时捷去接她，她的头发已经很长很长，编成辫子垂在脑后。她的脸色还是有些苍白，精神却不错。她看着保时捷，缓缓地围着它转了个圈，手指轻轻地在车身滑过，庄周递给她车钥匙，来，你来开。她小兔般跳开来，两只手慌忙背到身后，不，我不，她脸上有着受到惊吓的孩子一样的表情，我不行的。

庄周的手臂慢慢地落下来，这还是缪灯灯吗？

桃花再开的时候，庄周和缪灯灯举办了盛大的婚礼。

缪灯灯偎在庄周怀里，脸贴在他的胸前，我多想给你生个孩子。

夜凉似水。庄周看着怀里睡熟的缪灯灯，这是命啊。

庄周带着缪灯灯晨练回来，保姆正对着电话喊，喂，说话呀，你说话呀。她转过头来，这个人已经打过两次电话了，光听到喘气声儿，就是不见动静。

缪灯灯几步奔到跟前，爸爸，爸爸是你吗？爸爸我是灯灯！眼泪刷刷地落下，爸爸我很好，我和阿周已经结婚了，他对我很好，公司上市了，一切都很好，爸爸你别为我担心，你什么时候回来？你快回来吧，爸爸我想你……

庄周站在她身后，看着她轻轻挂上话筒。她给他一张泪汪汪的小脸儿，是我爸爸，一定是我爸爸。

庄周走过去搂住她，一定是。

缪冠宇是用自己的全部换回了女儿的今天。虽然，他的本意也许只是想让自己余生心安而已。

三年后的春天，缪灯灯因脏器衰竭死在医院，她握着庄周的手，我想我爸爸。她走得很安详，嘴角带着微笑。

没有缪冠宇和梅姨的任何消息，他们好像远离了这个喧嚣复杂的尘世，与青山做伴与碧水为邻。无法得到答案。

两个月后，庄周安顿好公司一切事务，只身一人离开滨城。

72

庄周从一个城市来到另一个城市，看着航窗外蓝得耀眼的天空，看着地平线尽头暮色四合的大地，有种拔剑四顾心下茫然的感觉，他不知道下一站要去哪儿，他不知道什么时候才能够停下来。

转了一大圈，他终于走到了天涯海角。

看着银色沙滩上海水冲上来落下去，再冲上来，再落下去，沙滩上留下无数贝壳、海星、蚌珠，吐着泡沫的小海蟹急急往海水里退去，他想起和齐子迁在海边的情景。遥远得仿佛上个世纪——确实是上个世纪。他站起来活动活动腰腿，有人来了，他能听到笑声。已经习惯了孤独，他甚至不愿接触到人的气息，他隐到山石背后。

是个孩子，浑身上下晒得黝黑，亮着一口小白牙，嘴角边还有一只深深的酒窝，很可爱。追他的是妈妈吧，她挥舞着双手，脆生生地喊，宝宝不跑了，再跑，再跑我不跟你玩了。

两个人终于都站住，呼噜呼噜地喘着气看着对方，然后又爆出一阵笑声，他们闹着滚在一起。

庄周静静地听着这一切，脸上不禁也露出笑容，好羡慕啊，这样纯粹的开怀的笑声。他甚至想不起来，自己什么时